流世千里芰荷香

吳越江南三十天紀行

江浙林肇鼎敬題

葉珠紅◎著

序

　　第一次與來自臺灣的同胞接觸，是在一九九二年，那時覺得特別驚訝的一點是：臺灣同胞講起普通話，居然比香港人、廣東人要強，當然個別如「二」之類的發音還是一個味兒；還有一個特深的印象是：言語之間透露出古代文獻和歷史學功底，遠甚於我這個歷史系畢業的；現在回想，就是這種語言和文化背景的相同，使得海峽兩岸數十年的隔閡彷彿根本不存在似的。之後的十幾年裏，我結識了許多台南、台中、台北的朋友，總體的印象是：比大陸還要「傳統」，換句話說，與大陸歷經三、四十年多次文化滌蕩後的情況，以及港、澳百多年殖民化的影響均不同，臺灣留存了更多的民族精粹。

　　逢甲大學歷史與文物管理研究所，近年來與浙江省博物館確立了良好的學術交流關係，並建立了「浙博實訓基地」，在我看來，逢甲大學領導層的這項決策是必須要提及的，學術交流及異地教學的重要性，早已成為世界各大學的共識，此毋庸贅述，需要特別說明的是：選擇浙江省博物館的意義。

　　作為浙江省最大的綜合性博物館，浙江省博物館擁有約十萬件以浙江地方特色為主的館藏瑰寶，其中許多文物不僅體現了區域特點，而且還具有世界性的學術價值和文化意義，如水稻起源、文明起源、瓷器起源、佛教傳播、青瓷外銷等，更為重要的是，浙江是保存文化遺產最多的省份之一，透過浙江省博物館，可以與全省一百多個博物館及其他文物保護機構建立聯繫，其背後是數以萬計的

藏品和成千上萬處歷代遺存，與實物接觸，或許正是逢甲大學所缺乏和最需要的資源。

　　二零零七年七月，逢甲大學「浙博實訓基地」開展了為期一個月的教學活動，約三十名臺灣師生參加，先後有十四名浙博研究人員結合實物授課，有近一半的時間，這些師生還冒著炎炎烈日，在浙江八個市、縣（區）的二十二處博物館、遺址及古跡進行了實習、參訪，他們的勤奮和努力，在大陸可謂少見，令我非常感動，至今回想仍歷歷在目，珠紅就是他們當中的一員。

　　我是全程活動的帶隊老師，珠紅囑我為她這本記錄了那一個月快樂時光的大作寫序，雖然只讀過她書中關於我的個別幾篇，但已感受到一種久違的、清新而質樸的文風，讓我突然想起了知堂老人，相較之下，我這拿手鏟的手握筆寫出來的東西就顯得相形見絀了，猶如乾巴巴的發掘報告，勉為其難吧。

浙江省博物館學術委員會委員、副研究員

王屹峰

二〇〇八年一月六日

目　次

緣　起

　　這次參加歷史與文物研究所舉辦的，到浙江博物館為期一個月的移地教學，雖是為了「學習」，仍不敢讓年屆八旬，經常因為想太多而失眠的阿母，知道我是要到「上有天堂，下有蘇杭。」的杭州，謊稱要到南投佛寺住一個月，沒人打擾好把博論寫完；果不出所料，阿母開始唸說是不是想要出家不敢明講，藉故要去佛寺暫住；我只好搬出吃素二十年來不斷重複的一句話：真要有出家的智慧與福報，早二十年前就出家了！或許是平日聽了太多對大陸負面的形容，身為國文老師，在心態的認知上，杭州西湖對我來說，只有白居易、蘇東坡的白堤、蘇堤，以及《警世通言》裡，和白素貞、許仙有關的雷峰夕照、斷橋殘雪，身為「正港的」台灣囝仔，在文化認同上，「南海一號」多少起到號召作用，但內心卻沒有半點「回歸祖國」的興奮；下榻的飯店與上課的地點（浙江博物館）均位處西湖邊，認識浙江七千年的歷史，逛遍西湖十景，是我「學習」的初衷。

　　也許是機場裡漫長的等待，才剛踏上空橋，就感到「在家千日好，出門萬事難。」除了等待，搭機最怕的是起飛跟落地，有次從花蓮飛越中央山脈回台中，艙壓讓平日開車到大度山就開始耳鳴，坐車看到彎路頭就犯暈，身為地中海貧血患者的我，只感到滿天神佛與我同在。臺北飛香港，機位在窗邊，飽覽窗外白雲故鄉，我「憑空回想」從書本、電視獲得的西湖印象，前些時看過張藝謀拍的「印

象陽朔」，現在，「印象西湖」正在西湖實地演出，我心想，不管
白天黑夜，任是神仙，恐怕也會寂寞得想下來逛逛。

抵港時已是下午，赤鱲角機場與海爭地，證明人力勝天；早上
出門前看了香港回歸十年特別節目，胡錦濤拜訪香港民家，證明人
心思「變」，十年前出走的香港人，有八成都回來了，一「變」再
「變」，十年過去了，大陸的貧富差距，已跟台灣沒兩樣，就最現
實的這一點，兩岸還真沒什麼大不同。曾聽過這麼個笑話：車箱裏
一個中國人遇到一個美國人，中國人說：「咱們國家歷史悠久，有
好幾千年，幾個學期都學不完；你們才兩百年，一節課就講完了。」
美國人想了想，答道：「我們國家年輕，但有一樣東西很古老，兩
百多年來，我們的憲法沒變過，不像你們，一會兒就出一部新憲法。」
共產黨建國五十年，憲法換了五、六次，雖也有言論自由，公民權
利等等好東西，但是沒用，公務人員辦事不以它為準繩，毛主席曾
對省部級的官員，說辦事的原則和方法是：「大權獨攬，小權分散，
黨委決定，分頭去幹。」直到今天，中國依然如此運作，九個最高
級別的常委討論決定，各系統的事由某常委最後裁決，胡錦濤主張
憲法治國，看來還需一些時日；現在的中國，有智囊團、內行專家
提供方案，情況是比毛大人時代科學民主多了，可是當市委書記比
市長權力更大時，表明還是人治而不是法治。

香港轉飛杭州的機上，我忍不住對右座猛吃零食，不斷對我報
以微笑，操著我猜不出何方語言的小姐，開始我第一次出國的「學
習」；猜她可能是在地的浙江人，心想或許可以打聽到讓我「寤寐
思服」近二十年的，唐朝詩人寒山的隱居地——天台山國清寺附近
的寒巖，若能順利在寒巖洞中掬一抔土回台灣供著，說不定計畫中
的，下一本有關寒山的著作能因此催生，我念頭一轉，想到曾聽人

說不可以稱大陸的小姐為「小姐」,「小姐」在宋代,是妓女的別稱,這位任職於「公交公司」的小姐,很熱心的告訴我從西湖到天台山國清寺該怎麼走,一聽我是從台灣來的,她說:「喔!就是那個小小的島啊?」我腦門一轟,開始迴響著的,是鄭成功第十一代子孫——鄭愁予的詩——〈小小的島〉,教了十幾年書也不知對學生吟過幾回,卻從未像親耳乍聽「小小的島」時,當下的震悸!台灣在大陸同胞眼裡,還真不是個普通「小」的島啊!

　　「公交公司」是負責杭州市公車的內部營運,換個說法,就是幫杭州市公車打理門面,從公司能招待員工到香港旅遊,可見民營的威力,我建議:「妳們公司明年可以考慮來台灣看阿里山、日月潭。」杭州小姐說:「當然希望啊!兩邊本來就是一家人啊!還分什麼分啊!」我一聽順風,問她對台灣「人物」的看法,她說:「馬英九長得帥,講話又有教養,可妳們那兒很多新聞我們這兒是看不到的!」言論自由,對我來說就像每天呼吸的空氣一樣,但對世上某些地方的人,或許是一輩子無從「享受」的天賦人權。杭州小姐暫停住話,因為她要搶買機上最後幾條香菸,我問:「在機場的免稅商店為何不買?」「免稅商店賣五百左右,飛機上只要二百八,買回去送人划算啊!」我回想起普通話帶有廣東口音的空中小姐,晚餐倒茶時對著近七成的,吱喳吃飯的大陸同胞,臉上的不耐表情,我聯想到《阿Q正傳》裡,阿Q在茶館裡說話的音量,心想:三地要想成為一家人,不是靠國家認同,靠的應是人性本有的,體諒的善意。聽說上海最近的標語是:「做個可愛的上海人」,在行前說明會上,領隊老師介紹杭州時說道:「大熱天杭州人是搖扇子的,泉州人是搧報紙的。」我想,會搖扇子的地方,人應該都是好情好性的。

　　抵杭州蕭山機場已近午夜，到下榻的飯店車程約一小時，近二十名團員在進飯店以前，全都不由自主的興奮起來，對飯店名字加以「顧名思義」；以台灣的標準，有「山莊」之稱的，至少應是中上級的飯店，沒想到一屋子全是黴味，味道是從床鋪往上嗆的，三更半夜遇到這種事，再怎麼累也只能忍，輾轉反側不是因為認床，老是翻身只為了能呼吸到正常的空氣。

識荊之初

　　五點不到，天濛濛亮，窗外已是人聲鼎沸，我翻身下床，窗前五尺是條登山步道，貼著鐵欄杆，我就像是個犯人，跟打赤膊、搖扇子，三三兩兩聊天、唱調子經過的登山行人對看，感覺到喉嚨有些灼熱，那是吸了五個小時黴味的結果，決定一早逛西湖去。《紅樓夢》裡，劉姥姥進大觀園的心情，在進了「曲院風荷」的瞬間，總算能體會一二，不知西湖的夏天清晨，是否天天都是如此的山青水綠雲白，住在西湖邊的人是邀天眷的，小徑旁有四位年紀加起來應該近四百歲的阿婆，張著沒牙的口，熱烈地搓著麻將，那種神仙不換的愉悅，讓我忍不住想偷拍，白居易不想換地方升官，自承是因為被西湖留住，〈春題湖上〉：

> 湖上春來似畫圖，亂峰圍繞水平鋪。松排山面千重翠，月點波心一顆珠。
> 碧毯線頭抽早稻，青羅裙帶展新蒲。未能拋得杭州去，一半句留是此湖。

群峰、湖水、松林、明月，白居易描寫春天的西湖如畫，在盛夏清晨，我拍下如此美好的，中國老人的「願景」時，「一半句留」的雀躍，繼續在曲院風荷的另一頭發酵；一群中老年男人玩撲克牌，旁邊坐著看似視若無睹的公安，我想，聚賭而沒有「公然」的形式，這是中國人的「共識」；專家說一天當中，以清晨看的東西最能記得牢，也就是說，腦力要好，得趁清早多動腦，西湖的老人家一早

打麻將、玩撲克牌鍛練腦力，我這個初識西湖，開眼力順便練腿力的人，或許是要求太唯美了，總覺得在西湖邊「博局」，是不折不扣的焚琴煮鶴。

本團的行程是要在西湖邊待三週，走了兩個小時才看完「曲苑風荷」一景，心想：「不急！慢慢來。」早聽人說在大陸問價錢得先砍對半，腦子裡還得先快轉台幣乘四，在感覺喉嚨的燒痛已被西湖的晨間空氣清光的同時，我口渴得向人四處打聽販賣處在哪裡，聽人說大陸人講：「不遠」、「一會兒」，就表示不會很近，那是因為大陸陸地大，人們平日習慣走路的關係，在問過兩個協警之後，我終於能體會到「不遠」、「一會兒」，其不可「以道里計」的含意，對於平日不慣走路的台灣人，也只能大嘆走的路確實沒人家多。

回到「山莊」，我忍不住四處檢查，床頭櫃下的紙拖鞋，紙色近灰，袋口開著；電視櫃下的毯子全起了毛球；棉被的被心有好幾團是黑的，我趕緊翻看昨晚蓋的棉被被心，果真也好幾團黑；走廊上早已傳來夥伴紛紛抗議要換房，對門的蓉說她被跳蚤咬了好幾口，我一看她腰際，果真好大兩顆紅肉粒，她說她們房的洗手檯跟檯面高低差七、八公分，一按開關，水不是往下流而是向上噴，也只能大嘆行前在台灣沒做好「住房調查」的功課。

浙江博物館（浙博）負責招待我們的王屹峰老師，小平頭、黝黑臉、戴副黑框眼鏡，熱誠的笑容讓人猜不出多大年紀，從名字的「山外山」，可以看出他這輩子註定是要吃考古飯的；王老師先帶大夥兒換好飯店，就在岳王廟旁邊，名叫「華北飯店」，雖然回台灣得補交房錢，想到再也不用被黴味嗆到喉嚨燒痛，心也甘願。

王老師接著帶大家熟悉「上學」的路線，想到有二十一天，每天沿著西湖走路到浙博上課，沿途飽覽夏荷、柳堤，呼吸著湖邊一

路漫開的芬多精，早餐有吃沒吃，再也不是什麼重要事。上課的地點在貴賓室，台灣曾經來過的貴賓，只有連戰；大陸的貴賓，在七月大熱天，都到能避暑的地方被招待，想到浙博如此高規格的禮遇，所學不是歷史與考古領域的我，深知隔行如隔山的艱難，心情為之不安的同時，感應也跟著來了！

　　發覺已經被「好兄弟」給「認」了出來，是跟著大夥兒在貴賓室裡左繞右看時；知道自己的「體質」異於常人，是在十一年前，在台南殯儀館停柩間，三個姊姊跟我分跪在父親棺木兩側，靜聽著「白娘哭墓」的聲聲哭喚，整整一小時，我的嘴巴從未合過，不停的打哈欠，眼油流滿面，後來問阿母我是怎麼回事，阿母說：「妳骨頭輕，妳阿爸要上你的身。」確定「好兄弟」很快就能認出我，且跟我「常相左右」，是在滿四十歲生日當天，在某醫藥學院的地下停車場（上頭是太平間），開車上路，連打半小時的哈欠回家，一瞬間還曾經有快要「消失」的感覺，從那天開始，哈欠就經常「不擇地皆可出」，特別是在農曆初一、初二、十五、十六，幾乎無一倖免，農曆十五最是逃無可逃，為此現象我遍尋答案，練氣功的中醫師說我是「元神偏離」，潛能開發師說我「能量有破洞」，無神論的朋友笑我是神經緊張導致「小腦缺氧」，子曰：「四十而不惑」，我卻在滿四十歲才開始「大惑」，也只能大嘆或許在「五十而知天命」之前，我命該如此。

　　打哈欠之前的訊號是，呼吸與心臟會突然同步加速，想到從臺灣帶來的，三張並連的佛像還放在行李箱，只能無奈的退到門邊，幸好午餐時間已到，王老師或許怕我們下了課，因為貪看西湖美景而迷路，還帶我們沿著「放學」路線去吃午餐，年紀稍大的團員有些已經腿力不堪，平日少走路的年輕人也不敢唉半聲，因為大家心

知肚明，王老師大可以開車先到定點等我們，卻肯在大中午頂著三十六度的太陽陪大家走路，考古人的精神讓人不敢小覷之外，王老師的熱情，在第一時間已經擄獲了所有團員的心。

我是全團唯一吃素的，早已經有隨時發揮自動覓食本領的心理準備，館子旁邊正好有間農貿市場，我本能的依照在台灣買東西的習慣，先看看老闆給我的「感覺」才決定要不要開口問價錢；臺藝大的呂老師來過杭州，在機場曾說台灣的水果栽培技術比較進步，也就是，台灣的水果多數更甜美可口；我繞過四、五個攤位，停在一位秀氣可餐，笑臉迎人的老闆娘面前，買了梨子、水蜜桃、奇異果，以及台灣不多見的楊梅，喜孜孜的跑回館子跟夥伴們炫耀，發覺一天不到，腦子裡人民幣換算台幣雖還不是很靈光，我已經漸漸習慣多看「毛主席」兩眼了！

吃完飯接著要解決重要的通訊問題，在家靠父母，出門靠手機，在大陸要是人不見了，要找人救全得靠它；王老師又帶我們去買儲值卡，一行人搞定通訊後接著向超市進攻，從衣架到拖鞋、洗衣粉，我開了一整張單子，就是買不到康師傅的素食泡麵，從台灣只帶了一包，開始後悔為何不多帶；超市斜對著浙江大學正門，我旋即自我安慰：不信其他超市沒賣素食泡麵，不信浙大人不吃素。

我想買輛腳踏車，上課前先逛西湖，悠哉的拍照，騎累了隨時可以坐在西湖邊柳樹下的椅子，慢悠悠的吃完早餐，還來得及趕九點上課；下了課可以騎上白堤、蘇堤，沿湖迎著柳條輕拂，體會徐志摩說的，享受「雙輪舞」的快樂；天要還沒黑，再騎到植物園吸飽含量超濃的芬多精；人要是還不累，再騎到不同的超市貨比三家，過過「貪小便宜」的癮；最重要的，還可以起早趕晚騎到浙大打網球，多了兩個輪子的方便，在杭州的生活品質肯定會大大提高。

　　逛完超市回到「山莊」，因為沒一早退房，得隔天才能搬；山莊前排列著二十多塊床墊正曬著，上頭有令人不忍卒睹的黃黑漬塊，老闆如果早一天搬出來曬，或許就不會丟了我們這筆生意。領隊胡老師傍晚六點集合大家，開始展開我們在杭州第一天的夜生活，晚餐是到青藤茶館飲茶，單人點茶的費用，就是吃到飽的費用，這樣的吃法，最能考驗人心貪婪的程度；對於吃素的我，吃到飽的吃法，就如同進了「欲界天」，只要不是葷的，不管生冷，每樣至少吃它兩碗，聽說老闆是台灣人，假日坐滿了人不意外；這種「吃到飽」的經營方式，早年在台灣的餐廳，有過吃不完罰錢的規定，我看著五、六盤同伴們再也動不了的食物，問說這裡不知是否吃不完要被罰錢，她們笑我：「要罰錢誰還來啊！」

　　從茶館出來，我們沿著西湖漫步走回飯店，週日夜晚近九點的西湖，仍是遊人如織，三、五步就有歌聲、樂聲，加上張藝謀的「印象西湖」正在上演，越夜越美麗的西湖，連交警也沒下班，今早七點不到，在「曲苑風荷」就拍到一臉惺忪的交警，我想：七點到九點，不就超時工作了？張愛玲《赤地之戀》描寫五、六〇年代，革命老油子張勵把火車上服務員的超時加班，視為是對社會主義的最高禮讚，我忍不住問一旁的交警，他說平日是六點半上班到下午兩點半，遇到假日算加班，在西湖邊工作的他們只會陪客人到晚上十點；快近午夜時，天空竟飄起了細雨，西湖頓時起了大霧，我睜眼四處猛瞧，真如同置身在水墨畫裡，回想清晨西湖的水藍天青，西湖的美，美在楊柳占盡半湖春色，深夜的西湖飄雨，雖然一派不清不楚，蘇軾說西湖是：「濃妝淡抹總相宜」，絕對不容懷疑。

　　回到「山莊」，度過我們的最後一夜，屋裡的黴味幾乎全沒了，累了一天，我仍照樣把 T 恤墊在枕頭上，只期待能一夜好眠。

古錢幣

清晨依然被窗外爬山的人聲吵醒。為了方便大家換飯店,浙博延後到十點上課;清晨七點半換房,這一換回台灣得多付五千塊房錢,沒人抱怨,因為睡眠品質一不好,就跟出門鬧肚子、牙痛、頭疼一樣,任何活動都會大打折扣。

今天上午的課程是古錢幣評鑑研究,授課的是李小萍老師,談到一些古錢幣收藏家常來找她鑑定古錢幣的真假,以及市面上鑄造古錢以假亂真的情形,聽得我心裡直嘆:林子大了,什麼鳥沒有?李老師經常幫許多富豪鑑定古錢幣,她的口頭禪是:「一堆破銅爛鐵不值錢!」古錢幣值不值錢,除了決定於年代、幣型,出土數量的多寡是重要因素,李老師口中的,不值錢的破銅爛鐵,在我們看來,能擁有相當年代的真錢幣,不管是不是大量出土,感覺就已經是「恭喜發財」了!

我挑了最靠近門邊的位子坐,王老師要我往中間坐,我說坐門邊可以隨時「奪門而出」,他聽了會心一笑;中午到浙博餐廳吃飯,王老師事先提醒我們,要跟餐廳說是浙博的人,價錢才會打對折;我還不敢貿然嘗試肉邊菜,叫了一碗素麵,果真「陽春」得可以,除了麵條外就是四、五片青菜,湯鹹得我不敢多喝一口。

下午是古錢幣實物教學,各朝貨幣,金鋌、銀鋌擺了一桌,我們何其有幸,上課第一天就是「金銀滿堂」;課間休息時,汪大哥說:「妳是我們這團唯一有『地陪』的哦!」想到王老師昨天好像說 1994 年蓋浙博孤山館區新館之前,地底下是墳場,我說:「我會

努力對他們釋出善意」，之所以感覺我的「人緣」越來越好，是因為上午上課時，約三分鐘打一個哈欠，到下午已降至五分鐘一個，想到如此「耗能量」的學習，真不敢想能否熬過一個月。

　　杭州的溫度比臺北熱，五點下課後，36度的高溫伴隨著吹過西湖的熱風，還是會把人薰香；這兩天貪看貪玩走了太多路，大、小腿只要有肉的地方，沒一處不痛，可能是涼鞋不夠輕便的原因，我決定買一雙球鞋來穿，到了 NIKE 跟 ADIDAS 的專賣店，看一看價錢，不比台灣便宜，忍痛刷卡買了網球鞋、襪子、排汗衫，都怪自己偷懶，出國不管是不是想走路運動，我「鐵腿」兩天換來的心得是：球鞋一定必備。

　　下了課和其他三位妹妹一起行動，逛完百貨公司逛超商，首要目標仍是找素食泡麵，大陸管泡麵叫「方便麵」，昨晚沿著西湖邊的商店我一家家問，沒一家有賣，在大陸泡麵佔有率高居第一的「康師傅」，在台灣有賣素食的，在杭州卻沒有，足以證明這兒吃素的人口少之又少，我開始懷念台中的好，想吃素食隨便找都有，就連一般餐廳，菜單上也都有一、二道素食套餐；想吃素食泡麵，各家超市少說都有四、五種品牌讓人挑，素食人口的多寡是跟「福氣」有關的，能聽聞佛法的地方，是如假包換的「福地福人居」，之所以感覺自己是「福人居福地」，最「經典」的例子是：台灣紅衫軍上街吵，引起穿紅不穿紅的「意識流」，全民都可以自由表述；我在課堂上，上可批政府亂七八糟的施政，下能批「中華民國萬萬『稅』」，跟從不看新聞，不關心國事、天下事的學生說得口乾舌燥，也不用擔心會看不到明天的太陽，這樣的「福報」，我當是好幾世修來的。

　　未來得在新飯店住上十七天，洗完衣服的同時忍不住瞄了送洗單子上的價錢表：恤衫跟牛仔褲一樣，一件十五元，是最低價錢，冬天的長袍、外套一件三十元，折合浙博餐廳的飯錢，洗一件外套是六天的午餐錢，想來同伴們此刻也都正忙著洗衣服，就連四位在家可能從不洗衣的大哥們應該也一樣。

　　在飛機上，公交小姐提到大陸的新聞是有過濾的，要想知道過濾到什麼程度，電視自然是非看不可；馬路上隨處可見的橫幅標語太制式化，今早上學時，看到西湖邊的草地上豎著「小草在此生長請勿打擾」，這是到杭州三天來看到最有意思的；聽慣台灣記者經常越俎代庖，為民喉舌式的新聞「解讀」，大陸記者播報的新聞，幾乎每一則都有「思想改造」的況味，各省的旅遊廣告超多，在台灣司空見慣的化妝品、內衣褲、衛生棉的廣告，在大陸少得可憐，就連連續劇的激情畫面，經常燈一暗被子一拉就結束，在感慨台灣的孩子從小就被電視「教壞」的同時，也不禁要感嘆社會主義的「用心良苦」。

吳越錢氏王朝

平日視遲到為敗德，等待為浪費生命，今天是我「自由日」的開始，我決定不跟其他人同進同出了。第一天走的路，比在台灣一個禮拜走的路還多，今早仍忍著「鐵腿」的微痛，決定爬山去，想把西湖對岸山頭，能俯瞰西湖的全景畫面先植入腦中，因為深怕三週過後，離開杭州時會因為沒看完西湖十景，將遺憾難與西湖「道別」。一早爬山的多是中、老年人，身後忽然傳來一聲「喂……」，餘音兜轉了好幾匝，前面迎來一位大姐，也跟著「喂……」，一出口卻是不成聲的破音，沒人笑她，身後的大叔或許是真有練過的，也或許他正站在恰當的位置上發聲，才會讓餘音在山林裡迴盪不絕，我開始想像阮籍當年與蘇門真人，在蘇門山對嘯的樂趣。

單獨行動的同時，發現我跟杭州人問起話來不知不覺改變了音調，苦的是杭州人說的是杭州話，講起普通話速度一快我往往聽不出意思來，特別是想買東西時，聽不清楚價錢就不知該怎麼殺，問路也會因為聽不清楚不好意思再繼續問；從棲霞嶺到黃龍洞，一路好走，路邊有岔路到其他景點，我決定以後再來爬，每回不走同一路線，今天怕迷路不敢亂繞，直直走到黃龍洞折返回棲霞嶺，還不到一小時，決定開始往右邊第一個岔路前進，哪知不似先前平坦，一步一階爬到都聽得見自己的喘氣聲，回身往後一看，簡直不敢相信台階是近乎垂直的角度，有些懼高的我只敢向前看，到了平緩處，從樹林縫間放眼望去，右側是白堤全景，我想到昨天在白堤上看著對岸的保俶塔，問了位能說普通話的先生，得知從腳下來回保俶塔

得花上四十分鐘，只得作罷！我爬的這座山在飯店後面，名叫寶石山，山腳下是棲霞嶺，路兩邊的小販有賣衣服、蔬菜、水果，顧客全都是一早爬山的人，我心想：就算買不到素食泡麵，也可以吃水果度日，越想越覺得幸福。新飯店是「軍人招待所」，住在裡邊不用多想，絕對是「安全第一」，飯店五樓的陽台可以遠眺西湖，飯店後面是寶石山，我已開始煩惱有空時，不知該愛哪個多一點。昨天放膽吃了兩餐肉邊菜，今天是到大陸第一次排便，自有記憶以來，從沒三天便秘的紀錄，考慮要開始以水果裹腹的同時，也逢人招呼，誰要能幫我買到素食泡麵，兩倍以上的價錢收購。

　　下午參觀杭州歷史博物館，館內正展出吳越錢氏王朝出土的寶物。錢鏐出生臨安石鏡鄉臨水里，家不遠處有棵大樹，錢鏐小時候每天跟同伴在樹下玩，他坐在大石頭上對著樹群「指麾為隊伍」，顯貴之後，唐昭宗為了收買錢鏐，改錢鏐故鄉石鏡鄉叫廣義鄉；臨水里叫勳貴里；所居之營叫衣錦營，不久後升「衣錦軍」；錢鏐小時候玩的那棵大樹被封為「衣錦將軍」；天復元年，錢鏐稱霸，大會故老賓客，把所有的山林樹木全都披上錦幄，代表衣錦榮歸，開平四年，不可一世的錢鏐寫下〈巡衣錦軍製還鄉歌〉：

> 三節還鄉兮掛錦衣，碧天朗朗兮愛日暉。功成道上兮列旌旗，
> 父老遠來兮相追隨。家山鄉眷兮會時稀，今朝設宴兮觥散飛。
> 鬥牛無字兮民無欺，吳越一王兮駟馬歸。

《湘山野錄》記吳越父老全不解此歌的含意，錢鏐改用吳音唱道：「你輩見儂底歡喜，別是一般滋味子，長在我儂心子裏。」錢鏐第一次表演翻譯過的「吳儂軟語」──〈巡衣錦軍製還鄉歌〉，《湘山野錄》記：「至今狂童遊女能傚之。」文采不怎麼好的錢鏐，偏

偏又愛裝學問，詩僧貫休曾經以詩投靠，貫休七歲出家，日讀經書千字且過目不忘，又工書畫，所繪十六羅漢圖，後代畫羅漢像的，無人能比貫休更得古僧風韻，貫休〈獻錢尚父〉：

> 貴逼人來不自由，龍驤鳳翥勢難收。滿堂花醉三千客，一劍霜寒十四州。
> 鼓角揭天嘉氣冷，風濤動地海山秋。東南永作金天柱，誰羨當時萬戶侯。

錢鏐被此詩捧得樂不可支，下令貫休將「十四州」改為「四十州」，說是改好後方肯相見，貫休性格得很，說道：「州亦難添，詩亦難改。閒雲孤鶴，何天不可飛。」最後離開吳越國入蜀去了；第一位吳越國王，是不怎麼有品的國主，對名動禪林的高僧貫休如此不屑，大順二年登進士第的吳仁璧，錢鏐多次要他當官，吳仁璧偏偏「累辟不就」，錢鏐一怒，把他給活活沉江；不懂得收買僧人、文士的錢鏐，管理下屬卻很有一套，《晉公談錄》記錢鏐平日說話，底下人全都聽；有一天，力役過多的雜役兵士中，有人在公署牆壁題詩：「沒了期，沒了期。營基繞了又倉基。」管理雜役兵士的一看全都氣炸，錢鏐說不必生氣，接著題上：「沒了期，沒了期。春衣繞了又冬衣。」雜役兵士看了之後，「怡然力役，不復怨咨。」錢鏐是深懂企業管理的鐵則──先畫大餅給人吃。

　　吳越國最後一位國王錢弘俶，傾一國之力奉佛，宋太祖開寶八年（975），錢弘俶為慶祝寵妃黃氏生子而建塔，取名為「黃妃塔」，塔址山頭名雷峰，後人因而改「黃妃塔」為「雷峰塔」，與寶石山上的保俶塔相對，古人形容：「雷峰如老衲，保俶如美人。」明代馮夢龍《警世通言》之〈白娘子永鎮雷峰塔〉，使得「愛情」在西

湖，從此與「雷峰塔」、「斷橋」劃上等號；斷橋位於白堤東端，西湖大大小小橋樑中，以斷橋名氣最大，唐朝張祜〈題杭州孤山寺〉：

樓臺聳碧岑，一徑入湖心。不雨山長潤，無雲水自陰。
斷橋荒蘚澀，空院落花深。猶憶西窗月，鐘聲在北林。

張祜詩中出現「斷橋」二字，可知斷橋與白堤始建年代相去不遠。錢弘俶在雷峰塔地宮埋下「阿育王塔」的第二年，吳越國就被趙宋滅掉，錢氏王朝墓地所挖出的財力無法估計，最令我感興趣的是墓室上頭的星象圖，在中國墓葬中是首次出現，其用處應是跟吳越國擅長的航船有關。

杭州歷史博物館位處半山腰，再向上走是城隍廟，城隍廟晚上是座「燈廟」，夜晚與西湖邊的雷峰塔相互爭輝，毛澤東發起「反右鬥爭」時，曾把城隍廟拿來作文章；五七年初，毛在「最高國務會議」和「全國宣傳工作會議」上發表談話，懇請黨外人士幫助共產黨「整風」，多提意見使共產黨能更有效率地為人民服務，這個談話的書面材料和後來正式發表的小冊子大不一樣；表明要向黨外人士「取經」的毛主席，談話十分平易近人，態度謙虛，語言幽默，讓黨外人士忍不住雀躍歡呼，毛說：「我在杭州時，要我的兒子、女兒去城隍廟看相算命，孩子們說那是封建迷信，不肯去，我對他們說：『再不去可能就看不到了！這種從舊社會留存下來的東西，快要被淘汰了！』」與會者聞之大笑！毛又說：「我家中有些沙發，不想要了！你們當中有誰想要，我賣，價錢不貴。」又贏得一陣大笑，城隍廟的看相算命，跟毛主席家的舊沙發一樣，在共產黨的第一個「五年計劃」之下，漸漸走入歷史，毛希望大家「知無不言，言無不盡。」「言者無罪，聞者足戒。」這樣的姿態使得那些閱歷

豐富，世故老道的士大夫們，紛紛鼓掌響應，社會學家費孝通就寫了〈知識份子的早春天氣〉，該文代表了當時絕大多數知識份子的心態，費文後來被定為「大毒草」，全國傳達毛的講話，各行各業都開始「大鳴大放」，科研機關、大專院校的「大字報」鋪天蓋地，一派熱火朝天，那情況是頗複雜的，有出於真心向共產黨提出批評的，動機良好；也有心中不滿，受了委屈想發發牢騷的；當然也有仇恨共產黨，想借機報復「趁火打劫」的，這樣的人一定有，但不多，任何革命都是物質、財富的再分配，廣大的勞動群眾擁護共產黨，而失去土地、財產的地主資本家，以及沒跟老蔣去台灣的，舊政府的官僚就不同了，他們和他們的子女，正努力適應新的環境，這些人很少敢跳出來「向黨進攻」，大多數「士大夫們」，即那些反蔣的民主人士，很願意為新政權服務，提意見的大多數是這些人，批評、提意見，總說些不足之處，不同於「戴高帽唱頌歌」，「士大夫們」沒想到，等待他們的是一頂頂「右派」帽子，毛食言了！他說話不算數！

　　杭州歷史博物館前的吳山廣場，不全是因歷史悠久的城隍廟而成為杭州有名的觀光景點，廣場邊矗著塊大石，刻著「吳山天風」四字，「天風」的聯想是跟城隍廟的高度有關；廣場旁邊的「清河坊」古街，則是杭州政府苦心營造，專門吸引外來客消費；古街賣有各省的地方小吃，還有「舊社會」才看得到的特產、雜耍，最醒目的招牌是清代紅頂商人胡雪巖家開的「胡慶餘堂」；街尾的麥當勞位於一棟古色古香的建築物內，上頭還高掛著整排的紅燈籠，「舊社會」的氣息十分濃厚，在歷史博物館看完了錢氏王朝被盜得所剩不多的陪葬物，我站在「清河坊」招牌下，瞅著街尾麥當勞的紅燈籠，心想：毛大人若地下有知，怕也會想出來逛逛。

　　文史研究者到大陸，除了民情風俗必看，書局是必逛之處，在大陸買書寄回台灣，價錢跟在台灣買差不了多少，好處只有一個，能夠買到在台灣買不到的專著；胡老師帶大家到杭州規模數一數二的「博庫」書局，可能是非假日，人不多，有會員卡可以打九五折，為了幫團員跟自己省錢，我打擾了近二十名顧客，只有一人有會員卡，但沒帶在身上，現場辦會員卡要收二十元，累積滿二千元可以辦九折的貴賓卡，但得在一年之後才可以換卡；在台灣只要當天買滿若干元，現場就可以用買價辦會員卡，就這一點，大陸的業者是該學台灣，二十元的會員卡費，無法對當地人起到刺激消費，是明顯易見。

　　晚餐時間到，胡老師帶大家去大名鼎鼎，「東坡肉」燒得很好吃的「外婆家」，非假日時間竟然客人滿滿，大夥兒怕趕不回書局拿書，只好換別家館子；身為素食者，不能向人多提吃完肉邊菜後，大半天嘴巴跟鼻腔的味道有多難過，只能跟人笑說自己是「飯桶」，不能明說自己一餐吃三碗白飯，全是為了把肉邊菜的味道壓下去；在團體活動中，雖然隨身都有自備乾糧，也不能讓其他人老是問我如何祭拜五臟廟的問題，在「從眾」的情形下，只能期待不要再因為吃太多白飯導致便秘；高行健在《一個人的聖經》，提到文化大革命時的農村，百姓窮到只能吃葛根度日，拉出來的全是硬度很高的屎粒；我一天逼自己至少要喝超過1000C.C.的水，吃三種以上的水果，一餐吃兩三碗白飯，排便對我而言，依然是「硬度」很高的問題，苦的是我還找不出問題究竟出在哪裡。

　　在大陸搭計程車叫「打D」，這稱呼從何而來，這涉及到廣東人唸英語，計程車的英語是taxi，廣東人用廣東腔讀這幾個英文字，接近「計程車」的意思，傳到江浙一帶，叫計程車簡稱「打車」，

進一步演變為「打 D」，司機叫「D 哥」，如此解釋不知是否合理，回飯店時終於忍不住問司機，為何司機跟乘客之間要圍起塑膠板子？問題很蠢，想也知道圍塑膠板子是為了防搶，D 哥說：「前些年搶 D 哥的案件很多，特別是年關將近，一些外地來的人沒錢回鄉過年，D 哥成了最大的目標。」我問成為杭州市的「D 哥」得具備哪些資格，D 哥說：「重要的是得先有開三年車的資歷。」我終於明白這幾天來，經常看到人車「亂來」，卻未見半件車禍的原因，馬路上的「D 哥」可全都是有高超技術的，在台灣自詡開車技術好的，沒到大陸親自試過上路，都不算有技術；這幾天「打 D」都聽到電台播張清芳、周華健的歌，流行歌曲的腳步，想來是跟大陸改革開放的速度「同步」。

漢六朝文物及佛像

　　換了新飯店，沒了爬山的人潮當鬧鐘，今天是美美的睡到自然醒，清晨逛湖爬山的豪情，全被新飯店舒服的好覺弄得壯志全無。第四天繞著西湖走到浙博上課，沿途的景點，總讓我感到有些妝點過度，《水滸傳》裡打虎的武松，墓前依舊冷清；紀念「秋風秋雨愁煞人」──秋瑾的「風雨亭」中，是遊西湖的人最愛的納涼地；五代名妓蘇小小，小孩子在她圓形光滑的墓頭上爬來爬去；位於「孤山」的中山公園，園內沒有孫中山先生的銅像，那是「梅妻鶴子」的主人──林逋的隱居地，西湖太美，美得讓人不想去「計較」湖邊為何會有這麼多的附會傳說。

　　唐代詩人中，最愛西湖的，應屬曾任杭州刺史的白居易，白居易曾說：「官歷二十政，宦遊三十秋。江山與風月，最憶是杭州。」白居易任職杭州時，孤山島上就有寺院，〈西湖晚歸回望孤山寺贈諸客〉：

> 柳湖松島蓮花寺，晚動歸橈出道場。盧橘子低山雨重，棕櫚葉戰水風涼。
> 煙波澹蕩搖空碧，樓殿參差倚夕陽。到岸請君回首望，蓬萊宮在海中央。

不必細究為何西湖上的小島會被白居易形容為「蓬萊宮」，孤山島在唐代早就「不孤」，這點是可以確定的；白居易還在〈杭州春望〉提到：「誰開湖寺西南路，草綠裙腰一道斜。」可知唐代的孤山，

路邊草綠，放眼望去有如女子的裙腰，這應是指右轉西泠橋後那一段路。白居易在詩中坦承被西湖留住，從他逛西湖之餘所寫的快活詩，答案不言自明，〈湖上醉中代諸妓寄嚴郎中〉：

> 笙歌杯酒正歡娛，忽憶仙郎望帝都。借問連宵直南省，何如盡日醉西湖。
>
> 蛾眉別久心知否，雞舌含多口厭無。還有些些惆悵事，春來山路見蘼蕪。

這位嚴郎中是西湖諸妓的老相好，白居易說自己「盡日醉西湖」，故意刺激還在南省值夜的嚴郎中，實在不夠朋友；三年風流快活賽神仙的白居易，要離開西湖時寫下〈西湖留別〉：

> 征途行色慘風煙，祖帳離聲咽管弦。翠黛不須留五馬，皇恩只許住三年。
>
> 綠藤陰下鋪歌席，紅藕花中泊妓船。處處回頭盡堪戀，就中難別是湖邊。

白居易的難別西湖，不全是因為西湖的楊柳、風煙，而應是湖上妓船以及湖邊歌筵；離開西湖後，〈杭州迴舫〉寫道：「自別錢塘山水後，不多飲酒懶吟詩。欲將此意憑迴櫂，報與西湖風月知。」少了西湖「風月」的白居易，晚年有很會唱歌，生得櫻桃小口的樊素，以及很會跳舞的小蠻為伴，想來西湖三年給他的「刺激」不小。

孤山島上的「樓外樓」餐廳，生意好到有專屬的「樓外樓」飯船，供遊人邊遊湖邊用餐，旁邊還有一處活魚場，是西湖唯一的養殖區，想當然是獲得經常光臨餐廳的高層准許的；這種特權也不是近代才有，吳越國王錢鏐就曾經要西湖的捕漁人，每天必須進貢魚

數斤，稱之為「使宅魚」，曾在錢鏐手下當過錢塘令、鎮海軍掌書記、節度判官、鹽鐵發運副使、著作佐郎、奏授司勳郎的詩人羅隱，在〈題躞溪垂釣圖〉寫道：「呂望當年展廟謨，直鉤釣國更誰如。若教生在西湖上，也是須供使宅魚。」羅隱用了姜太公釣魚的典故，要不是對錢鏐實在看不下去，也不會寫詩譏諷。放眼西湖邊的餐廳，似乎只有「樓外樓餐廳」公然在餐廳前的西湖養殖活魚，或許是太過引人「側目」了，這幾天我還看過「天外天」、「嶺外嶺」、「山外山」的菜館名，汪大哥說山外山是打對台的，「天外天」、「嶺外嶺」是跟著湊熱鬧的，不知是也不是；想到我到西湖多日，還沒找到素食餐廳大打牙祭，決定下課後去買腳踏車，不買車的話，回台前也只熟悉從飯店經岳王廟到浙博的西湖一隅。

　　今天的課程是漢六朝文物及佛像研究，授課的是黎毓馨老師，雷峰塔地宮的挖掘就是黎老師負責的；佛陀提到以「舍利」建塔，能使瞻拜者「生獲福利，死得上天。」漢地對於舍利靈驗的說法，來源是晉安法欽所譯之《阿育王傳》，言阿育王取佛陀舍利，一舍利付一夜叉，於一億人所居之處，一夜之間造了八萬四千佛塔；《咸淳臨安志》載五代時，吳越國最後一位國王錢弘俶仿阿育王造八萬四千佛塔，雷峰塔地宮出土，銀質鎏金的「阿育王塔」，中藏「佛螺髻髮」，證實了《咸淳臨安志》的記載。錢弘俶還製作了許多「寶篋印經塔」，為何叫「寶篋印經塔」？傳說有二：一是塔的外型像寶篋（篋，箱子之意。）內藏印經；二是塔內專放《寶篋印陀羅尼經》，《寶篋印陀羅尼經》是《一切如來心秘密全身舍利寶篋印陀羅尼經》的簡稱，據傳誦此經或放入塔中禮拜供養，能夠免除三惡道之苦，得無量功德，錢弘俶因畏懼殺戮過多，因而造了許多「寶篋印經塔」，日本留學僧道喜來到中國，在宋太祖乾德三年（965）

所寫的「寶篋印經記」，就提到錢弘俶「鑄八萬四千塔，摺此經（按：指《寶篋印陀羅尼經》），每塔入之。」「寶篋印經塔」隨著日本留學僧人傳到日本，我請教黎老師，法門寺的佛陀指骨舍利出土時有拍到佛光，雷峰塔地宮裡的阿育王塔出土時，是否也有佛光？黎老師說沒見到佛光，倒是有一隻蟲子滿屋子飛來飛去，大家都說那是白娘子變的。

　　下午是實物教學，手推車的四個輪子，一個全扁，兩個半扁，剩下的一個看似正常，上頭堆了滿滿的，浙博典藏的「無價之寶」，自然也包括連戰無緣得見的「阿育王塔」。手推車顫顫巍巍的，從庫裡被推到貴賓室來，這樣的「冒險」看在眼裡，浙博所有人員對這次移地教學的重視，任何言語已屬多餘；「阿育王塔」一出現時，所有在場的團員以及浙博的老師、工作人員全都肅然起敬圍了上來，台灣同胞發揮慣見的「集體潛意識」，人手一機拍到全然忘我的地步，考古課程首重的「上手禮儀」全失；汪大哥問我有沒有感覺到貴賓室裡有一股祥和之氣，我說這是三天上課下來，我第一次在中間地帶流連忘返而沒打哈欠。

　　「阿育王塔」，塔高 35 釐米，方形的底座邊長 12.6 釐米，塔身邊長有 12 釐米，四面有淺浮雕，是有關佛陀成道的故事，塔身的四角，每角各有一根山花蕉葉，上頭有佛陀從出生到涅槃的故事，正中央矗立「五重相輪」，上頭有忍冬圖案及連珠紋，在塔身鏤空之處，可以瞧見裡頭供奉著「佛螺髻髮」的金棺銀槨，浙博尚未準備好要開啟；雷峰塔在 1924 年倒塌時，杭州百姓口耳相傳，把「經磚」訛傳成「金磚」，奔相走告雷峰塔下有「金磚」，杭城百姓連夜「巡塔」，謂為考古浩劫一點也不為過；唐朝諸帝迎法門寺的佛陀指骨舍利入京供奉，是衝著三十年一開則國泰民安的傳說，文學

在一般人眼中經常是不切實際的，我對著「阿育王塔」，想到法門寺佛陀舍利「三十年一開」的傳說，心中早已合掌默禱：兩岸所有的「交通」，可別真的等上三十年啊！

　　帶隊的胡老師在行前說明會曾叮囑過，除非浙博的老師說能摸實物，才能伸手觸碰，團員大致上都能謹記，浙博從未在展示廳公開展出的文物，在實物教學時，我們是先睹為快；第一天上古錢幣實物教學時，李老師讓大家摸夠了宋代的銀挺；今天黎老師拿出漢代陪葬用的陶幣，雖是陪葬的明器（冥器），大家也放膽摸夠了漢代的陰間貨幣，浙博授課的老師們對我們是如此的全無「顧忌」，團員也因浙博對我們的信任，更加打從內心感激，當大家摸夠了陰間貨幣，半開玩笑說：現在是燒信用卡、房子、汽車、銀行時，我想唐代從帝王到百姓，瘋狂奉佛以「邀冥福」的現象，隨口跟胡老師說：「唐朝的死人拿到漢代的錢幣知道該怎麼花嗎？」一說完就知道「禍從口出」了，連打了三個哈欠後，在奪門而出前我又對王老師說：「這兒的『地陪』看來是對錢比較有興趣。」一講完我知道又錯了，別人可以戲稱「他們」是我的「地陪」，我照樣稱呼是真的太不像話了！

　　在貴賓室外的迴廊，哈欠一個接一個，我把自第二天開始就隨身攜帶的綠度母、白度母、蓮花生大士共三張佛像拿在手上，唸完「六字大明咒」接著唸「大白傘蓋佛母頂咒」，數不清唸了幾遍「迴向偈」，仍無法終止我「禍從口出」的報應，眼油流到來不及擦，一股想大哭的衝動連自己也感莫名，哭就表示受了委屈被欺負，實際的情況明明是自己不對；我忍住不哭，走到 36 度高溫的花圃邊，面對著浙博的鎮館之寶，複製後被嵌進石頭的，戰國越王者旨於睗劍，仍然止不住哈欠，我突發奇想：把花圃當作「經行」的場地，

或許「好兄弟」肯接受我的歉意；頂著大太陽邊唸邊走了約半小時，情況仍未見好轉，我被太陽曬到頭發昏，只好回到迴廊的石椅上繼續懺悔，不知過了多久，工作人員把實物搬上四輪不全的手推車時，我已是汗涔涔而淚（眼油）潸潸，說來也怪，回到貴賓室不到五分鐘，哈欠就停止，無形的世界，不是我輩凡夫所能理解，我只有懺悔不該隨口妄造語業，佛陀禁止弟子「戲論」，是真正有其遠見。

　　下課後，我從飯店走到浙大門口，先幫儲值卡錢已用光的胡老師儲值，因為沒帶她的手機，老闆娘要撥一分鐘五毛錢的付費電話才能通話；呂老師說大陸不賣二手的腳踏車，任憑我跟老闆娘說我是從台灣來學習的，新車頂多隻騎上十五天，老闆娘還是說什麼也不打折，一百六十八塊的鐵價，只附送一個小鎖，我也只能求菩薩保佑，車子別太快被偷走。買好腳踏車，我一路騎進浙大尋找餐廳，雖有找不到素菜的心理準備，仍抱著高級學府或許有因應「自由選擇」的可能，結果依然令人失望，菜是現炒的，鬧烘烘的餐廳我不想拉大嗓門，跟賣麵的師傅嚷說我只要麵條外加燙幾片青菜就好，想到還有間留學生餐廳，留學生中一定有因宗教信仰吃素的。記得台灣有位大學校長曾說過，大學之所以被稱為大學，不是因為有許多大樓，而是有許多大師；在台灣見慣了四、五層以上的教學大樓，在浙大放眼望去，樹比樓高，王老師曾說浙大共有四個校區，我想，社會主義一切國有，樹比樓高是先天的好處，但校區四處分散，不也太浪費國家資源了嗎？

　　在餐廳附近看到拿著網球拍的學生，打聽到網球場所在，我一看傻眼，竟然是在台灣從未見過的水泥場地，地上的白線是網球線，網子是網球網，還有兩個正在單打Ｄ，是網球場沒錯，我問還有沒有其他的場地，打聽到另一邊可以打牆壁，已得近二十年網球癌的

我，當下決定去買球拍；浙大還有水泥的網球場地，可見網球在大陸，還是有點貴族的運動，浙大的學生，體育課想來是沒有網球課。

香港機場收人民幣但只找港幣，在大陸有美金不管用，身上沒人民幣是寸步難行，人民幣的一角錢，對眼力、記憶力不好的人是一項大不便，共有三種，我曾把一角錢的紙鈔誤以為是一塊錢，把一塊錢的銅幣當成一角錢，原先還擔心在機場換的人民幣花光了，只能借貸直到第二位帶隊老師從台灣帶人民幣來換，這幾天只要一看到銀行提款機就去試，只有浙大斜對面的「中國銀行」接受我的卡。

天早已全黑，我騎著新腳踏車沿著浙大前的玉古路回飯店，憑著從地圖上獲得的印象，依著直覺慢慢騎，以為不久就會看到飯店前面，岳王廟邊的肯德基，誰知經過了植物園好久還沒到，一看路標，是往靈隱寺的靈隱路，兩邊全是黑不見天的大樹，路上幾乎沒什麼車，只有一兩個跑步的人經過，我不敢把腳踏車籃子裡的地圖攤在路燈下看，那驢樣想也知道笨蛋才會做，身懷相當外地來打工的，半年的薪水，心裡忍不住開始發毛；問了個好心人告訴我該往回騎，再問人告訴我肯德基不遠了，終於在較亮的路口看到公安，告訴我該在岔路右轉北山路，看到肯德基招牌的一剎那，驚魂總算甫定，算一算時間，走路去浙大花了十幾分鐘，騎腳踏車回來花了四十幾分鐘，路果真是長在嘴上。

漢六朝銅鏡

　　大三以後再沒騎過腳踏車，我對自己昨晚從浙大騎回來的表現打一百分；環西湖有行人專用道，是兩輛腳踏車可以並騎的寬度，我一早在行人專用道上騎腳踏車到浙博，過足了在台灣從不敢嘗試的，逆向行駛的癮；杭州的馬路很少有紅綠燈，車子開得飛快，行人跟騎腳踏車的，想過馬路得在第一時間跟在轉彎的大車後面，才有可能順利到得了對面，看在出門習慣盯著小綠人漫步的台灣人眼裡，真的是馬路如虎口，怪的是喇叭亂按行人亂走，如此亂七八糟的交通，竟然是亂中有序。

　　王老師說腳踏車可以停放在浙博員工的車棚，我在車棚看到一位小姐穿著電視畫面上經常出現的，杭州小姐外出時對抗 36 度高溫，風吹起來像蝴蝶翅膀，手背連肩的披風，我問她披風在哪買的，她說小東西一件十塊，要送我一件，浙博的老師們對本團青眼相待，把壓箱寶全搬了出來，連職員也對我如此熱情，這種「一家人」的感覺，在同文同種的同國同鄉姊妹身上，還不見得能遇到。

　　坐著等王老師來開貴賓室大門，我發現迴廊的地板不是用掃的，而是用拖的，打掃的大姐把拖把在迴廊下的溝水裡涮兩下提起來拖地，我心想：溝裡頭的紅鯉魚真是命大。大姐跟我說她有個叔叔隨蔣介石到台灣，再也沒回來過，我安慰她：要是人還在，肯定會回來。說完發覺自己根本在瞎說，蔣經國「父債子還」，讓老兵回鄉探親，能夠回來的早全都回來了。

　　介紹每天的授課老師，是李剛館長的任務，李館長在文革時正值慘綠年少，在動盪的年代裡，為了轉移「壓力」，背了許多古詩詞；中國男人吟詩誦詞，能使聽者印象深刻的，大別有兩種：一是如山東大漢，手執牙板，歌大江東去的豪邁；一是婉轉低回，聲聲掩抑中有道不盡的千般柔情，李館長的「風格」，恰是剛柔兼濟，借代、暗喻齊來，聽李館長引言，讓我想到劉禹錫的詩：「請君莫奏前朝曲，聽唱新翻楊柳枝。」平日最難耐「前朝曲」的我，聽了李館長的「新翻楊柳枝」，我往後真得多在「說話」方面下功夫。

　　今天的課程是漢六朝銅鏡研究，授課的是梅叢笑老師，真是人如其名，李館長先是誦陸游〈卜算子‧詠梅〉：

> 驛外斷橋邊，寂寞開無主。已是黃昏獨自愁，更著風和雨。
> 無意苦爭春，一任群芳妒。零落成泥輾作塵，只有香如故。

詩詞造詣遠高於政治頭腦的毛主席，1961 年讀了陸游此詩後，忍不住技癢仿作：

> 風雨送春歸，飛雪迎春到。已是懸崖百丈冰，猶有花枝俏。
> 俏也不爭春，只把春來報。待到山花爛漫時，她在叢中笑。

李館長一口氣道出了梅老師名字的由來，我看著梨窩淺淺的梅老師，想到杜甫〈贈崔十三評事公輔〉：「暗塵生古鏡，拂匣照西施。」越地第一美女西施，在老杜筆下已成了美女的代稱；比起西施的「半點不由人」，現代越地的杭州美女，可以在婚後考驗丈夫三年，才決定要不要下廚燒飯給老公吃，這項傳說，可真是讓台灣來的女性同胞豔羨不已！基督教說：在上帝面前，人人平等；《可蘭經》裏規定男人的地位高於女人；共產主義第二位聖人恩格斯說：婦女的

地位，反映社會的文明程度。就恩格斯這一觀點，我想：杭州該是全中國最「文明」的城市！

人類「自我瞭解」的本能需求，先是由臨水鑑容到陶盆靜水，銅鏡出現後，人類愛美的天性得到進一步的強化，銅鏡最早是作為裝飾品，製作鏡面的工匠，成了貴族的另一種「收藏」，湖南出土的，精美的戰國楚氏鏡，最能說明這種現象；唐玄宗在自己的生日當天（千秋節）大宴群臣，送鏡與百官，作為聯絡感情之用，鏡子仍然是身份地位的象徵；段成式《酉陽雜俎》記一行禪師曾奉玄宗之命祈雨，一行言：「當得一器，上有龍狀者方可致雨。」玄宗命令開內庫讓一行找龍紋鏡，數天後，一行指一古鏡鼻盤龍，高興說：「此有真龍矣。」入道場作法之後立刻降雨；在僧徒、道士手中，鏡子成了祈雨作法的法器，其神秘性已不在鏡面上的螭紋，而是跟法力高低有關；許渾〈尋戴處士〉提到：「蠻僧留古鏡，蜀客寄新琴。」在晚唐，古鏡成了贈別的貴重之物，與玄宗贈鏡和群臣聯絡感情，同樣顯示唐鏡在唐人心中，價值不斐。

把古鏡說得神秘無比的，應屬唐代薛逢〈靈臺家兄古鏡歌〉，薛逢先描寫好友靈臺，從耕夫手上買到一件一尺見方的，上頭「篆文如絲人不識。」有如「圓潭深黑色」的千年古鏡，靈臺買回去「磨瑩一月餘」，出現了「菱花」紋，再用「金膏洗拭」，「銛澀盡」之後，「黑雲吐出新蟾蜍。」薛逢接著寫道半夜有霹靂時，鏡背「盤龍鱗脹玉匣溢，牙爪觸風時有聲。」耕夫被嚇得要轉手他人，「十千賣與靈臺兄」，薛逢對這面千年古鏡十分看好：「吾兄吾兄須愛惜，將來慎勿虛拋擲。興雲致雨會有時，莫遺紅妝穢靈跡。」我忘了就最後一句請教梅老師，紅妝照古鏡，如何會「穢靈跡」？

　　下午的實物教學，梅老師讓我們看的全是六朝以前的銅鏡，她說精美華麗，敦實厚重的銀背鎏金銅鏡，是大唐盛世的代表作之一，可惜現在多落入日本人手中；我的博論是有關唐代佛教，來浙博前滿心期待能看到唐代祈雨鏡的希望頓時落空，想到精美的唐鏡又都在日本人手裡，自認沒什麼「民族情結」的我，也只能徒呼負負！李益〈校書郎楊凝往年以古鏡贈別今追贈以詩〉：

> 明鏡出匣時，明如雲間月。一別青春鑒，回光照華髮。
> 美人昔自愛，鞶帶手中結。願以三五期，經天無玷缺。

唐代美人隨身攜帶的手鏡，在六朝以前就有，本團的成員，不論老、中、青三代，受到梅老師的鼓勵，在只見光影不見容顏的，一千三百年以上的古鏡前紛紛睜圓了眼睛，「不信青春喚不回」的猛瞧，比起讓現代人原形畢露的鏡子，怪不得古人愛照鏡，因為朦朧美之美，就美在無窮的想像空間。

　　聽了一上午梅老師的「古鏡說」，我念念不忘被日人奪走的唐鏡，上頭究竟有哪些圖案，我想到唐代周匡物〈古鏡歌〉：

> 軒轅鑄鏡誰將去，曾被良工瀉金取。明月心中桂不生，輕冰面上菱初吐。
> 蛟龍久無雷雨聲，鸞鳳空踏莓苔舞。欲向高臺對曉開，不知誰是孤光主。

周匡物所見的古鏡，上有嫦娥奔月故事，有蛟龍鸞鳳圖，可以想見這些不入平常百姓家的珍品，受人鍾愛的程度。

　　午餐時間，李小萍老師帶來她的大作《金銀流霞——古代金銀貨幣收藏》，另外還送給每位團員一枚「開元通寶」，吃完午飯早

回來的，頓時「見錢眼開」，李老師還連聲說著她的口頭禪：「破銅爛鐵不值錢」，對於深許秀才人情的我，不管錢幣市值多少，盛情千古難得，更何況，這是開創唐代第二盛世的帝王所鑄的錢幣，對深信累世曾為唐人的我來說，意義非凡。

下午的實物教學，帶頭推四輪不全手推車的是黎毓馨老師，貴為主任的他，當胡老師問道：「怎麼主任也來幫忙了？」黎老師說：「他們幫我搬，我自然幫他們搬。」在台灣，通常是「有事弟子服其勞」，黎老師臨走前還跟梅老師說：「要搬回去時打電話叫我。」我想黎老師不是怕東西丟掉或毀損他得負責，看得出來他們同事間感情不錯，我注意到梅老師每解說完一枚銅鏡，就遞給一邊幫忙接手的，明天要跟我們上課的梁老師，梅老師好幾次對梁老師報以感謝的微笑，這樣具有「革命情感」的同事，實在令人艷羨。

搞考古的人一見出土文物上頭有文字，等於是得到了「天上掉下來的禮物」，西漢銅鏡上的銘文有：「大樂富貴，千秋萬歲。」一看就知道祈求的用意，張籍〈和左司元郎中秋居〉十首之二：「古鏡銘文淺，神方謎語多。」唐代銅鏡比起兩漢銅鏡，我想除了「四神」（龍、虎、朱雀、龜蛇）、「五行」、「博局」的圖像之外，讓文人「目眩神迷」的銘文一定不少，日本人若能解得開從中國掠走的，唐鏡上的「神方謎語」，對研究唐代的學者來說，真真是看到天上掉禮物下來。

梅老師和她的同事互為助手，胡老師也感覺到他們對文物的小心，開始要求我們多注意「上手禮儀」，從今天開始，只能有三架相機拍，以免發生「千古遺憾」；每次實物教學，浙博都有職員來幫忙，十分盡責的他們到後來跟團員混熟了，我問小牟：「杭州市政府要真是便民，就不該讓公車五、六點就收班，杭州人難道都沒

人抗議過嗎？」她說：「有啊！抗議沒人理啊！」我說在飛機上，要是早知道西湖的公交車五點二十就收班，逛西湖的遊客只能「打D」回飯店，我一定會對身邊任職於「公交公司」的小姐建議，多服務外來客，財源才會滾滾而來；多日來仍不放棄對杭州人打聽素食餐館，熱心的小牟竟然給我一張杭州素菜館的單子，我開心得真想馬上抱她一抱，還沒下課，我逢人便說從明天開始，終於可以吃正餐了。

下了課回飯店，帶著球拍就往浙大騎，已得「網球癌」的我，在台灣要是三天沒打球打到喘不過氣，就會有隨時蒙主寵召的感覺；二十多歲時總認為臨老還有好大一段距離，可似乎才眼皮子一張一闔，就到了臨睡前經常來不及回想一天當中發生了哪些事；都說人生最美的是「回憶」，身體要是搞到老來記不起任何回憶，深陷「無記」狀態，那真的再悲哀不過，也正因怕老來「無記」，更怕醫生說我會死於多重併發症，我謹遵醫生對我這種輕度「地中海型貧血」患者所開的藥方──要活就要動。

憑著昨天的記憶，我找到打牆壁的地方，身後是一堆半廢棄的腳踏車，左邊是排球場，嚴格來說，這應該是打排球的地方；打牆壁的不全是生手，卻得有隨時被身旁的排球K到的準備，人很多，位子擠到我除了經常得因生手打過來的亂球而停手，還得應付球在水泥地上亂彈跳，得彎身到腳踏車堆裡找，「平民化」代表的意義，就是大多數人天天都能充分享有，在這樣不合規定的地方打球，我看只有挑下雨天沒人運動時，才能享受到打球流汗的快感。

越國文物

今天一早為了等「蝴蝶裝」，我提早到浙博吃水果早餐，我問昨天跟我聊天的大姊，雷峰塔附近是不是有素菜館，一聽我是吃素不想結婚的，她頓時提高音量：「那有什麼好？我兒子今年 23 歲，女兒 16 歲，多好！」我問：「偷生不是要被罰錢？」「對啊！我被罰了一千七百塊啊！」十六年前的一千七百塊，難怪她現在是有兒萬事足，看我不答腔，她說：「不要回台灣去啦！住在這裡啦！我幫妳介紹對象啦！」聽得我啼笑皆非；另一位大姐過來跟我聊，她曾在靈隱寺聽佛陀的故事，我　聽馬上來勁，多一個叫以談得上佛法的人，怎麼說都是美事一樁，這位大姐去過許多地方，她說香港剛回歸中國的第一年，博物館裡的老幹部奉命到香港考察，回來邊哭邊對大家說：「改革開放了！共產主義要完蛋了！」她說十年過去了，沒人會說開放不好！

今天的課程是越國文物研究，授課的是梁曉豔老師。吳、越兩國位於長江下游，中原人稱之為「東南夷」；吳、越初民依江、海為生，吳的圖騰是「魚」；越圖騰是「鳥」，戰國時均為楚的附庸國，晉國為了對付楚國，派申公巫臣把中原的戰車和戰術介紹到吳國，希望吳強大以牽制楚，楚王命令文種和范蠡扶助越國，晉、楚的戰場因而轉移到吳、越，這就是近年來電視、電影最有興趣的，吳、越相爭的故事。古籍載吳、越兩國有「斷髮文身」的習俗，《左傳·哀公七年》：「仲雍斷髮文身」，仲雍到了東南夷也要入鄉隨俗改變打扮，後來成為吳地的部落酋長；《莊子·逍遙遊》：「越

人斷髮文身」，足見東南夷的文化與中原「身體髮膚，受之父母，不敢毀傷。」的儒家禮法大不同。越人斷髮文身，被中原人視為落後的代表，《史記・貨殖列傳》載范蠡助句踐滅吳之後，跑到齊國經商，後來遷往陶地，改稱陶朱公，范蠡號「鴟夷子皮」，「鴟」乃鳥氏之形，「夷」是外族，「子皮」是強調不忘「文身」，上了梁老師的課，我才知道越人之所以斷髮，是為了入水捕魚，頭髮不會跟水草糾結；文身是為了與蛟同親，避免生命危險，昨天梅老師提到越地之所以沒有戰國鏡，是因為吳、越戰爭時，青銅全拿去鑄劍，難怪頭號美女西施只能臨溪自照，西施「沈魚」一典，是要比王昭君的「落雁」來得較不誇張；越劍與吳戈，在戰國同享盛名，越被楚滅國四十年後，在紹興的越國貴族仍有能力向中原獻上大批的戰船，可見越國造船技術之發達。

　　中午我按照地圖，搭 K850 公交車到吳山廣場的功德林素食館準備吃大餐，等車時跟一位中國美術學院剛畢業的小女生聊天，大陸的高等學制，分本科與專科，分別讀四年、三年，兩者究竟有何差別，我是聽得一頭霧水；她要去跟男朋友喝茶，卻熱心的陪我一路走到餐館門口，王老師說杭州人分有文化跟沒文化的，發覺這幾天下來實在幸運，我所遇到的，有文化的杭州人實在太多，在臺北「中正紀念堂」（現已改為「台灣民主紀念館」）對面的國家圖書館，我曾遇見還沒開口問路，就對我擺手快閃的臺北人，首善之區的市民若是冷漠到連路也不讓人問，根本不配當首都市民，不配享受高於其他都市的建設與福利，難怪上海要掛出：「做個可愛的上海人」的標語；杭州自古就是江南富庶之地，改革開放後，有名的餐館在非假日也爆滿，杭州人的生活水平應該不比上海差，至於文

化方面，蓉說來杭州快一週了，還沒見到有人在她面前施展耳聞已久的「吐痰神功」。

　　功德林素食餐館，午餐時間服務人員比客人還多，還有客人吸煙，這兩樣在台灣的素食餐館很難見到；我大熱天的叫了碗什錦麵，重油重口味吃得我留下大半碗的「油湯」，想說買十個包子帶回去跟團員分享，結帳時卻發現少了兩個包子，原來被服務員先上給隔桌的客人了，服務人員說等一會兒就好，我一時忘了在大陸「一會兒」的含意，傻傻的坐著等，等到麵粉揉成生包子，生包子蒸成了熟包子，時間已超過二十分鐘，不忍心埋怨服務人員的粗心，我說：「你們這樣子服務，若遇到脾氣不好趕時間的客人，豈不被客人罵？」我自己也上了一課，大陸的「等一會兒」，要是趕時間的話，是萬萬等不得的。

　　汪大哥曾問我：「計程車司機叫『Ｄ哥』，小巴士的司機是不是該叫『巴哥』？」我坐上回浙博的小巴士，我問「巴哥」：「專開西湖的小巴為何五點多就末班車？」他說：「共產主義偉大啊！每天賠兩百塊還照樣開，都是為了方便遊客啊！」我說：「開到晚上十點鐵定不賠錢，為何不開？」他也說不上來，我心裡暗笑明明5點以後就沒班次，一點也不夠「偉大」；共產黨讓偏遠的地方還有公交車可到，台灣的客運公司卻因為油價大漲，政府補助不夠，曾經揚言一百五十多條偏遠地區的路線，政府再不補助就決定不行駛了，住偏遠地區的，沒錢的老百姓，若是享受不到「公共交通」的便利，可憐的學生跟老人家，上學、看醫生得開始走遠路練腿力，就這點來說，共產黨在「公共交通」方面，果真是「偉大」！

　　從後座過來一位要吹冷氣的小弟弟，要到浙博看展覽，他從南昌來，開始跟我談他跟媽媽這幾天來杭州的生活「價差」，南昌「打

D」起跳是六塊，杭州是十塊；南昌坐有冷氣的公交車只要一塊，杭州要兩塊；他看了看我袋裡的素包子，問我一個多少錢，我說一塊錢，他一聽舌頭久久縮不回去，說在南昌只要三毛錢，我說我來自包子一個兩塊半的地方；面對這個有文化的小五生，我問他知道台灣嗎？他說：「我知道蔣介石的故居。」原本想跟他說有機會來台灣看「蔣總統」，一想到民進黨正雷厲風行的「去蔣化」，我沒開口。

下午的實物教學，仍是黎老師帶隊，還是推著那輛四輪不全的手推車，汪大哥搖頭直嚷：「為什麼不修好？看得人心驚肉跳！」梁老師讓我們看浙江出土的文物，越劍一出現，我發覺又像前天看到漢代的陰間貨幣一樣，哈欠又開始了，心想：世間男人身份地位的表徵──名劍與金錢，難不成離開人世的也同樣眷戀？有了上回的教訓，我雖已「起心動念」，仍乖乖的不發一語，到迴廊持咒靜等下課。

下了課坐公交車到長途汽車東站，要看下週三到天台山國清寺的班次時間表，上車沒多久發覺挑錯時間了，明天是週六，又正逢下班的尖峰時間，車子停的時間比行駛的時間還長，一個只在囟門兒頂上留一撮髮的小孩兒，在台灣看不到頭上有「瀏海」（諧音「留孩」）的小孩，小孩哭了一整路，車上還好有移動電視，否則連大人都會不耐煩車擠；問了往天台的發車時間，這才發現根本不需要親自跑這一趟，打個電話問就結了，俗話說：千金難買早知道，換個角度想，沒到杭州汽車站看到比西湖邊還更勇猛穿越馬路的行人，聞到令人不想停留半刻的空氣，根本體會不出住在西湖邊簡直就像活在天堂裡。

　　回到對面站牌準備搭公交車回飯店，路邊一個十二、三歲的小女生坐在地上，頭埋在兩膝間，地上用粉筆寫著：請給我三塊錢，我肚子餓要買包子吃。我邊走邊想：一胎化政策下，還有青少年搞離家出走？萬一她真的是身上沒錢呢？折回去拿了五元給她，她抬起頭，臉色慘白，用虛弱得近乎聽不見的聲音對我說謝謝！我怕趕不上公交車，也無力幫她解決問題，出門在外的人，大都會將心比心，知道「走投無路」時是什麼感覺。

　　到了公交車站牌一看，末班車是六點二十，早過了一個多小時了，沒奈何只好「打 D」；在台灣我從不敢一個人搭計程車，這回是來杭州第一次單獨一個人「打 D」，昨天慧的皮包掉在計程車上，中午要吃飯時才發現，靠著跟司機拿的收據，最後皮包是找回來了，證件還在，四百多塊不見了，只能當成花錢消災，大夥兒安慰她：證件要是回台灣補辦，少說也要跑掉半條命！

　　我攔下計程車，一看司機長相，還算放心，上了車我開始拼命找話聊，司機說他從下午五、六點開到清晨一、二點，一個月賺三、四千塊，我仍不忘問哪裡有素食餐館，他說沒印象；我看證件旁邊有尊彌勒像，問他：「你們老闆也相信佛像會帶來財運保平安嗎？」他說：「初一、十五都有拜啊！年三十晚上還得到靈隱寺上香，路上可熱鬧了，好幾公里遠就不准車子進入。」大陸的佛寺要收門票，五點就關門，靈隱寺要收內、外兩張門票共七十元，對於有心向佛卻無財力的百姓，確實是一大負擔；杭州人除夕到靈隱寺祈福，目的是求發財、保平安，爬寶石山時，看到黃龍洞附近，一群七、八十歲的老人家圍著一棵樹合掌唸佛，帶他們唸佛的，是一台吊在樹上，放著唸佛聲的收音機，老人家對我咧嘴微笑，我說不出任何話，

對於天、地、神、人的尊敬，讓我對大陸未來的宗教政策，興起一絲樂觀。

良渚文化、江南水鄉

　　今天安排的課程是參觀博物館，上、下午分別到良渚文化博物館及中國江南水鄉文化博物館。八點鐘出發，團員們幾天下來，已習慣享受杭州的「夜生活」，都在車上補眠，一覺醒來看到路兩邊一攤攤的西瓜、桃子，果農自產自銷，跟台灣省道旁擺的一樣。到了良渚文化博物館，看到江澤民題寫館名的匾額，我的視線同時被右邊近三層樓高的玉琮吸引住，玉琮是 5300~4200 年前，太湖濱神秘的良渚文化的代表。

　　5300~4200 年前的良渚文化，比起 6000~7000 的田螺山、蕭山跨湖橋，以及 7000~8000 的河姆渡文化，算是最接近現代的；良渚博物館位於杭州北郊的良渚鎮，1994 年正式開放，佔地面積有九千平方米，建築面積有二千平方米，共展出六百多件（組）良渚文化器物，館內設有一個序廳、三個展廳，新館比眼前的舊館要大上五倍，明年就可完工。良渚文化的精髓是高超的玉雕技術，其中最令人矚目的，除了至今仍難解其意的玉質神徽，就是玉器覆身陪葬的顯貴者墓地，蔡大哥對於被上百個大小玉璧覆蓋身體的墓主，認為「蒼璧禮天」這句話有問題，他認為就算是個「顯貴者」，禮天的器物，怎麼可能大量用來作為墓葬品，認為那些玉璧該是作為碾磨工具的，我聯想到唐代的「茶碾子」，一個中有圓孔的滾輪插進一根木槌，滾動時將茶葉碾成粉狀，這些中有圓孔的玉璧，說不定在當時是用來作為碾磨糧食的器具，古人的生活器物，讓今人大猜特猜用途何在，這是考古最大樂趣所在。

　　王老師要帶我們去看良渚文化遺址，幫忙解說的小鄭也陪同前往，馬路兩旁隔十米就有一個賣桃子的攤位，攤位後面都是桃樹林，現採現賣之外，還有歡迎客人親自採摘的招牌，想到台灣的醃桃子，看得人忍不住兩頰生津，胡老師問說可不可以下去買，王老師說不行，因為下一站要招待我們的人已經打電話來催了。

　　五千年前，良渚人的神秘世界是何模樣，不得而知，玉質神徽的涵意為何，至今也仍是個謎，上頭的龍蛇紋、鳥紋、雲雷文沒透露半點消息，王老師為了讓我們更有臨場感，竟然帶我們到挖掘現場；「反山遺址」出現在良渚文化中期，大夥兒頂著 11 點的太陽，踩著豆苗田往遺址前進，經過一大片飽含水分的密草，穿著細高跟鞋的小鄭如履平地，考古人果真都是練過的；下坡時行經結實纍纍的梨園，有人問說可不可以摘，汪大哥說：「哪隻手摘哪隻手剁」，蔡大哥說：「樹枝上綁張百元鈔票就可以摘了！」這兩位台灣歐吉桑每天的裝扮、行程都很固定：腳穿涼鞋，手搖扇子，一路逛西湖到浙博上學去，到了「校門口」前，會先在西湖邊的涼椅上，吃完早餐吸完煙再進「校門」，兩人的行徑在西湖船夫眼中，或許已成為西湖的新興一景！

　　到江南水鄉博物館途中，車頂太高開不過去，王老師剛下車幫忙指揮，胡老師頓時驚叫：「看！這兒的人真好！連路人都在幫我們指揮。」王老師一上車，胡老師等不及把這個驚喜告訴他，王老師說：「那是我朋友。」王老師的這位朋友正是下午要接待我們的主人，江南水鄉博物館的陸館長。

　　午餐桌上，吃素的我又面臨難題了，想自行活動又怕被說群育不及格，生活型態處於「方外」與「方內」之間的我，與「方外之人」接觸時如魚得水，與「方內」人士應酬往來真的會手足無措，

中國人在餐桌上那一套敬來敬去的禮數，最讓我茫然無所適從，或許是太少與人交際酬酢，總認為人與人之間的交心，不在杯酒言歡間；王老師說大陸人現在流行跟同桌人敬酒，距離太遠時就把杯子碰轉盤示意，這叫做「上網」；王老師談起他跟陸館長的兄弟情感，說有一次他們前後車出去，他的車子被人違規擦撞，正忙著打電話求救的他，只知道有人跳出來拍車蓋跟對方理論，後來從別人口中得知跟對方比大聲的是陸館長，看著他倆相互敬來敬去，我想，飲食文化中的男人世界，酒無疑是最能催化真性情的東西。

　　吃完午餐，陸館長親自開道，我們的巴士直開到博物館前，中午喝多了的王老師竟然黑臉變白臉，走起路來歪歪斜斜有些不穩，看著十分有趣。中國江南水鄉文化博物館位於杭州市餘杭區臨平人民廣場北側，由人大常委會副委員長費孝通題寫館名，總面積 8000 多平方米，是全中國第一個以文化地理區為單位設館展覽，想要瞭解餘杭歷史與良渚文化，到這裡就對。館內共設有四個單元展覽，七個展廳，第一個單元「我們的家園──餘杭歷史文化展」，透過圖表、文物、場景來呈現，由七千年前的馬家濱文化，到近代餘杭歷史上發生的重大事件，以及各地名勝、自然資源等，最特別的是人物塑像，楊乃武跟小白菜的「楊畢冤案」（按：「小白菜」原名畢秀姑）最引人駐足，據說這個冤案終結後，慈禧說：這個害我朝丟了一百多頂官帽的小女子（小白菜），到底好看到什麼地步？去領來看看！慈禧看過後，對小白菜的美貌想必是首肯的，因為她對小白菜說：「你還是出家吧！」美麗的婦人進了尼姑庵，陪伴青燈古佛終其一生，活在禮教吃人的年代，製造人間悲哀的，明明是男人，但責任往往推到女人頭上，我想到白居易說女人是「禍水」，他的好朋友元稹說女人是「妖孽」，從明代開始，士大夫們說：「女

子無才便是德」，這是人類的無知，還是男人的無恥？客觀而論，慈禧對「楊畢冤案」的處理算是公正的，但也有這樣的評論，說「楊畢冤案」反映了高層的政治鬥爭，那一百多位被免去官職的官員，其政治立場大多傾向「東宮」慈安。

　　看到「餘杭古代名人牆」，我想到明、清兩代的舉人人數佔全國百分之四十，畫錄上登錄的江南畫家人數，高達全國百分之六十，人文薈萃有賴富庶，蘇杭是人間天堂的代名詞，住在西湖邊的杭州人，真的是神仙託生的！

▨ 華北飯店 ▨

今天要參觀的田螺山遺址，是一處新石器時代的村落遺址，位於餘姚市三七市鎮，三面環山，南臨平原，跟河姆渡遺址僅相距七公里，年代約西元前 5000~3500 年，遺址總面積三萬多平方米，疊壓有六個文化層，屬於河姆渡文化，是 2001 年居民打井時發現的，2004 與 2006 年分別進行挖掘，地下埋藏環境的良好，使得出土的動植物色澤鮮豔，內容豐富，足以和河姆渡遺址相媲美。

田螺山遺址一開挖，立刻引來國內外許多不同學科的專家要求參與挖掘和保護工作，也正因此，餘姚市政府於 2005 年 8 月投下鉅資建造保護棚和出土文物陳列廳，2007 年 6 月，遺址現場館正式對外開放，分為出土文物陳列室和發掘現場展示區，陳列室面積為 300 平方米，出土文物共 110 多件，發掘現場區的面積有 3800 多平方米，是江南水鄉高地下水位地區發掘現場原址保護展示的第一處，之所以要邊發掘邊展示，是因為等不及要讓人們真切感受七千年前先民的生活遺跡。

今天的行程是參觀餘姚河姆渡文化博物館，我準備蹺課，在飯店把一週來累積的睡眠不足全補齊，沒跟去學習，一睡醒就伴著蟲鳴鳥叫在飯店寫稿，靈感雖未如泉湧，卻比在台灣好上不知幾倍。浙博負責打掃的大姐告訴我，雷峰塔對面淨慈禪寺有素食餐館，傍晚近六點，我騎上腳踏車，從蘇堤直直騎，每上一座橋，都得下來牽車走路，蘇堤春曉還沒見著，蘇堤的落日早已讓我忘了午餐跟晚餐都還沒吃；蘇堤兩岸的柳樹、草地，保養良好的秘方終於讓我發

現了，工人抽西湖的水，用粗水管噴灑，堤上的行人，就算被淋到也不會發火。到了淨慈禪寺，寺門早已關了，旁邊的素食餐館也因生意不好，兩個月前就關門大吉了，聽王老師說淨慈禪寺有個放生池，「放生池」三個字是位司法界人士所題，我想，這位司法界人士應該有想到陶淵明〈飲酒詩〉：「此中有真意，欲辯已忘言。」找不到飯吃，只好沿著楊公堤騎回飯店，楊公堤兩邊大多是茶館，風景不同於西湖另一邊的，城隍廟前不遠的「鶯鶯燕燕」，楊公堤的路燈是架在樹幹上，有路燈處有茶館，我心想：在這樣的湖邊叢林喝茶聊天，浪漫之前得先準備好防蚊液。

　　七天來每天逛西湖，從沒看到杭州人彼此大小聲，環境會改變人情心性，全中國大概沒有賽過杭州的，杭州的市政方針獨具隻眼，聽蓉說五一勞動節的黃金週，許多觀光景點的門票紛紛漲價，杭州反其道而行，平日要收門票的都暫時不收，結果是可想而知，西湖遊客大爆滿。杭州的建設，有許多確實是台灣該學習的，地下道乾淨不說，下階是樓梯，上階有感應式的電動手扶梯；杭州歷史博物館的寄物櫃是靠指紋感應存取，就連博庫書店的寄物櫃也都是電腦自動選號；我一週來的食衣住行，吃飯跟交通是最便宜的，公交車有 K 字母的是冷氣車，坐一次兩元；沒 K 字的沒冷氣，坐一次一元，快到站時，擴音器會播著：「乘客們，××站到了，下車時，請不要忘記隨身物品；開門時，請注意安全；下車後，請走人行道；過馬路，請走人行行道。」有冷氣的車子還會在關門後提醒：「下一站是××站，要下車的乘客請準備。」如此周到的服務，可惜有許多路線在五、六點就末班車，杭州市區唯一跟台灣相同的一點是：街上都看得到乞討的人。

　　華北飯店的清潔人員，服務態度十分好，一週來我逢人便聊天，有來自其他省分偏遠鄉下的二十歲姑娘，有看來約十五、六歲高中生模樣的，我問其中一個，是唸餐服的，暑假過後就升高二了，現在是實習階段，在台灣，到大飯店實習，大都是大學階段的事；領班是飯店的靈魂人物，華北飯店的范領班，我每天一早在大廳寫稿總碰到她，一臉笑容可掬，這位「大總管」除了會固定敲門問有沒有電器壞掉、燈亮不亮之類的，李姐到杭州三天全都臥病在床，無法跟去上課，范領班巡房時發現她發高燒，除了告知帶隊老師要速速就醫，少帶回醫院開的一味藥，隔天還安排人幫她到醫院拿，還送粥到房間，這樣的服務品質，我想本團的每一個團員，若有機會向人介紹西湖邊的飯店，一定不忘介紹招待軍方為主，「安全第一」且服務親切的華北飯店。

西施的男朋友

　　白居易卸下杭州刺史，曾與人說起西湖的船是：「小航船亦畫龍頭。」來西湖一週了，西湖的船看來看去，全沒找到畫有好看龍頭的船，來西湖沒坐船逛西湖，不算來過西湖；沒坐過西湖的手搖船，不算真的逛過西湖，今晨終於如願坐到手搖船了，呂老師去年來時，坐手搖船認識位船夫，是西湖船隊的小隊長，給了他聯絡電話，呂老師在香港候機時就提過，他想重溫舊夢，另邀我們五人坐滿一船，六點左右開始晨遊西湖。船夫叫小史，很盡責的先從蘇堤開始介紹起，在經過一個又一個的橋墩，飽覽「裡西湖」的美景時，小史邊搖船邊說話，沒一絲喘氣，真是厲害！小史說：杭州美女有分等級：一等的，飄洋過海（到香港、美國）；二等的，到深圳珠海；三等的，白天睡覺，晚上出來；四等的，成天在家帶小孩，又說自從 1924 年雷峰塔倒了之後（現在是重蓋的），杭州的男人就開始買菜燒飯了！我想，杭州的男人體貼老婆，恐怕是富庶之地拜改革開放之賜，能幹的女性同胞有許多機會出頭，家務自然是雙方共同分擔；小史又說在地的杭州人是不幹船夫的，船夫都是外地來的，許多本地的杭州人，因為祖上有田產，靠田產的收入就不必工作，成天泡茶館搖扇子喝茶，我想：杭州三大名產：絲綢、珍珠、龍井茶，龍井茶還算普羅，絲綢跟珍珠，沒錢是無法作為「日用品」享受的。

　　在西湖坐手搖船，一小時的公定收費是 80 元，當然可以殺價，我們遊三小時才 100 元，一人平均分攤 17 元，樂得大夥兒七嘴八舌

跟小史說，打明天開始，固定大清早到蘇堤接客，團員會輪番光顧。小史把船朝浙博正門搖去，遠遠的就看到汪、蔡兩位可愛的台灣歐吉桑，搖著扇子漫步湖邊，從湖中看人比從陸地看人有趣太多，距離還遠，他倆沒聽到我們滿船的呼喚聲，只見他倆按老規矩，先是坐到背對著浙博正門口的老位子，接著開始拿煙、相互點煙，他倆在台灣本不相識，到大陸來成了枕邊人（同寢室）、煙伙、酒伴，人說十年修得同船渡，他倆的緣分，看來不止百千年。

今天是王老師親自上場，講題是浙江史前考古專題研究。王老師曾經負責挖掘過二十幾處遺址，說到：「周朝天子八百年，處處山頭冒青煙。」山頭冒青煙除了表示窯坑所在多有，也表示三代的勢力範圍，不能以北方為本位；王老師問說：「你們知道西施的男朋友是誰嗎？」「不是范蠡嗎？」「範蠡是橫刀奪愛！」王老師說他在挖掘田螺山遺址時，當地的百姓說西施的男朋友田和就埋在山上，百姓們說西施被叫去當女間諜時，田和也從軍了，西施動用她的影響力，讓田和當上軍官，吳、越之戰田和戰死，西施費了一番功夫才把田和的屍首運回老家，就葬在山上；山名為何叫「田螺」，是因為「田和」的音，代代相傳，被訛為「田螺」，現在當地的土語中「和」與「螺」發音就很接近；考古是有幾分證據講幾分話，田螺山墓主究竟是不是西施的男朋友田和，王老師說根據出土的資料，是大有可能。

聽酈老說，王老師剛娶老婆的前三年，跟其他的杭州男人一樣，都是處於考驗期，第四年老婆說他考核通過了，開始親自下廚煮飯給他吃，想到小史說自從雷峰塔倒了之後，杭州的男人就開始買菜煮飯了，聽到王老師也如此，我開始相信這個「附會」的影響力，王老師第一次殺鴨做飯，手起刀落，一刀把鴨頭剁掉，隔天上班不

到半小時，經好事者一傳播，文物局、文化局、博物館、考古所的人都知道王老師下廚的趣事，可見婚姻強大的力量足以把公子哥兒變成廚師，殺鴨如此俐落的他，談到中國許多學者信守不渝的圖騰崇拜問題時，卻不敢發表他不予苟同的看法，他說是因為怕被同行罵死。

　　中午照舊坐 K850 公交車到清河坊功德林素食館吃午餐，上週我等了「好一會兒」才等到包子，今天吃完付了錢走回車站時，才發現點的包子還沒拿就付錢走人，看來功德林的包子跟我十分過不去；回程時又遇到老愛開乘客玩笑，老說乘客沒給錢，大喊「共產黨偉大」的「巴哥」開的車，他跟坐我身旁的帥哥聊得不亦樂乎，「巴哥」說：「杭州人下班後回家，我們公交車跟著下班，這才是真正的便民；你們外地來的是遊客，政府不必在一天虧兩百塊錢的情形下，還繼續虧錢讓你們遊客方便。」我聽了雖不順耳，但知道來到「社會主義」的地方，問俗的同時更該隨俗；帥哥知道我是台灣來的，說不久前張惠妹到杭州開唱，中學生拿布條到現場抗議，原因很簡單，因為阿妹被宣傳成「綠的」；我說阿妹在台灣，只不過在元旦當天唱「國歌」，就被許多不理性的台灣人「塗上顏色」，要說誰是真正的台灣人，有原住民血統的阿妹才是如假包換的台灣人。帥哥說：「兩岸維持現狀，各自平安各美好，搞台獨的話，會挑起民族意識，對誰都沒好處。」我想起曾聽過一個兩岸學者一起吃飯時的「笑話」：大陸學者說：「四川人老說他們的辣椒辣，全湖南的人聽了都在笑；上海人一天到晚老說他們最有文化，全北京的人聽了都在笑；你們台灣人老說要搞獨立，全大陸的人聽了都在笑。」在座一位成大的老師馬上接著說：「你們政府老說要統一全

中國，全外蒙古的人聽了都在笑。」我想：兩岸政府要如何做才不會被「笑話」，全世界的人都在看。

　　下課騎到浙大旁的黃龍體育中心打球，八個場地有一半空著，晚上有加收燈光費，一小時要人民幣八十塊，打牆壁的地方沒有照明設備，一小時十塊錢，難怪浙大的學生寧願在水泥地打網球，十塊錢是兩餐的飯錢。打完球騎回飯店，還是不小心騎過了頭，還好早就把地圖上肯德基附近的地名裝進腦子裡，問了個帶小孩到公共電話亭，邊打電話邊趕蚊子的媽媽，即時掉轉回頭，順利回到飯店。

胡雪巖故居

　　清晨五點多電話鈴響，胡老師說：「外面下大雨耶！還遊湖嗎？」我說當然取消！撐傘走路到浙博上課，路上遊客依然眾多，李館長說晴天的西湖不如雨天的西湖，雨天的西湖不如霧天的西湖，明代汪珂玉〈西子湖拾翠餘談〉提到西湖之美：「西湖之勝，晴湖不如雨湖，雨湖不如月湖，月湖不如雪湖。」我看著雨中霧濛濛的西湖，想著冬天來時，斷橋若有殘雪，西湖應該有機會成為雪湖吧！在全球暖化的影響下，都聽人說，斷橋已經好幾年沒有殘雪了！也只有我這個來自四季如春的海島居民，還癡心妄想西湖有一天會再度成為雪湖。

　　白居易牧杭州，地方官的風流快活，全寫進他早春的西湖閒遊詩：「上馬復呼賓，湖邊景氣新。管弦三數事，騎從十餘人。」這支十多人組成，由白居易帶頭的遊春隊伍，「立換登山屐，行攜漉酒巾。逢花看當妓，遇草坐為茵。」帶登山屐的同時還不忘喜愛喝酒的陶淵明，把漉酒巾隨身攜帶；「西日籠黃柳，東風蕩白蘋。小橋裝雁齒，輕浪賬魚鱗。畫舫牽徐轉，銀船酌慢巡。」在黃柳、白蘋間穿梭，小橋、清浪裡遊，我懷疑白居易遊湖的地點，是昨天小史帶我們去逛的「裡西湖」，水杉環繞處，是毛主席的行館──劉莊，小史說一般坐船遊西湖的，船家最多搖到「三潭印月」附近，知道「裡西湖」的內行人，才會要求搖進來。

　　胡老師介紹本組新加入的團員淳，還說我很會照顧人，中午一下課，我開始「照顧」淳，先帶她到功德林吃午飯，下午蹺課

去看清朝紅頂商人胡雪巖的故居。進了功德林，我一提昨天忘了帶走的包子，服務員買上交代要補給我，我決定只要人在西湖，一定經常光臨。

　　胡雪巖與清王室的互動為人熟知，有意思的是朱鎔基寫的橫幅，是對胡雪巖的「蓋棺論定」，內容大致是：風光十載，驕奢淫佚，足以儆後人之類的話；向來憑直覺認方位的我，逛了一進接一進的院落，早已弄不清入口與出口，看到胡雪巖用來宴客、休閒的老七間、新七間，忍不住對淳說：「我要是在胡雪巖家當丫嬛，一定會經常迷路。」淳說：「妳不會在這裡當丫嬛的，妳會馬上被趕出去，因為吃飯時間到了，胡老爺還等不到飯吃。」胡雪巖娶了十二個姨太太，各有專門服侍的婢女，叫人時用的是「德率風」（Telphone），胡雪巖為了要搞定十二個女人，設了胡慶餘堂，傳說胡雪巖死後，日本人從他的私人醫生那兒得到「秘方」，這位後無來者的紅頂商人，因為投資失利，最後死在租來的小房子裡。

　　譚姐說她昨天來逛時，在靠近出口的地方有三隻鳥，其中有一隻九官鳥很會學人說話，兩隻聰明的擺一起，另一隻較笨的掛另一頭，服務員管牠們叫「鷯哥」，經常教牠們說話，學著學著還會跟人對話，簡單的「謝謝」、「THANK YOU！」、「您好」、「再見」，全難不倒牠們，淳故意用山東腔問：「你好」，過來了一位大姐，開口說道：「小黑，你好！」小黑馬上說：「你好！」大姐說旁邊那隻不肯跟她回禮的叫小強，接著開始對小黑說：「恭喜發財」、「生日快樂」、「謝謝光臨」，每說一句小黑就跟著說一句，聽得我忍不住讚嘆：「牠不該叫小黑，應該叫小強。」

　　譚姐說胡雪巖故居不遠有于謙故居，下課時趕畫地圖給我；明憲宗時，曾為兵部侍郎的于謙，最後被閹宦害死，才剛從胡雪巖的老七間、新七間走來，于謙故居簡單得讓人「不忍卒睹」，西湖茅家埠附近的「烏龜潭」有于謙墓地，一旁的于謙祠十分莊嚴肅穆，看過紅頂商人再看清官，想到朱鎔基對胡雪巖的評語，能不贊同者幾希！

　　錯過了五點二十的末班公交車，我和淳決定走路逛西湖回飯店，她說前天曾和朋友從清河坊走回飯店，整整走了兩個小時，南山路到孤山路浙博的西湖，我還沒全部走過，也就是，西湖一圈我還有三分之二沒繞過，我們決定走路；太陽快要下山，或許是下了大半天的雨，所有人都怕晚上再下雨，黃昏時紛紛出來散步，我們從錢王祠開始沿湖走，人還不多，快近斷橋時，我想到「西湖三怪」：「孤山不孤，斷橋不斷，長橋不長。」孤山不孤，是因為孤山島的兩端都有道路相連；斷橋不斷，是因為斷橋過來緊連著白堤；長橋不長，是因為長橋其實只有一小段，孤、斷、長的形容詞，就跟武松、蘇小小、秋瑾一樣，憑添西湖的名氣；淳嚷著：「斷橋到了！趕快撐傘，說不定會遇到『許仙』。」

　　還沒走到音樂噴泉，岸邊早擠滿了等待音樂與噴泉的人，噴泉的變化沒什麼特別，播的音樂先是「陽春白雪」的交響樂，接著是「下里巴人」的流行音樂，這點雅俗共賞十分可取。夜幕漸黑，遠處的雷峰塔通塔發光，跟吳山天風的城隍廟互別苗頭，右手邊的保俶塔，黑影子在夜色中孤冷的瞅著西湖；自古以來，淒美的愛情故事，賺去了世間多少有情男女，莫名其「妙」的熱淚，白娘子是被西湖群眾恆久擁戴的，夜晚的西湖有了她，船夫能依

塔辨別方位，更讓夜遊西湖的人，在不完美的人世間，不由自主
的編織著，追尋恆久愛情的美夢。

天台寒山

　　今天蹺課，準備到天台山國清寺，一圓我二十多年來的寒山夢。唐朝詩人寒山，禪師說他是文殊再來，道教視他為轉世神仙，活了一百多歲，沒出家卻被視為詩僧，生卒年不詳，至今身世依然成謎，留下三百多首詩，是唐代白話詩派重要的代表人物。寒山詩在五〇、六〇年代，由美國詩人史耐德翻譯了二十多首，被收入大學文選，在美國插手韓戰、越戰的不安定的年代裡，大學校園中大批迷失的靈魂，人稱「失落的一代」（The Beat Generation），被寒山詩擄獲了不少，加上日人鈴木大拙將東方禪學向西方介紹，寒山在因緣際會下，成了美國嬉皮的祖師爺；外表學寒山弊衣破鞋打扮，吸大麻的美國年輕人，不是真正的寒山迷；人格自主，思想獨立者，才真正懂得什麼是寒山精神。

　　日本畫僧可翁宗然，元代時到中國留學取經，畫了一幅〈寒山圖〉，〈寒山圖〉後來成了日本國寶，被印在郵票上發行；日本人愛死了張繼〈楓橋夜泊〉：「姑蘇城外寒山寺，夜半鐘聲到客船。」寒山寺的「夜半鐘聲」，讓日本人神魂顛倒，民國時乾脆把寒山寺的鐘盜回日本，因中國政府求索，以一口新鑄鐘還給中國；寒山詩及〈寒山圖〉，特別是寒山寺的「夜半鐘聲」，讓日本人對蘇州寒山寺情有獨鍾，為了吸引各地的觀光客，蘇州寒山寺附近出現了寒山鎮、寒山街，殊不知蘇州寒山寺與寒山一點關係也沒有，兩岸學者對此早有共識，我前前後後寫了有關寒山的四本著作，這次到天台山是想搞現地研究，把寒山半世紀逛天台的足跡，特別是他的隱

居地明巖、寒巖，以及國清寺、赤城山附近的景點，先拍幾張照片。在美國、日本深受歡迎的寒山，在中國的元、明二代卻備受冷落，直到雍正封寒山為「和聖」，拾得為「合聖」，「國清二賢」成了專主婚姻和諧美滿的「和合二聖」，寒山總算功德圓滿。寒山在寒巖隱居直到去世，只與國清寺豐干禪師、拾得交好，在天台千山獨行的百歲翁，若地下有知，當笑我如此多情，遠道特來相訪。

　　從杭州長途汽車站搭車到天台，約兩個小時車程，旁邊的年輕人在武漢大學讀醫科，是在地的天台人，告訴我到國清寺該搭七號公交車；公交車上有一對情侶，小于跟小湯，小于的爺爺，家在國清寺前，他下了車卻不直接回去看長輩，很熱心的帶我抄小路進國清寺，他說他爺爺跟賣票的很熟，常常不必買票就可以進去逛；雖是小路，仍然有人看守，小于又說了一串我聽不懂的天台話，來自湖州說湖州話的小湯，媽媽是天台人，她天台話會聽不會說，中國的南腔北調，究竟有多少方言，我看沒人說得準。

　　小于一繞就把我們帶到國清寺後門的出口處，遇到了他嬸嬸，嬸嬸是開遊寺專車的，也不過問我們的公然偷渡，旁邊的人向他嬸嬸開玩笑：「姪子帶兩個女朋友來玩啊！」這對情侶是華東師範大學的學生，小湯說他倆經常回來看長輩，看到一胎化政策下的大陸，年輕人假日如此陪伴長輩，內心不禁感慨！小于四處問人、打手機，幫我打聽寒山隱居的寒巖在哪裡，我說寒山詩中提到國清寺後有片松林，他是穿過松林進入國清寺的；我四面翹首一千二百多年前留下來的濃蔭，每一處都像是松林，問的結果大出我所料，小于說我得坐車回天台，搭前往「明巖」的車，那兒才是寒山隱居的地方，建議我先拍完國清寺，下午再去明巖。別過他倆之後，我開始找「天台三聖」──立著豐干禪師、寒山、拾得塑像的地方，方向感對我

來說，就叫直覺，上下亂逛了一個多小時，才想到必須把位置圖約略標出，才有可能找出寒山在國清寺的哪處長廊獨笑，以及到廚房跟拾得拿剩菜飯的路徑。

　　國清寺綠瓦黃牆的建築，牆壁上處處被遊客塗鴉，「××到此一遊」，「×××永遠快樂」，唐代文人遊寺，習慣在壁上題詩，藉以顯名，最能看出一千二百多年前的國清寺是何面貌，應屬劉長卿〈送台州李使君兼寄題國清寺〉：

> 露冕新承明主恩，山城別是武陵源。花間五馬時行縣，山外千峰常在門。
> 晴江洲渚帶春草，古寺杉松深暮猿。知到應真飛錫處，因君一想已忘言。

劉長卿送別台州刺史李嘉祐，把眼中所見的國清寺，寺前「山外千峰常在門」的風景，比喻成陶淵明〈桃花源記〉裡的「武陵源」；「古寺杉松深暮猿」的「古寺杉松」，此可證明跨過盛唐與中唐，時代與寒山相同的劉長卿，眼中所見的國清寺松林與寒山詩中所述相同。寒山不是國清寺僧，經常興致一來，隨手把詩寫在寺壁上頭，以及寺旁的竹、木和附近人家的屋壁上，拾得則是直接把詩寫在寺裡的土地堂上，低迴著他倆的詩，回過神後開始擔心時間不夠。

　　想知道寒山從哪裡進入國清寺找拾得，得從環寺外圍下手，我逛到了國清寺供遊客吃飯的地方，三樣素菜收十塊，我看了看不敢吃；寺裡穿僧衣的分兩種，氣質好的，一看是真正在修行的和尚；半點行走威儀也沒有的，一看就是上班的和尚，我拍了齋堂，或許是拍得太專心，誤闖到掛有「遊客止步」的地方，走廊有扇門突然一開，一個穿俗衣的男子口一張吐一口痰，瞄了我一眼也不問我從

哪裡來，看到晾著的衣服，我知道闖入和尚睡覺的地方；沿著走廊摸到了廚房，廚房又黑地方又大，我不敢往裡頭走，只偷拍了灶門；繞回大雄寶殿，發覺除了大雄寶殿之外，幾乎每一處殿、院前的空地上全曬著穀子，麻雀飛下來吃也沒人理；在說法堂附近，一個上身沒穿衣服的男子，我「驚鴻一瞥」，驚詫時空彷彿回到唐朝，猛然想到經常弊衣破履逛國清寺的寒山塑像仍沒找著。

　　我想看夠了國清寺再去明岩，卻開始擔心傍晚無法坐上五點二十的末班車趕回杭州，不把所有逛過的地方註記，鐵定找不到寒山；供遊客參觀的每一處殿、堂，都有上班的和尚看著，正值飯後的午休時間，許多「遊客止步」的地方，都被我誤打誤撞，飛上飛下啄食穀粒的麻雀，在寂寂無人的午後，是這一千三百多年的古剎裡唯一的聲響。在雨花殿前，出現了一位扶著牆慢走的老人家，滿臉可親的皺紋，一看便知走過獨立建國跟文革，我問可不可以拍他，他連說：「人老了不好看，不好。」他告訴我他是在寺裡作飯的，今年九十四歲，知道我從台灣來，問我：「妳們那兒像我這樣的老人多不多？」我說：「像您這般歲數的有，能像您這樣幹活兒的大概沒有了！」我再一次請求拍照，他仍堅持說人老了不好看，我想起讀大學時，有一次跟同學到彰化鹿港天后宮玩，有一位九十多歲的老人家，每天的工作，就是從家裡走到天后宮，一坐就是大半天，讓各地來的遊客與他合影，新竹攝影協會的人要我坐在老人家旁邊，想辦法跟他聊天，「紅顏鶴髮」的讓他們拍個夠；我不敢再勉強老人家，又不忍錯過這國清寺裡最美，最像「天台三聖」的修行者，還是偷拍了他的背影。

　　從跟著小于到國清寺後門的那一刻開始，我就不急著找「寒山」，等大致把國清寺的殿、堂、院全都逛得差不多了，這才發急

找不到寒山，寺裡的工作人員告訴我，找寒山要到「流通處」，也就是賣東西給遊客的地方，我心想完了，供著「天台三聖」的「國清講堂」，難道毀了不成？我前繞後繞，左進右出，終於在大雄寶殿與妙法堂的中間被我找到了。

國清講堂夾在大雄寶殿跟妙法堂中間，不仔細找還真找不到，長寬約僅四米多，看守此堂的和尚不在，我大膽的就近瞻仰我的偶像，不久聽到腳步聲，我興致一來，忍不住想考考「上班和尚」的水準，聽人說在大陸，大學畢業想當和尚的，只要「品相」還不錯，很容易被錄用，我問和尚哪一個是寒山，他口氣不大好，反問我是打哪兒來的，我一聽不對盤，趕忙閃人。

「天台三聖」是後人對豐干禪師、寒山、拾得的稱呼，台州刺史閭丘胤在〈寒山子詩集序〉裡，寫道因豐干禪師的介紹，在貞觀十六年到國清寺訪文殊再來的寒山，普賢轉世的拾得；寒山在詩中提到經常從他隱居的地方走到國清寺，「看透」國清寺僧的生活，經常在長廊裡又是拍手又是笑，偶爾還會被「捉罵打趁」；拾得會把寒山帶來的竹筒裝滿飯菜讓他帶回去，兩人經常在廚下煨火聊天，全國清寺裡，僅有豐干禪師深解他倆的「境界」；拾得是豐干禪師在國清寺附近的松林撿到的，因而取名「拾得」；〈寒山子詩集序〉裡提到負責燒飯的拾得，曾經因為穀物多被鳥雀偷吃（跟我看到的一樣），杖打護守一寺安全的伽藍神，伽藍神在晚上託夢給全寺僧人，告狀說：「拾得打我」，隔天全部的僧人相互說夢，才知道拾得原來不是凡人之子；〈寒山子詩集序〉裡還提到豐干禪師經常騎虎入國清寺，人到他方雲遊去了，禪房裡還經常看到老虎的腳印，我在國清寺裡我找不到豐干禪院；〈寒山子詩集序〉是個大偽作，我的碩士論文《寒山資料考辨》第三章，曾就偽作的痕跡予

以分析，身為紅塵中人，我寧可相信「天台三聖」事蹟為真，至於「神通」的部分，是存而不論；智顗藉隋煬帝楊廣之力蓋成國清寺，為天台宗的祖庭，對全世界所有的寒山迷來說，國清講堂裡的「天台三聖」，才是這座一千三百年的古剎，最引人遐思的「神話」。

出了國清寺已經下午兩點，算一算在裡頭逛了近三個半小時，我照著小于說的，坐七號公交車回天台車站，問司機先生寒巖怎麼走，想不到運氣真好，司機果真是在地的，問我是不是到「明岩」、「暗岩」，我驚喜得連聲說是，他告訴我要從天台坐往街頭鎮的車，再從街頭鎮搭車進去。

往街頭鎮的車裡，我終於看到「久仰大名」的車掌小姐，在台灣六〇、七〇年代的公車，車掌小姐是長途汽車裡最好看的「風景」；都聽人說這兒的車掌小姐兇起不乖的乘客，十分有「看頭」，只見她把一隻腳翹在橫杆上，誰上車坐哪個位子全憑他指揮；我身旁坐了位老先生，是「街頭」當地人，我問他明岩怎麼走，他卻好像聽不懂普通話，普通話在中國，就如同秦始皇當年統一文字，是絕對必行。

車掌小姐負責「調度」乘客跟收錢，司機先生負責開車跟記下到哪一站的人數，起到相互「監督」的作用；車行一半突然下起大雨，我發現一路上根本就沒站牌，車子是隨招隨停，下大雨可就考驗到司機的眼力跟職業道德了，冒雨衝上車的，車掌小姐有多關懷了兩眼；冒雨要下車的大姐，還會幫忙抱起身後別人家的小孩，台灣幾乎家家有汽車、機車，鄉裡人家的濃情，只存留在我腦海中，小時候的區塊。

天台到街頭鎮約四十分鐘，車速約七十，沒什麼岔路，更沒什麼行人，司機先生在沒下雨前，一路狂按喇叭，我想他是想早點趕

回去休息；一下大雨，那雨刷僅能刷到三分之一的玻璃，司機先生的能見度大幅降低，車速維持在三、四十；到了街頭鎮，問了個沒帶傘的小伙子明岩怎麼走，他說他也正往那方向，還告訴我要坐往「遮山」的車，約十幾分鐘車程。

　　街頭鎮的公交車是停放在一處商店後的空地，沒有指示標誌，小伙子說車坐滿了人司機才會過來開車，我問如果人很少會不會就不開了，他不置可否；從街頭鎮坐車回天台，外加拍照時間，我只剩一個半小時，司機若是久久不出現，情況會十分不樂觀！我一個人在車裡等了快十分鐘，回想到剛在轉角看到的，一群人像是在圍觀「博局」，立即認定司機就在那裡，趕去看時，竟然半個人也沒有，又折回車上等，不久上來了第二位乘客，老先生能聽懂一半普通話，也知道寒山、拾得，就是無法告訴我什麼時候會開車。

　　我越等越著急，決定包車去，司機說停下來讓我拍個五分鐘，來回收三十元，小雨變成了急雨，我二話不說跳上車，司機答應載我到寺門口，一路上雨勢越來越大，司機指著路旁乾到葉子全變黃的玉蜀黍說：「我們這兒半個月沒下雨了，妳一來就下雨，真好啊！」聽得我心花怒放，問他明岩的位置，他指著前方三座山，左邊是明岩，中間是寒岩，右邊是暗岩，又說明岩現在有一位江蘇南通來的尼姑，負責寺裡的大小事。

　　司機停在寺門口，說：「我先進去幫妳說去」，好高興第一次出國，一路上總是遇到貴人，教中國文學而不入中國去「上友古人」，總覺得十分沒「精神」；在杭州西湖邊的公車站牌，有熱心的大娘過來告訴乘客到哪兒該搭什麼車；在天台山的偏遠小鎮，同樣有熱心的司機大哥幫我指路，心想回台灣後，我一定會毫不保留的「為匪宣傳」。

　　沒等司機回來，我冒雨衝進去，師父笑臉迎人，吩咐一位大姐
拿來雨鞋跟雨傘，還把我的背包拿去擺桌上，說：「放心！大家一
起看著。」我說只要告訴我怎麼走，我自己去就好，沒想到師父三
兩下就整裝完畢，我為了趕時間，跑在前頭，在高興打了二十多年
的網球，體力還尚可的同時，到岔路一回頭才發覺師父被我落在後
頭十幾米，頓時慚愧得無地自容，自己只顧著趕時間，沒把師父的
「體重」放在心裡，師父趕上我，一把抓住我的手，跟我並行，生
平第一次跟出家人如此親近，我的慚愧更是加深。

　　明岩前有根高聳入雲的大石柱，寒山在詩中的形容是「白雲抱
幽石」，早晚時分應是雲霧繚繞；才一個多小時的雨，岩洞前形成
了一道瀑布，我跟師父說以前看過研究寒山的大陸學者所拍的明岩
照片都是晴天的，像我這樣能拍到雨天的瀑布，實在是萬分幸運；
師父說：「阿彌陀佛！我們這兒半個多月沒下雨啦！妳一來就下雨，
真是好啊！」

　　寒山有詩描寫他的隱居地：「以我棲遲處，幽深難可論。無風
蘿自動，不霧竹長昏。澗水緣誰咽，山雲忽自屯。午時庵內坐，始
覺日頭暾。」一千兩百多年前，這兒天然形成的，凹進去的岩洞就
有好幾處，寒山的居處，其深其廣，可容納幾十人直立活動；出洞
後，峭險的岩壁，頂部與底部形成一個天然弧形，行走其中也不會
淋到雨的「岩路」，我心想：明岩的多處山洞，洞旁的松蘿與綠竹，
在唐代應是四處蔓生，寒山到了正中午才感覺到有太陽光，除了鬼
斧神工，實在難以形容這一處連梁武帝的「山中宰相」陶宏景也曾
煉過丹的大好修行地。

　　原先以為寒山修行的地方只是個大岩洞，沒想到環著「白雲抱
幽石」的，還有四、五處大小不一的岩洞，師父每到一處岩洞，都

要我仔細看岩洞頂部自然形成的菩薩、孔雀、孫悟空像，我眼睜了大半天，也看不出個所以然來；師父還說乾隆曾經到過這兒，指著「大高」兩字說：「這是他寫的。」雨下太大，我無法近看字跡，師父看我撐著傘全身還被雨淋濕，從頭到腳沒一處乾的，直嚷說該換衣服的，我說沒帶衣服無法換，她已開始動手削起了蘋果，我說我趕時間不能久留，她仍然老話一句：「不急！」已經快四點了，我估計從明岩到街頭再到天台車站得一小時，如此難得的雨景，師父又如此盛情待我，不趕時間我一定留，可已經預先買好了五點二十到杭州的車票，師父說：「沒關係！車錢我付！」我說明天一早答應要帶人坐船遊西湖，不能爽約，師父才不再堅持。

明知出家人遁入空門，不再是紅塵中人，我仍好奇的問她在此修行的心得，師父法名悟賢，江蘇南通人，今年五十九，看起來頂多五十，剛來明岩的時候還吃過竹子，這幾年有民眾到寺裡來朝拜，留下水果，她平日只吃水果，已經八年多了，我說她快成為第二個寒山了！問她夜裡是不是不倒單，她說事情多，夜裡仍得睡覺。

下山時山路陡，師父一把抓住我的手腕，路窄無法容兩人並行，我要師父走前頭，石頭上苔痕深，她還差點滑一跤；路上遇到一位大娘在雨天裡砍竹子，師父老遠的朝她喊：「下雨啦！別做啦！」大娘朝我笑得好燦爛，師父說：「她修得還不錯，剛來的時候還會說話，近來都不說話了！」想到自己經常還犯「五戒」之一的語戒，這輩子若還想修行，得先到「無話可說」的環境去生活。

師父帶我到「寒拾亭」，位於山壁向外突出的制高點，「白雲抱幽石」與瀑布就在眼前，是飽覽明岩全貌的好地方，拾得從國清寺來訪寒山，這兒應是兩人的交心處，亭子的石桌上堆滿了西瓜皮，地上滿佈著塑膠袋、飲料盒，我從大學起就開始讀寒山詩，一直把

寒山視為「偶像」，年過三十之後，別人在欣賞勞伯瑞福、史恩康那來、李查吉爾，我仍崇拜我的「寒山」，或許是愛屋及烏的心理使然，看到「寒拾亭」被如此糟蹋，我一肚子無名火起，批遊客怎麼如此沒道德，師父沒說半句話，依我的習性，有人接話，我一定會繼續說，看到師父默不作聲，我心下頓時領會。

到了寺門，司機說：「說好五分鐘怎麼去了一小時？」我暗自偷笑，我也學會大陸人說的「不久」、「一會兒」了！我跟司機說師父太熱情了，硬拉著我四處拍。剛在客堂吃師父削的蘋果時，提到寫下本書時能否再來打擾，師父說沒問題，我清楚在這樣的地方，除非是真修行，否則無法久待，我也知道一路上不斷握我的手走路的師父，是真心不怕被我打擾的；東晉慧遠禪師送客向來不過「虎溪」，遇到陶淵明，兩人談到快意處，走過了「虎溪」也沒發覺；師父送我到寺門口，我好捨不得，好想依俗禮與她執手而別，卻只敢向她合掌告別，答應她明年盛夏再來，我心裡已在盤算：或許冬天再來，杭州西湖若是看不到「斷橋殘雪」，浙江天台明岩說不定會有雪。

我沒進街頭鎮看公交車是不是坐滿了人，為了補償司機先生的久等，直接要他開往天台車站，路上司機說「宗教管理局」讓師父在明岩搞建設，有補貼她一些錢，我在距「寒拾亭」不遠的地方看到有工人在施工，終於知道天台縣政府要讓這兒在不久之後，被大量遊客光臨；師父的工作，不是個人清修，她的工作是要讓寒山隱居的明岩「大白於世」，中、日、台三地研究寒山的學者，不會笨到去江蘇寒山寺找寒山，說寒山寺裡有寒山，是騙一般不知情的遊客，特別是日本遊客；到天台國清寺裡找寒山，除非問人，否則很難找到「國清講堂」的寒山塑像；似我這般飄洋過海找到明岩的寒

山迷，在擔心寒山的隱居地日後將被破壞的同時，心想：回去除了要寫信告訴師父「寒拾亭」邊要趕緊蓋垃圾桶，下週在浙博上的「文物科技保護」，我得好好請教老師，如何盡可能的保住「寒山」。

我向司機打聽街頭鎮的百姓對明岩寺的看法，我說師父只吃水果度日，看起來比實際年齡年輕許多，他說：「妳怎麼知道她沒半夜爬起來吃別的？沒看身份證如何相信她就那個歲數？」我想：「懷疑」用在做學問上，絕對有其必要；用在待人接物上，那就大可不必！下車時，司機先生遞給我一張他的名片，上頭大字寫著：「好人一生平安」，我心想：街頭鎮的百姓會帶水果去拜佛，是有福氣的；我大老遠從杭州跑來，連續多日一天都沒睡滿五小時，在山裡被大雨淋了一個多小時，能見著我魂牽夢縈近二十年的「偶像」，是更有福氣的。

穿著全濕的牛仔褲坐在回杭州的長途汽車上，旁邊是一位帶著兩個小孩的，看起來很幸福的小婦人，我忍不住問他多生了一個被罰多少錢，她說沒有罰錢，她是「農戶」，可以生兩個。小婦人是在地的天台人，說隧道沒開通前，到杭州要五個小時，通車之後只要兩小時，我想到在街頭鎮回天台路上，看到鄉下水泥鋪的道路，在下過大雨之後，平坦依然如故，想到台灣市區的柏油路，陣雨之後就出現如雨後春筍般的坑洞，就這一點來說，社會主義是很「實際」的。

小婦人這回要帶小孩到北京玩五天，說小孩都會自動幫她做事，還說我的普通話說得比天台的老師標準，我忍不住問起她的職業，她是開美容院的，每月的收入在兩萬左右，合台幣約八萬，已跟台灣差不多，怪不得有能力到外地旅遊，我當然又不遺餘力的推銷起阿里山跟日月潭，她說早在規劃中，她拿出《簡愛》開始看，

沒多久就睡著了，我吃著采芝齋的桂花綠豆糕當晚餐，發覺小男生眼直直的看著我，給了他一塊，拿出另一塊指著他姊姊，果真很自動的遞了過去。

五七幹校

　　週一早上逛西湖，拍的照片全被我不小心「格式化」了，今天邀齊五人舊地重遊，《紅樓夢》裡的大觀園，每一處的院落景致都不同，逛西湖的「裡西湖」，每穿過一個橋頭，又別是一番風光，途中還聽到有位老先生引吭高歌，用聲樂的唱法唱著不知名的曲了，煞是好聽，小史說他在西湖十二年了，還是第一次聽到；船過「壓底隄」，四、五十位中年人正列隊敲鑼打鼓，跳著類似「秧歌」的舞步，小史說西湖每天早上還有人來晨泳，遊到六點多才被趕上岸，問他游湖危不危險，他說西湖的水深才一米八，淹不死人的；船過僅容一個船身的，不知名也數不清的木橋，我問小史有沒有擦撞過，他說有，要我看橋柱上被來往的手搖船擦過的痕跡。

　　小史說他們當船夫的，五十歲就得退休，他的船是自己向公司租的，不想搖就幹自己的活兒去，每年公司都會舉辦手搖船比賽，每個定點都是「積分點」，除了要划得快還要技術好，船身碰到點就得被扣分，十二年來他年年比賽拿第一，獎品都是微波爐等各種電器，多到家裡擺不下，他拿出「冠軍旗」，我們這才知道原來我們坐的是西湖的「冠軍船」，他說旗子不能掛上去，不能讓遊客全找他，那會破壞「行規」；小史唯一的遺憾是：生了雙胞胎的女兒，我說電視上把偷生的，有身份、地位的，全以姓氏公佈，想生兒子可以偷生再被罰錢啊！他說養太多太辛苦了！

　　今天的課程是「文翫雕刻研究」，授課的是范佩玲老師，是王老師的學姐。上午是竹雕、石雕文物的介紹，下午介紹寧波商人嫁

女兒的排場，「良田千畝，十里紅妝。」的「十里紅妝」，范老師說：有錢的嫁女兒，沒錢的賣女兒，寧波商人擔心女兒嫁到夫家會吃虧，為女兒備辦的嫁妝往往是第一杠到夫家了，最後一杠才從家裡頭出發，嫁妝包括大至一千個工作天才能做好的，睡覺用的「千工床」，小到沒奶給新生兒吃，得向有奶的人家討奶的「討奶桶」，滿屋子都是新娘子從娘家帶來的紅漆傢俱，就算日後得不到丈夫的歡心，仍可以對著被丈夫寵愛的妾，驕傲自豪的說道：「我是十里紅妝嫁過來的」。妻子的地位在古代，是其他女人無法取代，「十里紅妝」鋪天蓋地的合法性，讓我想到蘇東坡的妻子王弗去世後，能夠瞭解東坡「一肚子不合時宜」，深得東坡寵愛的朝雲，只能永遠是妾的身份。

　　下了課才發覺，竟然頭一回上課沒打哈欠，我開始懷疑是跟昨天去了素有佛國仙窟之稱的天台山有關，不管是隋代古剎國清寺，或是嚮往多年的明岩，俗話說：「有拜有保佑」，若是從今天開始，在浙博再也不打哈欠，我決定往後一定「多拜多保佑」，雖然在天台山一整天逛下來，只合掌禮過明岩寺的三聖像。

　　下午去爬寶石山，風景跟早上大不相同，一般人都在清晨爬山，認為可以吸收大量的芬多精，那是錯誤的看法；樹木在一整天的光合作用之後，傍晚太陽下山前，才是芬多精含量最高的時候。石道兩旁是高聳的綠竹，沒有清晨裡絡繹不絕的人群，空氣似乎也少了點清涼，韋應物〈對新篁〉描寫清晨的竹林：「新綠苞初解，嫩氣筍猶香。含露漸舒葉，抽叢稍自長。清晨止亭下，獨愛此幽篁。」韋應物聞到了竹筍的香味；王維〈竹里館〉：「獨坐幽篁裡，彈琴復長嘯。深林人不知，明月來相照。」深夜的竹林裡，王維靜坐彈琴，我挑的時間點正介於兩者間，回想剛在入山口，狗鼻子的我就

聞到到濃濃的樹香味，如果有人發明「氣味收集器」，一定有其市場；離家在外工作的父母可以帶著小娃兒的奶香出門，想到了就打開聞聞；喜歡郊遊踏青的人可以把旅途上的草香、花香帶回家裡慢慢享用，回憶久久直到舊地再度重遊；分隔兩地的情人，可以收集對方身上的體香，以解「一日不見，如隔三秋。」的相思之苦，我想大概只有多拉Ａ夢有本事發明氣味收集器，我是開始後悔沒帶相機。

　　走在不知年代的石道上，猛然發現自己正踩著一塊墓碑，上頭清楚刻著「智根師父之墓」，智根師父或許是曾在寶石山裡修行的出家人，墓碑被無數的腳踩過，這就跟文化大革命時，解放軍把西藏無數的佛像敲下肢解後，鎖在解放軍的倉庫裡一樣，在無神論的大陸地區，人們會在年三十的晚上，湧入人潮洶湧的靈隱路，花七十元門票入寺燒香，求神明保佑來年平安健康，拜開放之賜，有能力進寺燒香的一年比一年多，敬天畏神能導人心向善，大陸若是開放寺廟「民營」，讓百姓在沒有經濟壓力下，隨時都能夠照顧到心靈的平安，間接也可以消弭一些在開放的腳步聲中，伴隨資本主義所產生的，各式各樣連政府也始料未及的「雜音」；聽說杭州是整個大陸地區，博物館完全不收門票的，期待杭州市政府能早日開放古蹟，環西湖旁的眾多佛寺定然會留住在西湖流連忘返的大批人潮，環湖寺廟「民營化」的優勢，不只上海，其他省份也會輸杭州一大截。

　　有了昨日在國清寺遍尋不著「國清講堂」的經驗，爬景點多處的寶石山，我開始擬定計畫，採取最簡單的二分法，先從中央步道左邊的岔路開始爬，一個岔路就是一個景點，逛完了紫雲庵，舊地重遊黃龍洞，我開始想爬右邊的保俶塔，正苦於找不到有路徑的標

示牌，迎面來了一位裝扮一看就是要爬山的先生，他說會經過保俶塔附近，要我跟著走，在我心裡，杭州人的「可愛」早就是中國第一，我當然又迫不及待的跟他「探訪民情」。

　　先生說：「外地人吧？來旅遊的？」

　　「是的，我從台灣來，走著走著不認得路了！」我跟著這位看上去年齡比我大十來歲的男人往山上走，突然他轉過頭對我說：「可以問嗎？你學的專業是？」

　　「國文。專業是唐代文學。」

　　「唐朝以詩取士，宋以詞為主，漢是賦，對吧？」這位先生戴副眼鏡，看上去好像是教書的。

　　「先生對國文有概念，請問是什麼專業？」

　　「我學的是數學，教的是一加二等於三，沒什麼大用！混口飯吃！」大陸的文人嘴上說話都很謙虛，我想摸摸他的底。

　　「先生是浙大畢業的？」

　　「不是，我在北方念書。」

　　「北方很大，在北京嗎？」

　　「是的。」我想問個水落石出。

　　「什麼學校？」我開始擔心他會不高興。

　　「北京大學數學力學系。」他有氣無力說了，這時已快到山頂。「那是名校，先生一定很聰明！」我恭維他一句。

　　「小的學校有非常優秀的學生，大的學校裏也有笨學生，我就是。」他說出學校的名字時，似乎有一種憂憤的情緒。

　　先生說：年前我去西安，大雁塔下有一題名的石碑，好像有一個詩人，說他考取進士時最年輕，那首詩寫得也很好，妳知道嗎？

　　我心想：這分明在考我。

我說：那是白居易：「慈恩塔下題名處，十七人中最少年。」吧？唐代從唐中宗開始，那些中了進士，想要臭屁千年的傢伙，在慈恩寺老愛搞雁塔題名的遊戲；白居易 27 歲那年中進士，是當年最年輕的一個，任杭州太守時還經常在西湖夜遊到天明，加上從年輕時就喜歡喝酒，晚年還愛跟妓女玩，老來終於小中風，他要是回想當年勇，一定很沒意思，老來要是能在同年中，還顯得最年少，那才真叫勇！

先生一聽笑了！告訴我他姓邵，遠祖是周朝跟周公「周、召共和」的召公奭，被美國人在月球留名，創先天易的北宋邵雍，是可考的直系遠祖；氣氛變得輕鬆友好起來，說話多了，腳程卻變慢了，談到中國古典小說，邵先生說：「我小時候很喜歡看《水滸傳》，成年後對施耐庵有了看法，一丈青扈三娘，從其外號可推知，是個身材修長的少女，父兄都被梁山強人殺死，她卻嫁給矮腳虎王英，作者塑造這樣的藝術形象和不般配的婚姻，反映了他對婦女的觀念；在封建社會中，士大夫階層把女人看作商品，需要她卻又不把她當作跟自已平等的人；曹雪芹就不同了，他把大觀園裏的小姐丫鬟看作是清水做就的，純潔可愛，而對那些主宰社會的男子，描述他們虛偽兇狠，看成是泥做的髒物，一個人是否具有人文主義精神，是否具有人性，一比較就清清楚楚了！我不是評論這兩部著作的文學價值，只是就作者對婦女的態度，闡述自已的觀點，班門弄斧，見笑了！」

我說：第一次聽到這種議論，很有趣。

邵先生逍遙地過著每天不是逛西湖就是爬寶石山的日子，他告訴我，他曾受過政治迫害，他不像 K850 公交車的司機一樣，對乘客高喊「共產黨偉大！」也不像這幾天來，大多數與我談到台灣未

來的「Ｄ哥」跟一般市民，眾口同說民進黨搞台獨，只會讓大陸的民族情緒高漲，讓領導人心生焦慮。

我說：杭州人真是有福氣，有寶石山跟西湖，名符其實的「洞天不知老」，我要是杭州人啊，一定到哪兒都會對這片山水魂牽夢繫！

邵先生說：我在西湖邊長大，對這塊土地真有點「魂牽夢繫」，特別是西湖，一離開它，就會想起它，我在洛杉磯幾年，白天想，做夢也想，杭州人對西湖大都有這種情緒，這個美麗的湖使得杭州人十分依戀家鄉，變得胸無大志，前幾年有人發表一篇〈成也西湖，敗也西湖〉，闡述了這種觀點，其實人對長時間生活過的地方，都會有一些留念，想再去看看；1970年我在河南板橋生活過一段日子，現在常想到那地方，那兒有一個比西湖還大的，望不見對岸的湖，那是座水庫，十月的河南，天有些涼，遇到大太陽又沒風時，感覺暖暖的，尤其是中午，我去水庫游泳，那水庫叫板橋水庫，攔水壩沒有鋼筋混凝土，所以臨水的一面坡度很小，衣物放在斜坡上，人慢慢入水，水面的溫度有二十幾度，感覺很好；一望無際安安靜靜的，我在沒有波紋的水面輕輕地游，水非常乾淨，用蛙式游遠了，翻過身浮在水面上，再用仰式游回來，感覺棒絕了！

我問：「西湖讓人游嗎？」「不可以。」邵先生接著講他在河南水庫的故事。

邵先生說：有一天我上岸時，看見一位老者也準備下水，我對他笑笑：「你好，游泳？」我們就這樣認識了，老先生兩耳邊還有些頭髮，頂部光光的，一根也沒了；瘦瘦的身體，步態靈活，看起來很健康，他帶來一本書，注意到我的目光停留在書上，他說：「如果有風，我不下水，就坐在這裏曬太陽看書。」我笑著點點頭，「可

以讓我看看嗎？」我對書總有興趣，那是一本英文小說，我試著讀作者名字，「賽珍珠，她的中國名字叫賽珍珠。」我知道有這麼一位作家，沒看過她寫的書。老先生姓俞，在回家的路上，他告訴我他是個精神病患者，已經好了，以前吃藥、電擊都沒用，自從信仰上帝後就好了，他說：「精神病人控制不了自己，我們單位的領導和我一樣，是個禿頭，我每次看到他時，就想伸手摸摸，想在他腦門上拍幾下，這種想法越來越強烈，有一天終於忍不住了，我衝進他的辦公室，摸了他的頭，而且拍了幾下。」我忍不住笑了，初次見面，我不敢大笑，他因此進了醫院，他知道自己錯了，經過這一次，他比較能控制自己的情緒，醫護人員讓他住一般病房，快出院時，新來了一位護士小姐，非常美麗，俞老又無法控制自己，不管白天晚上，想擁抱她的念頭揮之不去，耳邊老是有一個聲音響著：「去抱她！去抱她！」他真的去抱了，他說：「我們人都有幻想，都有邪念，看見美女就會動心，正常人都能克制，精神病人就沒辦法了，後來我信奉了主耶穌，我的病好了。」他的這番話以及賽珍珠的書使我對他有了興趣，希望進一步交往。他們俞家是個大族，做過國防部長的俞大維是他的叔叔，北大外語系的俞大絪是他姑姑，早年俞家在清華園裏住，曹禺寫的《雷雨》，說的就是他們家的故事；四鳳原是他們家的一個養女，愛上了去德國留學的俞大維，他說：「故事被人一編就完全走了樣.當年蔣介石叫俞大維買軍火，軍火生意按慣例，有百分之五的回扣，我叔叔把這些錢又買了軍火，蔣先生知道我叔叔為人正派。」大陸在改革開放初期，一些高幹子女，以國家名義和外國做軍火生意，發了大財，人的品格和信奉什麼主義沒有關係。俞老說：「我弟弟是江青的第一個丈夫」，「哎！哎！哎！你說什麼我沒聽見！」這是不可以隨便談論的「禁區」話

題，會給自已帶來牢獄之災，說的人固然有罪，聽的人不主動向組織交代也有罪，我是不會去交代，萬一說的人自已去交代，說和誰誰誰說過，豈不麻煩？可為了好奇心，我還是聽他說下去，俞老的弟弟在上世紀三十年代是地下黨，共產黨人熱血愛國，在青島認識了年輕美麗的江青，引她走上革命道路，後來兩人同居，在當時，對反抗舊式婚姻的革命青年而言，那就是結婚了，其他部份的內容和《紅都女皇》裏寫的大致一樣。

我說：我平日較常看的是唐詩、唐傳奇、筆記小說跟僧傳，賽珍珠那本書應該叫《大地》，大學時讀過，對其中描寫中國東北的婦女，一生完小孩馬上下田的部分印像深刻，至於《雷雨》跟《紅都女皇》，可聽都沒聽過。

邵先生說：北大外語系的女生有三本書必讀，一是《簡愛》（我想到昨天遇到的，在天台鄉下開美容院的小婦人在車上也看《簡愛》），知道女人在經濟上必須獨立，否則沒有人格上的獨立；二是《安娜卡列尼娜》，知道愛情不是生命的唯一，不能太認真；三是《傲慢與偏見》，知道如何才能選到如意郎君。

我心想：大陸女性不管是北大畢業生，或是鄉下美容院的老闆娘，知道多讀書會讓自己的生命有參照點，雷峰塔倒與不倒，已經不是男人得回家燒飯的預兆，男女平權的大陸比起屢有家暴新聞的台灣，我真想知道在大陸是否有家暴事件，但他想談的是毛主席的女人。

邵先生說：江青坐過牢，人們總說她變節，她為自已辯護，在我看來，一個女子為了生存保命，假裝認錯，喊幾句蔣委員長萬歲又有何妨？出了牢房直奔延安，這不就表明自已的信仰了嗎？共產黨對被敵人關押過的人特別苛求，總懷疑他們是叛徒，一次又一次

地審查，運動來了，把你鬥個半死，美國佬做法不同，當兵的都被告知：如果被敵人抓住，你們說什麼都可以，只要保住性命！回來還如英雄般受到歡迎；俞老不是我們部門的幹部，他太太是，他以他太太的家屬名義來幹校，他不會被審查。俞老對我說了一段話，使我對他肅然起敬，俞老說：「我年輕時愛溜冰、跳舞、追女孩子，沒好好念書，我學的是化學，留學回來後，去一研究院工作，要交研究成果，我把一位外國人寫的論文拿來，名字劃掉換成自已的，結果被人發覺，離開之後，再沒有單位用我。」他給我看他年輕時的照片，真的很帥，像電影明星；解放後，他弟弟給他找了個單位，無需上班，每月去領工資，我問：「為什麼能這樣？」他說他曾經冒著生命危險，救過地下黨人。一個人敢把自已的汙點坦然地說出來，要有勇氣，要有品格，德國總統勃蘭特到波蘭參觀「奧斯維辛集中營」時，向死去的猶太人下跪，德國人真誠地懺悔，贏得了受害國人民的諒解；日本人只信服比他們強，向他們扔原子彈的美國佬，在慰安婦問題上，尚且如此，遑論其他；一個政黨若敢把歷史真相告訴人民，承認錯誤，不只贏得人心，也會得到其他「非我族類」的尊敬，我有時想，如果做父母的天天搓麻將，抽煙喝酒說粗話，叫孩子好好念書，會有效果嗎？俞老的弟弟做過天津市長，機械工業部長等，後來精神失常跳樓自殺，有人說是因為知道自已的老婆嫁給了毛澤東，害怕了！其實他們的家族有精神病史，俞老的女兒，長得很好看、很健康，我回北京去他家拜訪時，多好的一小女孩，竟然瘋了！他弟弟的兒子現在是上海市委書記，中共政治局委員，口碑很好，這是 1971 年前後的事，俞老的太太身體不好回北京，他也離開水庫邊的「馬棚」，他們一家住的小屋原來是養馬的，分別時他送我兩本袖珍的《福爾摩斯偵探案》，比狄更斯的作品容

易閱讀，俞老說：「偵探案刊登在《泰晤士報》上，是給老百姓看的，句子難了，看的人就少了，學英語看聖經最好，裏面的句子都很好懂。」我想到他時總有些傷感，一個善良的透明的老人。

我只聽過二次戰後蔣介石曾試圖要製造原子彈，後因內戰爆發胎死腹中，在台灣很受人敬重的吳大猷院長，就是俞大維介紹給蔣介石的原子彈專家之一；邵先生的經歷讓我十分好奇，忍不住要他再說在河南的經歷。

邵先生說：國家建委系統的「五七幹校」，到最後只剩一個，在修武縣郊外，據修武縣誌記載，第一任縣長是張飛，由此推測修武設縣始於三國；幹校人員集中此地的原因很多，主要是離北京近，地處鐵路邊，基礎設置完備，一排排整齊的住房，有自備發電機，有修理車間，養雞、養鴨、養豬的專用房舍，還有菜地、果園，大片的小麥田，一句話，是個相當好的農場；離開板橋水庫後，我回家住了幾個月，就去修武農場報到，負責安排工作的王某，表情嚴肅，一看就讓人明白是黨的好幹部，上海里弄的家庭婦女，爭鬧時常會聽到這樣一句指責對方的話：「看儂格副黨員面孔」，意思是對方表情嚴肅，沒有人情味，同時報到的還有兩個女的，一個是上海人，工人編制，工人是用不著下放五七幹校的，她為何來呢？後來知道她一直要求調回上海，不好好工作，讓領導頭痛，於是把她下放了；還有一位是部文工團的演員，唱京韻大鼓的，說話時京腔韻味十足，口才一等一，曾經去過朝鮮，一副天不怕地不怕的架勢；王某叫我們三人成立一組，各拿一個籃子，四面八方去拾糞，小組的名字就叫「積肥小組」；鄉下地方四處可見孩子們撿驢糞，放在菜地裡當肥料，我的身份不容許我說「不」，二位大姐可就另一回事了！部文工團唱大鼓的說：「你說什麼？叫我們去撿糞？你是不

是看我們好欺負，兩個女的加上這麼個病呀呀的，告訴你，我們不撿，要撿你自己去撿！」上海女人不停地笑，我保持沈默，王某把三隻籃子扔下走了，他知道部裏來的人見過大世面，很難對付！等王某走遠了，我說我們可以到處遊逛，就說沒有糞，撿不到，「對啊！走吧！」她們二人說說笑笑，我拿著籃子在後面跟著，四處看看新到的幹校有多大，我拿籃子是有道理的，她們不拿是她們的事，無論何時何地，我都明白自己的身份，此可謂有「自知之明」。那位唱大鼓的叫秦麗英，比我大幾歲，北方人，為人豪爽，看不慣別人欺負我，在知道我的身份後，對我有些同情。「積肥小組」之後，我又被分到「放鴨組」，跟著兩位從鄉下來的家屬工，拿著竹杆，沿著小河，趕著鴨群，鴨和雞不同，鴨子有「團隊精神」，願意走在一起，一邊走還一邊搖搖晃晃唱歌，雞自由散漫，不肯集體行動，知識份子的個性有點像雞，比較難管。我們走啊走，走到一個有水的地方，就讓鴨子自行覓食，我和兩位「大媽」無話可說，如果沒有我，她們可以自由地亂說些有關性的話題，我在是個阻礙，而且需要方便時，不得不去老遠我看不到的地方，這兩個傻女人，叫我緊閉雙目就行啦！王某接著又將我調撥給老奚，老奚是一位搞建築材料預算的老工程師，我跟他一起去餵豬，這回時間比較長，我對拿水龍頭沖洗豬舍很有興趣，尤其是把水槍對準豬群時，聯想到北洋政府的員警，拿水龍驅趕鬧事的愛國學生，看學生們狼狽逃竄，心裏一定很過癮！後來王某問我會不會做豬舍的門，我不加思索回答：「會！」英國電影《士兵的經歷》描述一些被抓回來的逃兵，在勞改營裏如何「磨洋工」，這對我很有幫助，我要小李和我一起幹，這是位不安心在北京工作，想回上海的大學生，他沒有看過那部英國電影，但很快理解我的意圖，由此可以看出一般上海人的聰

明能幹！不用一星期的活兒，我們足足磨了三個月，但門做的很有專業水平，為使其經久不壞和好看，我們還出差去省城買油漆，共產黨領導檢查工作，就看做得好不好，不問用了多少時間，社會主義和資本主義的區別就在這裡，如果來檢查工作的是臭資本家，我和小李一定被「炒魷魚」，做一扇門花這麼多時間，每月還領工資！社會主義有時比資本主義更具人情味，剩下的木頭，我和小李各釘了一個大包裝箱，以備日後離開時可用來運私人雜物，這一點在資本主義國家也一定不可以，說不定會被臭資本家上告「小額法庭」（按：審理小官司的法庭）。

我心想：撿糞、養鴨、餵豬，全發生在可以把個人的專業能力，發揮到最高點的黃金時代，眼前的這個人，卻是動心忍性，增益己所不能的熬了過來，他慢悠悠的說著，我的心緒早已紛飛。

邵先生說：記得有一次軍代表給大家訓話，內容是有關節約，軍代表說自來水龍頭要擰緊，吃多少買多少，浪費糧食是犯罪等等，還從馬恩列斯毛的「革命寶典」中，找了許多句子講解給大家聽，試圖提高我們這批「臭老九」的覺悟，用心可謂良苦，按理來說，我是「異類」，不具備聽這類演講的資格，但還是接到通知要參加，為什麼呢？我的分析是：一是沒什麼需要保密的內容；二是擔心大家在食堂開會，「階級敵人」如我者，會趁機放火、下毒、搞破壞等等，拉來一起聽聽也好。我座位附近有兩個畫家，一個是共產黨員，另一個不是，不是黨員的畫家，抽著煙笑瞇瞇地和人說話，黨員畫家在一個本子上記什麼，遠看像是在記錄演講者的重要話語，我側目仔細一看，是在速寫台下聽眾的各種姿態，有閉目養神的，有對著耳朵互說悄悄話的，有笑嘻嘻的，有練氣功的，有裝作聽講實際是在寫信的，我看得出神，軍代表講了近兩小時，會後還組織

大家討論，那時我住的是「八間房」，即連通的八間，一個小組在東邊，另一組在西頭，聽小組發言，那種看似贊同，實為嘲諷的言論，真是過癮！「聽軍代表語重心長的演講，真是精彩，堪稱聽了一堂生動的革命傳統教育課，我銘記在心，永生不忘！」有人立刻接著說：「那你回去再講給你女兒、老媽聽。」大夥兒笑！也有提出尖銳問題的：「把知識份子都攏到這兒來，不搞研究，是不是浪費？」問題尖銳，如果當真討論，一定還有更具份量的問題冒出來，惹怒了軍代表不好，組長很聰明，立刻說：「我知道老陳的意思，不是浪費，覺悟提高了，研究工作就能更上一層樓！」當時中國最大的浪費，是學生不讀書，每天在外頭燒毀文物，破壞古蹟；軍人不待在兵營操練十八般兵器，到知識份子成堆成群的地方來，受這幫「臭老九」的嘲弄；男工人在車間打撲克牌，女工人在太陽下織毛衣，這才是最大的浪費！那些聰明能幹的共產黨人，到哪裡去了？為什麼不聯合起來勸阻毛的胡作非為？大家都怕他，不管毛的話多麼荒誕，人們都視為真理，用副統帥林彪的話來說：「理解的要執行，不理解的也要執行。」黑格爾說過：人們自己創造了神，這個神反過來又主宰人，這是一種「異化現象」，共產黨人自己塑造出偉大的領袖毛主席，當成神一樣膜拜，不僅使共產黨吃了苦頭，全國老百姓都跟著倒大楣，鄧小平明白了這點，要進行改革，領導成員不能終生制，歲數到了就要退下，他後來也真的有做到。

我聽得屏氣凝神，左看右看林子裡有沒有人在偷聽我們的談話，爬山的人四散，林子裡坐著站著的，全都看似在晚風裡攝自己的涼。

邵先生說：我到修武不久，半年左右就發覺領導成員之間「鬼鬼祟祟」，從眼神看，不像是第二天要把我押解去牢房，他們在交

談一件大事，原來是林彪一夥人外逃，飛機墜毀，林是毛指定的接班人，黨章上有規定，是毛倚重的人，從井崗山開始就追隨毛，彼此十分瞭解；出事前在盧山開會，會議上，林彪一派提出要設國家主席，這好像沒什麼錯；還主張要發展經濟，這好像也沒有錯，江青一派認為設國家主席是陰謀，發展經濟是唯生產力論，我雖然也不怎麼看好林彪這一幫軍人，但認為這些話有道理，老百姓不明白這兩派人吵嚷的背後到底為什麼。林對毛的評價，其誇張的程度有點叫人噁心，如說毛說的話「一句頂一萬句」；毛澤東思想是「馬克思主義的頂峰」；孟子說聖人五百年出一個，林說：「毛主席就是聖人」；對毛主席的指示，「理解的要執行，不理解的也要執行。」大樹特樹毛澤東思想的「絕對權威」，一九五六年，蘇共中央赫魯雪夫反對史達林搞個人崇拜，中共在八大全會上也反對個人崇拜，六八年毛在天安門城樓上，對來訪的斯諾（按：美國記者，著有《西行漫記》，將中國共產黨介紹給西方。）說：個人崇拜還是要的，所以毛對林的吹捧並不反感，林對毛的吹捧是為了取得毛的信任，林對毛的真實看法，從後來批判林的材料中可以瞭解。林彪叛逃事件震驚全國，為穩定局勢，中央給老百姓傳達了一個重要文件──「571 工程」，是「武裝起義工程」的諧音，說林彪一夥多麼壞，一定要揭穿林彪的真面目，以此教育老百姓，消除林彪對全國人民的毒害。一般而言，一位領導在沒有被打倒時，總宣傳這位首長如何如何好，一旦被打倒，就說這傢伙原來這麼這麼壞；林彪說共產黨內部人與人之間，「如同一台絞肉機，不是你死就是我活。」「在黨內不說假話，辦不了大事。」當中共內部發生鬥爭時，毛常給大家講「路線鬥爭」，黨員從中央到地方，最害怕犯路線錯誤，毛也常以此嚇唬大家。據說林彪在思考軍事謀略時，常吃黃豆，林彪的

女兒，小名「豆豆」，來源即此；林家也常議論時局政治，小豆豆談論偉大領袖毛的路線鬥爭理論，林爸爸聽得不耐煩，說：「什麼路線，就是毛線！」林彪的意思是：「跟我老毛走，路線正確；不跟我老毛走，你就犯路線錯誤。」共產黨的高級官員，說錯話犯政治錯誤，都沒什麼，只要「站隊」要站對，意思是：跟人別跟錯！

邵先生是津津樂道，我是聽得津津有味。

我說：我們那兒有支選舉短片，被你們拿來教育老百姓，短片的內容是：台灣的農人、工人因為日子難過，對著鏡頭批評總統不關心經濟，大陸的農民看了，沒去想上面要他們想的：台灣農民真可憐！反而一肚子狐疑：「台灣人怎麼可以批評國家領導人？」真是名符其實的「反面教材」。

邵先生說：林彪為了辦大事，就要說那些吹捧毛的假話，提出四個偉大，說毛在政治上是「偉大領袖」；軍事上是「偉大統帥」；意識形態上是「偉大導師」；把毛澤東思想插遍全球的革命戰略上，是「偉大舵手」，簡稱「四個偉大」，可老百姓會懷疑：毛這麼聰明能幹的人，如何會看錯人呢？這有失毛的威望啊！四人幫當中的張春橋，跟姚文元「炮製」了一封文革初期，毛寫給江青的信，信中的話讓人看明白這樣一點：偉大的毛早就看出林彪的狼子野心，毛知道「炮製」一事，原是為了維護自己的威望，苦笑幾下也默認了！據毛身邊的工作人員回憶，林彪事件對毛的打擊很大，他沒有想到林彪最終也背叛他，願意站在他一邊的，都是些不大有用的人，包括他的老婆江青，大概此時他才想到真有才能的鄧小平。

我早已忘了天黑有多久了，林子裡只剩我們倆，邵先生送我到棲霞嶺，再三囑咐我如何記住他家的電話號碼之後，轉身消失在步道裡；在通往飯店的斜坡上，我想到自己的研究胃口一向是「貴古

賤今」，在「大唐天下」裡自得其樂，與邵先生一席話，讓我對近代苦難的中國有了莫名的好奇。

幹校「風雲」與天安門之春

　　邵先生說今天傍晚要帶我去參觀瑪瑙寺，瑪瑙寺前門通後門，每間屋子都空蕩蕩的；連戰上回到杭州，已經決定將長輩的東西永遠放在寺中展覽，連戰的祖父連橫寫了《台灣通史》，台灣人都知道此書對台灣歷史的貢獻，連戰要把長輩的東西永遠留在大陸，可以增進台灣的曝光率，讓來寺參觀的大陸同胞，有機會進一步了解台灣，就怕老是不從正面思考問題的台灣政客，又當成新聞拿來炒作。

　　邵先生知道我是讀中文的，除了對我大談中國近代小說與西方文學，還把小時候跟著父親背的唐詩、宋詞，一首首搬出來，背不全的還靜待我接，還好我的「功力」尚可，台灣的中文老師要是連背誦中國古詩詞都敗給北大數學系的，那真的是丟臉丟到「家」，內心在慶幸保住面子之餘，也真的佩服大陸對「國學」的紮根工作；來杭州第一個禮拜，就看到新聞報導說浙江某一所大學開設「國學××班」，學費高昂，招收的全是菁英份子，新聞打出的標題是：「『國學』是可以販賣的嗎？」想到台灣中學的國文課本，古文跟白話文的比例，在我讀書時是九比一，在我教書時差不多是對半，民進黨主政後，在「回歸主流」的意識型態下，已經快變成三比七了！教育部長會說「三隻小豬」是成語，認為馬致遠的〈天淨沙〉要抽掉，因為「古道、西風、瘦馬，夕陽西下，斷腸人在天涯。」沒什麼理由得繼續編入課本；我聽著邵先生吟著柳永的：「今宵酒醒何處？楊柳岸，曉風殘月。」心想未來台灣的中學生，在求學過

程中要是少了詩詞歌賦的潛移默化，不管是面臨感情問題或是前途茫茫，要在廣袤的天地間「如何自處」，勢必成為生命的超大難題。

　　參觀完寶石山下的瑪瑙寺，我們又爬上寶石山，寶石山正對著西湖，我說我清晨跟傍晚爬了兩次寶石山都沒到過保俶塔，來杭州多日，夜裡逛西湖時，也只看到城隍廟與雷峰塔相互爭輝，保俶塔依然在暗夜裡冷眼望我，好想爬上去瞧瞧。保俶塔與吳越國最後一代國王錢弘俶有關，錢弘俶的皇后，就是上週在杭州歷史博物館參觀時看到的墓主，為求丈夫到宋朝貢能平安歸來，命大臣監造此塔，名為「保俶塔」，邵先生帶著我登頂成功，半路的峭壁上還看到年輕人在徒手攀爬，峭壁上沒有凸出的石塊，只有凹陷的小洞讓人有下手處，年輕人身上沒綁繩子，底下是屹立千年的大石頭，真摔下來不死也要丟半條命，我看得連氣也不敢多喘，邵先生說他經常來爬，從沒看過有人掉下來。

　　在保俶塔前的涼亭，邵先生談起「誠實」的話題，有個學生問蘇格拉底：做人是否不可以撒謊？蘇格拉底回答：不一定，對歹徒不能說真話。學生又問：對朋友是否必須說真話？蘇格拉底回答：也不一定，假如你的朋友得了絕症就要死了，你不能告訴他真相。共產黨搞政治運動期間，既不能總說真話，也不能都是假話，一切以保護自已，盡量使自已受到的傷害降到最小為原則。我心想：對好人說假話，若是善意的謊言，並不為過；馬克吐溫曾說他一輩子從沒見過一個沒說過謊的人，這倒是千真萬確的真話。

　　我心裡對邵先生如何成為「異類」的經過感到無比好奇，早聽人說現在的大陸可以批評共產黨，但不能批評領導人，受過迫害的人，擔心「交淺言深」是一定的，最終還是按捺不住，我說：「在

台灣看過一些經歷過文革的作家所寫的書，我總有真話聽不夠的感覺，對於毛澤東幾十年呼風喚雨下的大陸，仍感到一團迷霧。」

邵先生說：想聽真話是吧？我就說給妳聽聽。我隨一大批走「五七道路」的革命群眾，去到一個山青水秀的農村，就是我昨天說的河南板橋水庫，我們在水庫邊的小山崗上住了下來，我當時在一個國家建委的研究院工作，我們有自己的工程隊，很快就蓋了一些房子，我所在的連隊有一百多人，在幹部眼裡，所有人當中有六個是「壞人」，兩個老的，四個年輕的；一個老的是研究陶瓷的學者，國民黨人，腳有點拐，我們背後叫他「老兒麻痹」；另一個也是從事陶瓷的研究工作，因為曾在日偽地區工作過，大家背後管他叫「漢奸」，當面叫他「老刁」；四個年輕人當中，我是右派，背後自然是被叫「老右派」；另一個我們稱他為「外交部長」，他外語很好，在大學時因參加一個自發的讀書會，閱讀馬克思的著作，認為毛大人的種種做法違背了真正的馬克思主義，當時的「讀書會」如果不是官辦的，就會被認為是「反革命組織」；還有一位姓譚，這位老兄因為和我太接近，也被看作壞份子，都是我害他的，現在住在西安，不時跟我通電話，他當時願意和我好，我也是沒辦法；最後一個畢業於江西一所大學，長相很好，來自上海，上海人有一種優越感，不大看得起其他地方的人；我姐在上海出生，長於上海，可算是道地的上海人，有一次我從北京回杭州，途中去看她，「兄弟啊！哪現在鄉下還好哇？」在上海人的心目中，除了上海，其他地方都是鄉下！這位長相好的上海人，雖是六個壞東西之一，他自認和我們不同，情況沒我們嚴重，如果「反動」可以度量排列的話，他一定排在最前邊，屬於「羽量級」，而且又是上海人，也屬優秀，吾等除了政治上反動，而且皆為鄉下人是也，不過對於自然科學的認

知，他不一定對；有一天，六個壞分子在井邊休息，上海人告訴我
們：「井上的重力加速度和井下不一樣。」我們聽了大笑！我們六
個壞傢伙，每天的工作是負責挑水，供應全連一百多人的生活用水，
從山崗下挑上來，遇到下雨天，革命群眾坐在屋裏學習革命理論，
我們也想在這種下雨天學學「革命理論」，但不可以，我們要挑水；
河南鄉下的土，是很好的黏土，和雨水和在一起，變得非常滑，平
常走路已經非常困難，何況還要肩挑重擔；領導說雨天踩泥地挑水，
這樣有利於改造思想，兩個老的實在不行，走路都十分困難，如何
挑水？我想了一個方法──用牲畜拉，把水裝在空的汽油桶裏，把
桶放在架子車上，再讓騾拉車，我跟領導說：「只要兩個人，我保
證供給全連用水。」於是我和老譚合作，很開心地工作了一段時間。
中秋節晚上，我和譚去崗下井臺收水桶，北方的地下水很深，要用
轆轤拽水桶絞上來，那天月光很明亮，真是秋高氣爽，我和譚坐在
井邊說話，革命群眾在屋裡聚餐、喝酒、吃月餅，也很是開心，有
人問：「邵某某在幹嘛？是不是又和譚某人在一起？」不知是誰酒
喝多了，說：「把他叫來問問！」於是我被酒醉飯飽的革命人士叫
了去，站在屋中間，「你是不是又在和譚某搞反革命串聯？」「我
們在收水桶。」「還幹了什麼？」我有意停頓了一會兒，說：「看
月亮！」我聽到有幾個女人在偷笑，「打倒邵某某的反革命氣焰！」
有人問我：「你知不知道譚某是什麼人？」如果我說譚是壞分子反
革命，這類他們希望聽到的答案，可能再被罵幾句，就可以叫我滾
蛋，但我不想順他們的意，我對他們那種「不尊重敵人」的態度很
反感，或許是馬克吐溫在我的心裏作怪，我說：「他，…他…他是
中國人。」革命戰士嗅出了我對他們的嘲弄，這種嘲弄引起他們心
中的怒火，要我低頭，我不低，幾個人上來按我的頭，用鋤柄打我

的腰，我順勢倒下，用腳一掃，把地上一排熱水瓶統統打破，裝滿水的熱水瓶，跌倒一定破，當時熱水瓶很難買到，這是後來他們告訴我的，這筆賬可以算在馬克吐溫頭上。

我看著眼前這個馬克吐溫的超級粉絲，心裡讚嘆他的聰明、幽默，微微一笑鼓勵他繼續「回憶」。

邵先生說：研究院在蘇州有分部，有一次我路過蘇州，那幾個打過我的人，替我拿東西，態度友好，當年他們的眼睛睜得很圓，嘴張得很大，口號喊得很響，似乎兇狠非常，其實不然，兇狠不過是一種姿態，給領導看的一種表演，他們想保護自己，安全地度過這次「政治運動」，其中一位是我足球場上的夥伴，常在一起踢球，他個子不高，球踢得很棒；這些人大多出身不好，父輩一代可能是地主、資本家、或是舊政府的官僚，如果他們不站出來表演一番，等到別人寫大字報，把他們平時的牢騷怪話說一說，不也和我一樣了嗎？當然也有人不屑於這樣行事，我不怎麼恨他們，他們也在演戲，不過運氣比我好，撈到一個正面角色，我命苦！天生要做反派角色。

我問：走「五七道路」是不是參加「五七幹校」？那可是毛主席的一大發明耶！

邵先生說：沒錯！「五七幹校」是他老人家在五月七號發表談話，說東北柳河幹部學校很好，把在城市裏的幹部送到鄉村，集中起來從事農業勞動，學軍、學農、學工，他的話猶如聖旨，全國各單位紛紛揣摩上意，大辦特辦這類學校。毛大人認為人群就其思想，可分左、中、右三類，三類中又可分上、中、下三等，是襲自三國時曹丕的九品官人法（按：曹丕採陳群之議），我在領導心目中，大概是屬於右上，既不是什麼好東西，大腦就該好好洗洗，洗到對

共產主義非常相信，至死靡它的地步；領導認為，只要多從事體力勞動，多流汗，就可以達到目的，我一開始很是聽話，流了不少汗，也說了些擁護的話，但總感覺自己說的話很是虛假，但又不能不說，一如胡適所言：「既沒有說話的自由，也沒有不說話的自由。」在當時沒什麼肉吃，飯也不夠，我忍不住改寫裴多斐的詩：「愛情誠可貴，自由價更高。若為饅頭故，兩者皆可拋。」同夥聽了哈哈大笑，罵我是做漢奸的料。

我說：改得很不錯啊！你們一群年輕人在那種鄉下勞動改造思想，幹校趣聞一定很多。

邵先生說：在幹校七年，有六年真的就像是住在「世外桃源」，在幹校的第二年，我被分到總部，在研究院跟我同一個研究室，與我過不去，喜歡革別人命的先生和女士們都走了，他們當中有些人是歡天喜地回北京，有些是無可奈何去了外地，但還有其他研究室的，同樣喜歡革他人命的「毛主席的好戰士」，有位姓田的，就叫「田革命」吧！田革命把我和一群「家屬工」編在一起磨麵粉，何謂「家屬工」？因為研究院男性和女性比大約五比一，可能更多，那時沒有「婚姻介紹所」之類的機構，成熟男性條件差的只好回老家找老婆，小鎮上農村裏都有，這些配偶很難和丈夫生活在一起，戶口進不了北京，工作也難找，如今老公在幹校，都來團聚了，正好幹校也需要人手，田革命把我領到一台機器前，說：「這是開關，你幹吧！」轉身走了，兩邊的女工以為我知道怎麼幹，也沒搭理我，我加的麥子太多了，電動機超載運行，負荷過大，電機燒毀，田革命立刻過來，臉色很難看，「大家注意了！現在開個現場批判會，這個右派分子，一到這裏就搞破壞，把電機燒毀。」我站在那兒不知如何是好，心裏直發慌！旁邊兩個婦女問我以前幹過這工作嗎？

我搖搖頭，這倆位大姐馬上開口，指著田革命道：「你不交代人家怎麼操作，叫人家怎麼幹？我看見的，你就說這是開關，別的啥也沒說。」那幫女工七嘴八舌都來幫我，罵完田革命還小聲對我說別怕他！她們敢這樣，我想有兩點：一、早就看不慣田革命的作風，討厭其為人；二、女工們不參加研究院的政治運動，一點也不怕田革命，當時幹校總部的最高領導姓李，是那種實事求是，體察民心，在不違反規定的情況下，照顧群眾利益的領導者，就是對我們這些受審查的人，也不會設套害你，他們這些共產黨人，應該說有道德底線，還是有人性的，我這樣說不是「斯德哥爾摩情結」（按：指「人質情結」），我甚至願作如此的猜測，在他們的思想深處，並不贊同毛的倒行逆施，只是不敢也不能說出來。在總部，一開始我住在胖子隔壁，他姓黃，大家都叫他黃胖，有位軍代表很愛發表談話，黃胖看不慣他的作風，老找他發言中的錯誤，拿來當作笑料，讓大家開心，還作了「順口溜」：「每會必到，每到必講，每講必長，每長必錯。」幹校的最高領導，頗具人性的李先生，找到黃胖的夫人小杜：「妳勸勸你們家老黃，別那樣，咱們還要回北京哪！」他怕軍代表從中作梗；那時我和一位畢業於清華的老丁常在一起，他因和他人議論時政，有攻擊國家領導成員的言論而被審查，丁常和他們玩「拱豬」，我有時也在旁邊看，黃胖告誡我們：「千萬別在談戀愛時逞能，以後家務事都落在你頭上！如今燒飯、燒菜都是我的工作，本來洗衣服也是我，我使勁用肥皂，讓曬乾的衣服還有肥皂味，小杜再也不要我洗了！」他很愛小杜，於是我給他取了一個「帕奇諾夫」的綽號，聽的人都明白那是「怕妻懦夫」的諧音，有一次開大會，胖子遲到，不知是誰喊了一聲「怕妻懦夫到！」全場歡聲笑語熱鬧非常，大家好開心，連小杜也笑個不停。「帕奇諾

夫」聽起來像斯拉夫民族的名字，取名的經過是這樣的，晚飯後喜歡打牌的人都留在食堂裏，我有時觀看，「該你出牌了，帕奇諾夫！」黃胖在思考出哪張牌，注意力集中在牌上，「帕奇諾夫就帕奇諾夫！」他一邊這樣喊一邊拿著牌高高舉起，又叭一聲把牌拍到著面上，他不知「帕奇諾夫」何意，後來人們笑著解釋給他聽，是怕妻的懦夫，「怕妻就怕妻，可不是懦夫！」這話沒錯，他很愛他那位美麗嬌小的妻子小杜，黃胖長得人高馬大，性格豪爽，「帕奇諾夫」這名字很快被群眾接受，也被他認可了。我喜歡給人取外號，但不傷人，俄羅斯的沙皇在一九〇五年被推翻，臨時政府的總理叫「克倫斯基」，幹校有個菲律賓華僑，叫張克倫，他養了四隻雞，也不多養，四隻雞輪流生蛋給他吃，這辦法不錯，許多人學他，我也是；他畢業於浙大建築系，和我很談得來，有天他一邊吃飯一邊餵雞，四隻雞圍著他轉，我衝口而出：「克倫四雞」，大家都笑了起來，有人說：「這可是歷史名人哦！」外號不能隨便取，有時會給人帶來大麻煩，「管莊」居民區裡，有個修鞋的皮匠，象棋下得好，尤其對炮的走法，本領特別高超，好事者因此叫他「炮兵團長」，後來就簡稱他「團長」，文化大革命開始，革命群眾想起這位「團長」，有人說：「這傢伙會不會是國民黨的團長？」碰巧這位皮匠當過幾年國民黨的普通士兵，這外號給他帶來許多苦難。

　　我苦笑說：住在台灣島的我，真難想像這種「恐怖聯想」！

　　我問邵先生：要取卵就不能殺雞，你們吃肉都要自力救濟，鄉下地方有什麼肉可以吃嗎？

　　邵先生說：有啊！我還吃過大雁。大雁在天上飛，看上去很小，其實很大，農民會捕大雁來賣，我從集市買了一隻沒有羽毛，放完血的大雁，足足有五斤多，不到一元錢，那時一個剛畢業的大學生，

月工資五十五元，賣雁的婦人告訴我，要用茴香、桂皮、辣椒一起炒，否則會有青草氣，因為大雁吃麥苗；我按那婦人說的方法燒了大雁，晚上邀請友好人士共進晚餐，當然有「帕奇諾夫」和他的太太「帕奇諾娃」，斯拉夫民族都如此稱呼，太太的名字都是把「夫」改成「娃」，黃胖還炒了幾個拿手菜，大家都覺得雁肉好吃；第二天中午，我在吃剩下的雁肉，黃胖走過來看，說：「這是你昨天的雁肉？」在燭光下看不見藏在表皮內還沒長出來的毛，在陽光裏就清清楚楚了，黑黑的附著在表皮上，我實在弄不出來，胖子一個勁兒罵，我低著腦袋不說話，起初小杜也說我不對，後來幫我說好話，我唯一的辯詞是：「這種黑色素對頭髮有好處，不會長白髮。」「放屁！」我記得胖子罵我的話裏有這樣的粗話，胖子罵我時，真希望叫叫我那兩個難友譚跟丁一起來聽，當年沒有手機，無法發短信，後來我還是把胖子的怒斥講給他們聽，盡可能用原話，我們又開心了一陣子。不久胖子一家回北京，他們不願去外省，就工作生活而言，當然北京好，我幫胖子捆綁行李，他說：「這也許是最後一班回北京的車！」我對北京沒好感，從沒把它當作會落腳的家，太多的怨恨，太多的痛苦，」也同時回去了。

我問：你的好朋友都走了，有苦有樂向哪裡說啊？我心裡想的是：連個可以交代後事的人也沒有，萬一有個萬一如何是好！

邵先生說：我不在乎他們走，也不想回北京，在這之前，田革命整我不成，把我貶去餵牛，做丁的副手，這真是因禍得福，牛棚十米開間，分三室，左為牛的居地，右為人的臥房，中間是飼料堆放處，臥房陳設簡陋，兩張單人床，南北兩窗各有一桌，可以寫字看書，三間屋用高粱桿製成的簾子隔斷，很通氣，牛身上的氣味都可以聞得到。我和丁負責每天給兩頭牛供應兩餐，乾草拌豆餅加些

水，這攪拌的工藝流程也可以在牛槽裏進行，那是一個用石頭雕鑿出來的牛「飯碗」，下午餵好第二次，牽牛外出走走，走累了就拴在樹旁，一天的工作就是如此；牛吃的乾草要切成兩三吋，牛的排泄物要清除，這兩項工作比較累，幾個月才幹一次，而且有農工指導幫忙，攪拌只需幾分鐘，其他時間可以閱讀、寫字、翻譯，在「自由世界」能找到這樣的工作嗎？而且是兩個人分擔喔！不久丁回北京，我獨霸整個牛棚，在丁走以前，我們合夥做了一次賊，冬天來了，我們煮羊肉吃，忘了買大蔥，想到「菜包子」他家有，「你去偷點兒吧！」「你去！」「不，你去！」爭來爭去沒結果，「一起去！」左右看看好像沒人，我們開始拔，天冷土結成塊，大蔥一拔就斷，正愁沒辦法時，背後傳來人聲：「偷蔥都不會！」「菜包子」他媽抱著「肉包子」出來了，「我早看見你們了，鐵鍬在那邊，老蔡進城了，你們自己挖吧！」「菜包子」的媽媽小段，是我校友，同屆不同系，她是物理系，女生能考上北大物理系絕對是個「人物」，錄取分數比數學系高出四十分，四百六十分，滿分五百，我有個中學同學和她同寢室，幾年前就認識；「菜包子」是老蔡和小段的孩子，在北京出生，胖呼呼的很可愛，夫妻二人來幹校後，白天勞動，晚上燭光下無法查文獻、看資料，一年之後，「菜包子」有了弟弟，弟弟也胖呼呼很可愛，乳名「肉包子」；偷蔥被發現，有些尷尬，我和丁笑了幾聲後，在「包子媽媽」的監察下挖了起來。

我笑說：早年台灣鄉下的小孩兒，乳名有叫「阿狗」、「阿牛」的，北方人取「菜包子」、「肉包子」，叫著就覺可愛好玩。

邵先生說：叫「鐵蛋」算是頂級的，還有乳名叫「狗屎」、「尿壺」的，河南鄉村有如此風俗，把男孩的名字取得越醜，這孩子越容易養；女孩的名字比較秀氣，叫玉蘭、美娟、秀梅的很多。丁回

北京後，我一個人伺候兩頭牛，早上拌好飼料，我就開始翻譯柯南道爾的《福爾摩斯偵探案》，書是俞老回北京時送我的，譯到緊張處，牛餓不餓也不怎麼關心，為了省時間，我想了個辦法，早上的料多拌些，連同下午的一起拌，「乖乖吃啊！老地主！」兩頭牛一頭大一頭小，我管大的那頭叫「老地主」，小的叫「富農分子」，時間一久，牛認識我了，牛的腦門平平的，高興時輕輕拍牠幾下，餵料時我會說：「把頭伸過來，拍幾下。」「老地主」會把頭伸過來讓我打，「富農分子」也一樣；牛餓了會叫，有天下午牛叫了幾聲，我過去一看，槽裏還有不少料，「叫！叫什麼叫？有料還叫！吃！」我回屋繼續翻我的「福爾摩斯」，一會兒牛又叫了！我又過去，抓住「富農」頭上兩隻角，把牠的頭往槽裏按，「吃！你這個富農分子！」牛就是不吃，睜大眼睛看著我，「老地主」也不吃，牛會不會病了？我立刻去找農工張師傅，他來到牛棚，看了牛，問了餵料經過，笑了起來，「不要緊！沒生病！」他先清除槽中的剩料，接著洗清石槽，重新拌料，牛大口大口吃了，「哇！原來牛還頂愛乾淨的啊！我有時還懶得洗飯碗呢！」人和牛就如此平平安安地過了幾個月，有天下午，我和往常一樣，餵好第二次，牽著牠們往外走，走到拴繩的樹旁，「富農份子」突然狂奔起來，我從未見過這情況，這麼大的一個笨重畜牲，在不怎麼寬的土路上亂奔，萬一闖到人，非死即傷，我又驚又怕，呆在那兒不知所措！一會兒跑到我身邊停下了，一個勁兒喘氣，「你這壞東西，你想嚇唬我啊！」嘴上在罵，心中還是頂高興的，還好沒出事，在那非常年代，一個落難「秀才」伺候兩頭牛，似乎十分可笑，妳可不要如此想，是兩頭牛讓我有了工作機會，是牠們的存在，我才能安安穩穩地閱讀、翻譯，牛是最溫和的動物，直到現在，我還能清清楚楚回憶起牛看

我的眼神，傻呼呼的模樣，伸出腦袋讓我輕輕打。幹校進一步縮編的消息洩露後，附近的生產隊就偷幹校的東西，拖拉機不見了，我養的兩頭牛也都被偷了，「老地主」和「富農」也得去耕地了！

　　我有點難過，住過「牛棚」，還能如此的「笑傲江湖」，真是不容易！

　　邵先生說：再說一樁好笑的，幹校當時流傳最廣的是「一瓶醬油的故事」。每次一有人喊：「秀才講一瓶醬油的故事」，立刻就有人跟著起鬨。秀才的綽號應當說取得十分貼切，他走路外八字，背有點駝，平時不大說話，聲音平和，我從未聽他高聲喊叫過；戴一副近視眼鏡，看人時微微歪斜著腦袋，目光裏總透露些許懷疑，大家勞動時總拿他尋開心，「一瓶醬油的故事」就是大家最開心的話題；他是福建三明市人，有一年回家，騎車不小心撞倒一位姑娘，姑娘手提一瓶醬油，姑娘受傷，油瓶破碎，秀才有兩種選擇，逃走或留下，秀才是個君子，當然不會逃跑，不但送姑娘去醫院，還賠禮道歉，等姑娘完全好了以後，秀才還不時去姑娘家表示慰問，不但「化干戈為玉帛」，而且「日久生愛情」，一年後那姑娘成了「秀才娘子」，「秀才，你真有本事哎，你撞了人家，還騙來做老婆。」「秀才，你這是吃小虧占大便宜。」「你從什麼時候有了另一種想法？不是單純去賠禮道歉，而是有了邪念？」勞動沒什麼可樂的，大家就這樣拿他開心；秀才運動基礎不太好，騎車自然也不很熟練，但大家故意不這樣想，「秀才，當時你是不是看她好看，故意去撞她？」還沒結婚的要秀才傳授經驗，有個女孩，一心想回福州，綽號「小辣椒」，也自嘲說：「看來明年回家，我也要拿個油瓶走街串巷。」「沒人撞妳怎麼辦？」有人代為出主意：「妳看見喜歡的，就主動上前讓他撞。」秀才是個老實人，有一次大家談自己認識老

婆的經過，他如實地講了真話，結果他的故事傳遍幹校，他也就成了幹校名人。

　　邵先生接著說：共產黨的文學、藝術政策，與西方不同，認為文學、藝術不僅僅是給人欣賞的，而是用來教育人民的，後者更為重要，如果僅供人欣賞，很可能被批判為「資產階級」，該作者就會被認為有資產階級傾向，在下一輪的政治運動，就很可能倒楣，翻閱正統的共產主義小說，裏邊的共產黨人都是一些品德高尚，毫不利己，處處為人著想的好人，看這類的小說，學做那樣的好人，這樣的人存在嗎？我就懷疑過，如果要我學做那樣的人，一是太累、二是太苦、三是骨子裡情願做「壞人」！我們的幹部老賈真有點像那樣的共產黨人，夏天戴頂大草帽，套一件無領汗衫，一見人就笑瞇瞇，說話很和氣，見人有難會出手幫助，如果要錢，他一定給你，我相信他不會昧著良心去整人，這麼一個老共產黨員，被打成「右傾機會主義分子」，我很能理解，他同情農民，和彭德懷站在一起。有段時間，老賈要我負責採購，兩天一集市，有一天去買牛肉時，我把公家的自行車弄丟了，這在當時，說小是小，說大是大，丟車前幾天我還告訴別人，鎮上的鐵匠想問我買這輛車，現在丟了，別人也許會想你賣給鐵匠了呢！我十分沮喪，找老賈說明情況，他說：「寫個經過給我」，他批下：「情況屬實」，對我說以後小心，「買東西還要用車吧！」他又叫後勤給我一輛。過年了，老賈不主張用公款大吃大喝，和我看守果園的老李，和老胡一起出主意，跟老賈說：「地方幹部請我們吃飯，也要回請，關係要搞好。」老賈點點頭說：「不要浪費。」到了那一天，鎮上的大小幹部，稅務局長、郵電局長、糧食局長、民政局長、當然還有鎮長本人、公安部門、司法部門等十來個人，搖搖晃晃魚貫而入，我悄悄對老丁說：「像

不像《欽差大人》裏的那些人？」雖其貌不揚，但個個滿面紅光，嘴裏都插著一支點著的香煙，也笑瞇瞇，因為水質和抽煙的關係，牙齒都很黃；丁說：「可惜鎮長的夫人和女兒沒有來！」我笑說：「希望女兒不像父親。」兩人大笑。頭天晚上，老胡和大家商量：「上菜要有講究，先上一些讓他們吃飽的菜，等他們塞飽了，再上好的讓他們望而生膩的菜。」大家拍手叫好！等老賈送客後，我們重新開宴，嘻嘻哈哈好不熱鬧！從年前起算到元宵，近二十天，這些底層的和臨近鄉鎮的公務員們，就這樣你請來我請去，錢都來自國庫，而農民很少有肉吃，水餃是他們的最愛，我吃過，裏面幾乎沒有肉，是粉絲豆腐白菜。共產黨許多舉措，上面的想法很好，到了下面就走樣，「五七幹校」原是鍛練、教育幹部的地方，幾年後變了，一群人拿國家的錢，田雇人去種，養雞、養豬用家屬工，種些自己愛吃的青菜，加上果園，簡直是世外桃源！不久前，胡總書記號召大家進行「先進性教育」，本意是要共產黨員提高共產主義思想覺悟，有人提出參觀革命根據地，這很好啊！去井崗山毛的老家韶山，結果是用國家的錢遊山玩水，節儉一些的，組織學習，別以為真的在學習，交流什麼心得、體會，都是發一些材料給你帶回家去看，然後去酒店吃飯，有一次聽到有人說：「張師傅，你到某某酒家給我停一下。」「黃老師你不回家嗎？」「今天中午保先。」什麼叫「保先」？是「保持共產黨員先進性」的簡稱。大家在一起吃一次飯，就算學習「保先」了，飯錢都從國庫出，就此而論，大陸的共產黨比洛杉磯的資本家大方，有人情味。

　　我說：兩岸公務員都一個樣，光這方面，在我們那兒一年就吃掉十八億的「民脂民膏」，唯一的不同是：你們只是幹部上酒家，我們那兒是全家趁機一起去渡假。

　　邵先生說：我到幹校去學「工農兵」，也學了不少東西；幹校有許多地，在我們勤奮「學農」之下，每年也存有糧食，有人說養豬好，於是就養了許多豬；又有人說豬愛吃酒糟，那就做酒，可誰也沒做過酒，有人說：「小邵聰明，讓他去學學不就行了？」老胡就帶了我去焦作酒廠參觀，我把整個工藝流程仔仔細細，連同設備記錄下來，挖坑買設備都是別人的事，開始第一批料，焦作酒廠來人指導，發酵的料也是酒廠送來的，我就按我記錄的步驟操作，二十八天後，真出酒了耶！後來每七天出一次酒，我還把壞了的水果扔進發酵的池裏，蒸出來的酒還有一種很好聞的氣味，我在幹校從此出了名，幹校的酒在附近也出了名，都聞風來討酒喝，指導我做酒的李師傅也說比他們做的還好，這種話當然不能當真。酒精的比重小於水，剛出來的酒高達百分之七十三，慢慢到四十幾，低於四十的就倒回池，參加下一批發酵，把高的和低的混合，六十度裝瓶，出酒那天，那些「酒鬼」都拿瓷器給我，把四十度以下的酒給他們，所以出酒那天，也是我最被「看好」的一天，如過節一般，男人們喝得醉醺醺都很開心，我說：「我要回家探親！」老胡不肯讓我走，後來答應了，要我把全部過程寫下來才放人，老胡看了我的做酒手冊，很滿意的說：「走吧！」老賈回北京後，老胡算最大，是我們的最高領導，接替我釀酒工作的是畫家老王，半年後我沒錢了，老胡給我匯來路費，我又回幹校，國家只給十二天帶工資的假期，我一去就半年，資本主義國家可沒這樣的好事！工資花完只好乖乖回來，我一回來就惦記著做酒的事，老胡一見我，長歎一聲：「你去問畫家！」畫家是個十分有趣的人，他的確按我的手冊所記進行，可就沒有酒出來，「他光會說加大火提高溫度，再塞些木頭，最後房子都差一點燒起來。」他老婆這樣告訴我，原來蒸鍋裏根本沒有

放水，鐵鍋燒化了，酒料都落到灶堂裏，我笑得透不過氣來！老胡知道後也很生氣，幸好沒出大事，那是七六年，出了許多事，周恩來死了，接著朱德也死了，加上地震、隕石雨，老胡也想回北京，後來再也沒人做酒了！「四五事件」後，毛、江一派抓緊控制全國的黨政軍系統，平時不大學習的幹校，也常常學習「兩報一刊」（按：人民日報、解放軍報、紅旗）上的社論文章，讀完文章發言討論，發言的模式大致如此：先說毛主席中央文革，江青一夥如何英明偉大，接著批判鄧小平的右傾翻案妖風，自已堅決擁護，搞好本職工作云云，我這個尚未定案的「壞東西」，還得拖一條尾巴，批判自已的反動思想等等；我最希望人多，一遍輪過來，輪到我時快吃飯，沒時間講，我一向把對黨表忠心的機會讓給要求進步的革命群眾，甘居最後，對時局的動向我並非不關心，我每晚偷聽「美國之音」，知道高層領導成員之間鬥爭激烈，軍隊幹部忠於毛，但不賣毛身邊那些家奴和親信的帳，毛也無可奈何，我對兩派都沒興趣，在他們眼中，我都是「階級敵人」，我關心的是主持學習的胖局長的「消化不良」，每當他把身體往左傾斜，重量壓在左邊臀部，準備向外排氣時，我就立刻假裝咳嗽，走出屋外，所以每次學習我都坐在門邊，有一次去晚了，我拿把椅子坐在門外，把頭伸進門框內，讓胖局長看見我的頭，就像中午在我窗外啼叫的那隻小公雞，「小邵，坐進來，裏面有位子。」胖局長這麼一喊，不能不進去，可心裏卻在罵：「你不污染空氣，我會坐在外邊嗎？」胖局長是剛升上去的造反派的人，周恩來去世後，他很活躍，他沒怎麼刁難我，胖局長喜歡一位也從部裏下來洗滌靈魂的女幹部，一個男人一旦喜歡上一個女人，那眼神語態就大不一樣，自已不覺得，旁人可瞧得一清二楚；和我合夥做豬圈門的小李，要我參加他們的「陰謀」，說晚上

去「盯哨」，要看胖局長的「醜態」，為了皇后的名譽，阿托士·達特安可以出生入死，大仲馬的「三劍客」裏就是這樣，「盯哨」這種雞巴鳥事，豈是我這種人幹的？我對小李說我沒興趣，胖局長喜歡一位女士，這表明他革命不忘愛情，還未全然失去人性，令人費解的是胖局長對自己的「消化不良」，一點也沒有感到遺憾或是難為情，就如農村裏的老大爺，嘴裏有痰就吐到地上，那麼的自然、隨便，難怪有人說三代培養出一個「貴族」，法國大革命後，第三階級商賈和農人掌握政權，他們的舉止行為粗俗，看到自身的弱點，努力摹仿貴族的舉手投足，這位胖局長經過一段時間，我相信他會變成一位很有教養的共產黨人，不會再心安理得地，在眾多人群裏「放氣」。

　　我說：台灣每逢選舉，那些從來不投票的民眾，多數都把政治當成挺無聊的事。

　　邵先生說：這可不是無聊的事喔！政治學習是一件重要的事，是我們生活方式的一部分，林彪事件後，我希望時局能往好的方向發展，鄧小平復出後，生活慢慢走向正軌，雖然身在幹校，北京高層的政治鬥爭，我也時有所聞，從江青一夥的文章和口號裏，可以猜測一二，看來生活還會有許多波浪，因為部裏不斷有幹部輪流下來鍛煉，用汗水洗滌「心靈的污垢」，此時的幹校已經沒人和我作對了，我知道我在浪費生命，但又無可奈何，有一天，幹校的「最高領導」把我的「翻譯作品」收了去，我嚇了一跳，我明白這些西方童話不會破壞「文化革命」，當時在下放的知識青年中，流傳著一本手抄本的《第二次握手》，非常紅，這些當初跟著偉大領袖毛澤東幹革命的紅衛兵，在農村呆了幾年後，思想起了變化，這本書也許反映了這一代人的苦惱、傷痛、覺醒和希望，從當局嚴禁此書

流傳足以說明這點，書店裏除了毛和馬恩列斯四大聖人的著作外，再沒別的書，毛一人出了四本，家父說：「以前是『門對千枝竹，家藏萬卷書。』現在可以改為『家藏四本書』！」

　　我說：秦始皇焚書，准許百姓流通卜筮、種樹之類的書，你們只能看「四大聖人」寫的東西，可想而知有多無趣！

　　邵先生說：《列子》書中，趙文子引周諺：「察見淵魚者不祥，智料隱匿者有殃。」上世紀三十年代，與江青在上海共事過的影藝界人士，知其底細者，在文革中大都吃盡苦頭，侍候過她的工作人員，在她被打倒後，都說她如何刻薄對待她們，這種話不可全信，她那種張揚跋扈，不能容忍他人在背後對她輕視嘲諷，她有報復心理可以理解；據說在延安時，她的待人接物還是溫和的，到了北京，成了第一夫人，自然不一樣了，我很欣賞她在被審判時說的一句話：「我是毛主席的一條狗，他叫我咬誰我就咬誰！」如果毛不給她機會，要她在家當賢妻良母，她的一生也許就完全兩樣了！看她身穿軍服，頭戴一頂男人帽，架著一副眼鏡，陰不陰陽不陽的說話聲，真是又難看又討厭，魯迅曾說：歷來皇帝發昏，做了讓老百姓吃不飽餓死的壞事情，老百姓都會怪皇帝身邊的愛妃，不敢說皇帝不好，「女人是禍水」，自古以來都是如此結論；周恩來去世後，各地都自動自發開追悼會，畫家老王在不到一星期的時間內，畫了周恩來的像，水平之高，幹校無人不豎大拇指，畫家雖然把鐵鍋燒毀，半滴酒也沒製成，但這幅畫像表明了「人盡其才」的道理，奇怪的是上面來指示，不要設靈堂，不要開追悼會，要「化悲痛為力量」，要「抓革命，促生產。」電視上江青在周恩來追悼會上的「兇相」，可見中央高層內部的鬥爭還未消停，毛沒有出現在追悼會上，周、毛二人共事近五十年，毛不出現有兩種可能，一是毛的身體不好，

二是毛和周之間有大的分歧，老百姓對毛的不滿慢慢表現出來了，那年的清明節，老百姓自動去天安門悼念周恩來，這種不滿終於爆發，就是著名的「四五事件」。

我說：北京天安門很像臺北的「凱達格蘭大道」，在那種地方，民眾情緒一被引爆，很難收拾耶！

邵先生說：天安門廣場有一塊高大的「人民英雄紀念碑」，是解放後建立的，紀念自1840年鴉片戰爭後，所有為中華民族犧牲的英烈們，周恩來在中國大地建設「共產主義人間天堂」，嘔心瀝血，現在死了，他沒有墓地，骨灰按遺囑飄散大江南北，想其魂靈必來此處，清明節老百姓自動拿著花圈，低著頭，悲哀地來弔唁他，一開始當局不是很注意，弔唁就弔唁吧！不就是幾個花圈嗎！不料後來花圈越來越多，式樣各不相同，有個頭小小的老奶奶領著孫兒送來的；有北京鋼廠用大卡車運來的，不銹鋼片製成的「鋼花」，以表工人階級對周恩來總理的敬愛，花圈上寫有對聯，永垂不朽啦！深深懷念啊！後來一些就含有政治意義了，藉以發洩對當局的不滿與憤怒，後來出版了一本書《天安門詩詞》，抄錄了這些對聯，其中也雜有古人的詩詞，如李清照的：「生當作人傑，死亦為鬼雄。」當時老百姓看出毛、周之間不和，那一年的農曆年，就在周恩來死後沒幾天，照例在國喪期間，不該有娛樂活動，從來不放鞭炮的，毛的駐地中南海竟大放鞭炮，人們用悼念周來表達對毛的憤恨，有人做了花圈獻給毛的前妻楊開慧女士，她被國民黨殺害於獄中，其靈魂按理亦在這裏，百姓的用意很清楚，故意要給江青難堪；有人站在高處大聲朗讀對聯，也有人發表演說，說到激動處，底下人群拍手叫好，送花圈的、來看熱鬧的、聽演講的，人群越來越多，此情景一級級上報，傳到了毛耳邊，據說當他老人家聽到報告的人說，

廣場上有人喊：「秦始皇的年代，將要一去不返了！」他頭一低，表情怪異，可能就在那一刻，決定動用民兵鎮壓；當時逮捕了不少人，有人說第二天消防水龍在沖洗血跡，此時的鄧小平已靠邊站，不主持中央工作，天安門的「四五事件」與他無關，雖然如此，江青一派還是把責任推到他身上，張春橋直指鄧小平，罵他是匈牙利的「納吉」。林彪事件後，鄧小平出來幫助周恩來工作了一段時間，國家似乎好了一些，但「四人幫」在毛的指使下，不停搗亂，鄧很難開展工作，毛原想用鄧取代周在軍隊黨政系統的勢力以為已用，但鄧小平沒有按毛的意思辦，反而真的幫助周恩來，力挽被毛搞得一團糟的經濟，所以鄧又一次被毛趕下臺，此時的毛是很悲哀的，他最親信的兩個人，林彪和鄧小平都背叛了他，身邊還有一些忠於他的人，但都不能擔負大任，可謂「雖有家奴，但無能臣。」此時離他死去還有五個月。「四五運動」被壓下去後，各單位進行清查，每人都要說清楚那天人在哪裡，如果去了天安門，那就「不得了」了！有一個小學女生，記住了一輛自行車的牌號，舉報給公安部門，又從交通部門查出車主，這個小女生得到了表揚，說她有很高的「階級覺悟」，這事上了報紙，當時出了名的她，而今也該四、五十歲了，小姑娘不會去想她這一舉報帶來的後果，那騎車的人可能受到處罰，下放農村，老婆離去，他的孩子因此難找工作，……，在那種政治社會環境裏，一個天真的小女孩做這樣的事，不該受到非難，三十年過去了，假如有朝一日她回想此事，一定悔不當初。偌大的中國不知有多少「無知」的紅衛兵，有多少「有知」的造反派，跟隨偉大領袖做了不該做的事，應該懺悔的是他們，不是這個小女孩！

　　我說：天安門見證太多歷史了，「四五事件」、「六四事件」都在這兒發生，胡適的「五四運動」，也在天安門，我看台灣很多中學生會越來越搞不清楚了！

　　邵先生說：在近代史上，天安門的點擊率很高，周恩來去世後，五七幹校和全國各地一樣，很關心時局，每天都會看電視；周恩來的靈車開往「八寶山」，途經十里長安大街時，道路兩邊，群眾手持白花，看見車來了，大家不約而同咽咽嗚嗚哭了起來，那哭聲隨著靈車慢慢地移動，如多米骨牌，由東往西，直到「八寶山公墓」；周的遺囑說不要墓地，也不保留骨灰，但追悼會要在那兒開，其遺體也要先運到那兒，和大家告別後火化，再把骨灰撒向祖國山河大地。追悼會致悼辭的是鄧小平，除毛澤東外，其他中央黨政要員都來了，大多數表情沉痛，但江青的態度與眾不同，怪怪的，好像在跟誰生氣，怪周恩來不該死？不對，他們一夥不是很恨周嗎？仇人死了，開心才對啊！為何不笑？君子風度？倒也不是，百姓有所不知，共產黨高層內部不論多麼嚴重分裂，絕對不能告訴下層幹部和老百姓，要讓老百姓有領導部門是團結一致的印象，非要告訴時，也要一層一層往下傳達，江青心裏一定不高興參加這種哀悼會，或許她跟老公說：「我不想去！」毛老公回答：「妳必須去！」她因此不得不參加，於是有了那副「難看相」；她還戴著帽子，黑布條也不掛，全國人民都看到了！在這一點上，江青真可說是個傻婆娘，她自以為聰明能幹，能夠像歷史上的女強人一樣，她怎能和武則天、慈禧太后比，用她自己的話來說，只配做毛的一條狗。周恩來去世到「四五事件」，這段時間高層鬥爭激烈，鄧小平又被趕下臺，幹校人員越來越少，該回來的不回來，工資停發也不回來，唱京韻大鼓的秦女士才來沒幾天，沒有走，快過年了，晚上要巡邏，因為怕

附近的老鄉來拿幹校的東西，當地的農民心地善良，當你有困難時會幫助你，當你不注意時會把你的東西拿走，秦女士說：「要我值班可以，我要和小邵一班。」幹校的頭頭都不敢惹她，秦比我大五、六歲，去過朝鮮，當過志願軍，口才很好，聲音好聽，兩個女的值夜班會害怕，找個比她大的男人與她一起她不願意，還是我合適；我穿著棉軍大衣，拿著四節電池長電棒，帶著小喬（按：幹校的「校狗」），雞窩、豬圈、馬棚、糧庫，每隔一、二小時轉一圈，其餘時間呆在一個有火爐的小屋裏，秦講了許多部隊裏的故事，說軍官們如何欺負那些長得好看的護士跟他們文工團的女兵，「他媽的！別看他們穿著軍裝，人模狗樣，都他媽的沒一個好東西！」她年輕時一定很好看，或許也曾被人欺負了，我不敢要她唱一段小曲給我聽，也不敢問她的先生在哪裡，怕引起她的傷心往事，我知道不能探人隱私；她問我什麼，我如實回答，我告訴她：我從大一就是右派，現在還是右派，只是前面加了一個名詞做形容詞的「摘帽」二字，「妳可以叫我摘帽右派。」她笑了，不無安慰地說：「現在不是回到人民內部了嗎？」「哪裡啊！運動一來，不照樣把我再拿出來當靶子打！」她點點頭，「是的，這些王八蛋沒一個好東西！」她話中的王八蛋，指的是什麼不必細問，聽了解氣就好；過了兩個月，她回北京，臨走時託我把每月的工資匯給她，我到現在還記得她的地址：北京西單小取燈胡同 15 號，「小取燈」是「火柴」的意思，胡同就是小巷，有一次我在匯款條上寫：「何日君再來？」因為我也想回家。三十年過去了，這條我從未去過的小巷，隨著北京的現代化，一定消失了，她那韻味十足的聲音，但願至今還在。

　　我說：〈何日君再來〉跟台灣民謠〈望春風〉，用政治眼光來解讀歌詞內容，都非常適合當「反對黨」的黨歌。

　　邵先生說：經過近十年的文化革命，老百姓心裏明白：周要比毛好，如果讓周主政，他會重視經濟建設，生活水平會提高；但毛先生不這樣想，他擔心衣服穿太漂亮，天天有肉吃，住屋太講究，再像美國佬那樣家家開汽車，老百姓「思想會變修」，亦即滿腦子「資產階級自由化」，他和他的同志們打下的江山早晚會變色，千秋功業會毀於一旦，為此他不斷折騰，從四九年建國之後，政治運動一樁樁接連不斷，每個運動針對不同社會階層，「三反五反」是針對工商界；「反右鬥爭」針對知識份子；「大躍進、人民公社、總路線」是針對農民；「文化革命」針對他自己的黨，其用心可謂太苦。周自 1935 年後，總站在毛一邊幫助他，對的時候幫，不對的時候也幫，中國共產黨第七次（八次？）代表大會作出決定，誰得票數最多，誰就是黨主席，老毛的票數排列第四，周出來說話，說主席還是讓毛澤東同志擔任吧！五九年的「廬山會議」，明明是毛的錯，耿直的彭德懷不認錯，周去勸彭：「為了主席在全國、全世界的威望，你就承認錯誤吧！」令人不解的是，毛從不把周當作自己人，總擔心周會取而代之，我聽幹校一些資格老的幹部，私下在田間地頭暢談時局變化時，都如此議論；周也知道毛不信任他，周最後一次接見的外賓是巴基斯坦的布托（按：最近被暗殺的貝‧布托的父親），送走客人後，身邊的醫護人員和工作人員要求與周合影，這位知道自己將不久於人世的總理說：「照相可以，答應我一個條件，不要在我的臉上打叉叉！」聽者無不流淚！周知道他死後，江青那一夥在毛的支持下，會全面接管黨政軍各部門，如此做就必須先打倒周，一個人被打倒，他的名字就要畫一個叉叉，形狀就如算術中的乘法符號，有照片的話也這樣畫，這是規則；周有自己的人馬，在黨政系統軍事部門有忠於周的人，只要周活著，他們不聽

從江青的指揮，幹校裏的那些人都是不願意跟江青一夥走的人，他們都是些很有地位和資歷的共產黨人，周過世後，他們感到恐慌，害怕江青一夥全面掌權，「四五運動」被鎮壓，也使他們沮喪，那幾天坐在菜地裏，不勞動就聊天、歎氣，我聽「美國之音」，知道一些天安門正發生的事，我透露給老李，老李又去告訴他們，從《人民日報》的正面報導，接合「美國之音」的「造謠」，就可以明白事情的大概。過了兩個多月，廣播裏又播放哀傷的音樂，大家互問：「誰又死了？」這次是朱德，朱德地位高，但不參與決策，從井崗山時代開始，他從不和老毛唱反調，長征時，第四方面軍的頭目張國濤，有次和朱德聊天，說老毛總攬事，不該他管的事他也插一手，朱就說：「他喜歡管，就讓他管吧！」「廬山會議」上人人都要發言表態，批判彭德懷，朱的發言最富戲劇性，他說老彭打仗立了許多戰功，驕傲自大，脾氣太壞；朱不按毛的要求發言，意在表揚還是批判？事後毛說他老糊塗了！是真糊塗還是故意如此？彭德懷下臺後，只有他朱老敢常常去看他，兩老頭會為悔棋而爭吵不已，爭吵是假，友情是真啊！

我說：古人講「患難見真情」，有真性情的人，到任何地方，呼吸到的都會是真正「新鮮」的空氣。

邵先生說：我不在乎那一派掌握政權，因為他們都會拿我作為「反面教員」，用批判我的方法「殺雞給猴看」以建立威望，一切以政治考量為出發點，這場鬧劇如何收場？我倒是很想看看。九月的一天，我騎著車在修武的馬路上，突然喇叭聲響，播送哀樂，有播音員的講話，我心想：又要「化悲痛為力量」了！這次是誰呢？停下來細聽，哇塞！這次是偉大領袖毛主席！我立刻調轉龍頭，騎車回校，一路上，我感覺內心有一種輕快的跳躍的情緒，事情將有

變化，有位歷史學家說：「恐怖的繼續比恐怖的結果更難熬。」文化革命該結束了！下午幹校頭頭召集全體開會，傳達上級指示，宣佈注意事項：哀傷時期不准舉辦文化娛樂活動，不能飲酒作樂，……，有人問：「葷菜可不可以吃？」這小子沒事找事，領導沒說，吃就是，他還故意問，事後大家罵他真是王八蛋！老胡想了一想，回答：「你就別吃了！」這回答好，在這嚴肅的時刻，食堂的那條狗突然叫了起來，大老王立馬衝了出去，「叫，叫什麼叫？毛主席都死了！你還叫！」他禁止狗叫的理由還真叫人忍俊不能，我聽到有人憋著氣偷偷地笑，大老土是食堂工人，說話逗人，是大家的「開心果」，他這麼一嚷嚷，大會的嚴肅氣紛就減去大半，狗一定是看到附近村民，為了走近路穿越幹校，這狗也怪，看見老鄉就叫，看見剛下火車，從北京來幹校洗腦的人，一聲也不叫，狗能識別鄉下人和城裏人？狗也勢利？大家知道毛的去世是一件大事，有人很傷心，真的在流淚，有人卻不怎麼悲哀，儘管心裏沒什麼悲痛感，擠不出半滴眼淚，但臉上要裝出大悲樣，低著頭幹自己的工作，不再說笑打鬧；晚上眾人圍著看電視，高級共產黨官員死去，身上都覆蓋紅色黨旗，毛身上蓋的卻是一塊綠布，「怎麼黨旗變綠了？」有人問，其實當年國產電視機品質不好，看朱會成碧，現在很好了，中國的經濟有了快速發展，毛的去世加快了這一進程，有人說，如果他老人家能死於一九五六年前，對他個人的評價，對全國百姓都是一件大好事，他做了許多不該做的事，因為他的政策，死了許多原本可以不死的人，他身前闡述過一種觀念，人不可以老活著，如果孔夫子還活到今天，事情難辦，他讚美中國老百姓富有哲學理念，把結婚看作紅喜，把死人看作白喜，故有「紅白喜事」之稱，他還笑話古代帝皇死後造很大的陵墓，浪費老百姓的錢財，

建議遺體火化，還第一個帶頭簽名，可他身邊的親信和家奴，都不聽他的話，他不早死，不能怪他，但可以活著不幹事呀！他也是個閒不住的人，老愛折騰人，先是把國民黨折騰到台灣，後又派兵去朝鮮跟美國佬折騰，好不容易和美國講和，回來又折騰知識份子，……，他這一生總在不停地折騰人，和人過不去，如今他死去三十又二年，老百姓的生活好了許多，能安安穩穩過日子了！託他老人家去世的福，真如他自己說的，是「白喜事」啊！畫家老王又在短時間內畫了一幅毛的像，和天安門城樓上掛的沒啥兩樣，部裏來的人看了紛紛交頭接耳，四處打聽，「誰畫的？幹校還真是有人才！」不久我離開幹校，為自己的工作東西奔走，再也沒有回去，我又拿起我的數學書，做我的數學夢！我知道共產黨不會再跟我過不去，多多少少我可以按自己的心願去生活！望著藍天，看著白雲，我笑了！

　　我問：沒到五七幹校之前，你說在研究院謀稻粱，你到底犯了什麼不得了的錯誤啊？

　　邵先生說：我是 1969 年 8 月 26 日走上「五七大道」，六八年我還在研究院的私設牢房裏，那時我已經是全院被「專政」的「物件」，是專政大隊的固定一員，運動一開始，我就知道不太平的日子又來了！為了把運動搞起來，主管各研究室人員思想的書記，就把在「歷史」上有問題的人，拿出來批判鬥爭，我雖然在畢業前已摘去了右派「桂冠」，但還是右派，只不過叫法變了，變成「摘帽右派」，現在的叫法又變了，叫「改正右派」，從二十歲不到當右派，到死都是右派，死去以後，可以叫「死右派」；他們剛給我這個命名時，心裡好難過好難過，聽到從我背後傳來「這個人是右派！」真難受！使我從這種感覺走出來不再難受，是我對共產主義運動，

對他的歷史、理論的理解；我為什麼要對他人犯下的錯誤感到羞恥？是他們不對啊！當那些平日和我說話，比較友好的男男女女，知道我是右派後，有生氣的、感到上當的、或許也有感到可惜的，剛分配到研究院時，我晚上常去辦公室，翻譯主任交代的外文資料，一個多月後，來了一些南方剛畢業的學生，我所在的研究室來了一位同濟大學的女生，她的辦公桌在我對面，一天晚上，她來辦公室寫信，寫著寫著眼淚流了下來，看她哭，我笑了！我對她說：「想媽媽了？」她不響，過了一會兒，她有些生氣地說：「看見人家傷心你還笑！」我向她表示歉意，後來我告訴她，幾年前我也哭過，第一次離開家，給父母寫信，難免會傷感，男人尚且如此，何況一個女孩！「不是笑話你，我能理解。」她寫完信走過來看我在幹嘛！「儂佬用功格嘛！」上海人喜歡用自己的方言表明自己是哪裡人，「我學的是數學，看不懂文章內容，這是室主任交代的任務。」她的專業是矽酸鹽水泥，我向她請教了一些問題，她的外號叫「老母雞」，因為她的名字的諧音接近「母雞」，同學取外號，不管你喜歡與否都得接受。晚上她常來辦公室寫信，也許在給男朋友寫，一邊寫一邊有話沒話地和我聊天，有一天下雪了，北京十二月會下雪，她要我送她回宿舍，到了門口，她繼續往前走，我只好陪同，研究院旁邊有個小學，我們在校園裏漫步，踩著沒人踩過的雪地，她講李政道年輕時在美國讀書談戀愛的故事，李太太是她的姨媽，知道她弟弟愛集郵，姨媽寄來厚厚一信封用過的郵票，但被沒收，當年政治風氣之緊縮由此可見。除夕她拉我去跳舞，我說不會跳，「我帶你，我走男步，你跟著我滑行。」我不想讓她不高興，就去了，有一天她來寫信時，給我幾塊餅乾，我放在一邊繼續工作，「儂吃吃看，老好吃格！」我咬了一口，果真很好吃，這是上海益民四廠

生產的一種餅乾，名叫「奶油蘇打」，可惜如今再也找不到了；她在試圖瞭解我，我不想進一步親近她，不想把自己的「底牌」亮出來，我不願讓所有的人知道我是右派，那樣一來，我又將孤獨地生活，沒有人和我說話；四年之後文化革命開始，我的身份被暴露，她可能又害怕又生氣，怕的是大家會說她老和我在一起，氣的是我沒有告訴她我的身份，為了自身的安全，她跟著其他人衝著我喊：「打倒右派分子邵××。」這樣做是對的，她的反應我能理解，也希望她多喊幾聲，如果可以帶給她平安，我不會抱怨她，畢竟她還給我吃過「奶油蘇打」，給過我許多快樂時光！接著我就被關在小屋裏交代罪行，時不時地被拉去批判鬥爭，脖子上掛著一塊木牌，上面寫著「反革命右派分子」，比我原來的身份多了一個「反革命」的定語，開會時還在我頭上按一頂高帽，這裏出現一個「難題」，為了侮辱我，要我低下「高傲的頭顱」，頭一低帽子落地；為了讓我戴著帽子，「高傲的頭」又抬了起來，這很讓那些革命派生氣！直到「英明領袖華國鋒」在天安門上大喊「文化革命結束了！」這個「難題」始終沒有解決，我似乎又回到了反右鬥爭時期，在北大未名湖畔，過那種孤獨的，感到恥辱的生活。

　　我在靈氣無比的西湖邊，一天到晚老想問杭州人對台灣的看法，實在是蠢到家，但內心深處希望兩岸同胞能有機會多「認識」的想法始終澆不熄，以戀愛中的男女來比喻，當有一方無緣無故告訴另一方：我要離開你了！對方肯定會受不了，這當中攸關到「自尊心」的問題，被棄的一方若想要維護「面子」問題，「情殺」就可能會發生；毛大人為了要維護「面子」問題，一個人玩「情殺」玩上癮，只不過死的都是那些無辜的，不知道他老人家的「自尊心」，是多麼需要多方維護的人。

　　蘇東坡〈赤壁賦〉提到清風與明月是無盡之藏，在西湖的湖心亭裡有塊石碑，上有乾隆手書「虫二」，意為「風月無邊」；站在寶石山上的最高點飽覽白堤全景，邵先生問我對杭州的看法，我說很高興我的「第一次」給了西湖，我說前幾天到長途汽車東站去看往天台的車班，呼吸了兩個小時的廢氣，回來後就深信今生有幸住在西湖邊的老百姓，有享用不盡的空氣維他命，一定是上輩子當天人，這輩子剛被貶下凡，幸福得讓人嫉妒啊！他說：「我的幸福可以分一半給妳」，我心想：西湖真的有「許仙」？

聰明的傻瓜

今天不必上課，領隊老師要大家各自想辦法玩去。來杭州快半個月，團員每天下課逛杭州，每晚都意猶未盡的回飯店，今天算是難得的放假日；出國前就答應幫師長送書款到上海給長輩，胡老師知道我要去上海，又託我到另一位老師家，把要送給人的禮物帶回來，我早已被「西湖」深深吸引，不好言而無信不去上海，只好大清早五點起床趕路。

計程車司機說他載過許多台灣人，又說他曾在福建開貨運，台灣人講普通話，他光聽口音就能分得出北、中、南，我要他猜我是哪裡人，他竟然猜對了，接著開始大談特談台灣問題，他說大陸對台灣，只會比香港更鬆，只要不搞台獨，台灣人愛怎麼管自己隨便去，這是我這半個月來聽到最舒心的說法。

到天台的長途汽車，上車的地方放有兩盆綠色盆栽，看著挺舒服，還有片子可以看；到上海的車子，沒有了盆栽，車子中間空出兩個位子，裝有飲水設備，沒人去動它；收費站上頭的招牌又大又好看，地名都是「書寫體」，十分賞心悅目，下了交流道還未到上海車站，我就被高架橋兩旁，比台北密度還高的高樓震懾住了，還好適逢陰天，上海給我的第一印象，沒有更加惡劣。

來到上海，不自覺處處把杭州拿來作比較，杭州長途汽車站外頭有專供乘客打 D 的地方，乘客得在固定的地方排隊，有雙線車道供乘客上計程車，旁邊還有兩位負責維持秩序的協警，我從天台回來時要打 D 回飯店，不知道要排隊，被他們用哨子「嗶」過，我仍

搞不清楚，第二次被他們粗聲吼：「去那邊排隊。」杭州市區這個專讓人打Ｄ的設施，在上海我沒看到，而在台中的火車站出口處，交通警察只會對同時上、下車，亂成一團的計程車與乘客猛吹哨子，十分沒效率。

　　我瞧見一位女駕駛，立刻跳上車，「Ｄ姐」看起來年約五十，有位先生跟著我上車，我以為是要跟我搶車搭，瞄了他一眼，「Ｄ姐」說那人剛開車不久，是要跟她的車學認路的；「Ｄ姐」很健談，開了十幾年車，告訴我駕駛證件上，開頭數字越少的，表示開車資歷越久，她是１字開頭的，我說我今天安全了！問她駕駛證件上的兩顆星代表什麼意思，有沒有五顆星的駕駛？她說那得去考的，包括考英文會話；我眼見前頭的高架橋上有綠色植物，連誇這是上海難得的景致，「Ｄ姐」說那是有專車每天開上去加水；我瞧見車站旁現代味十足的高樓邊，有比天台縣街頭鎮的鄉下還破舊的房子，少說也是百年老屋，問說怎不拆除，她說喊拆十年了，至今仍沒動靜，我想到前些天去看胡雪巖故居，在有四個「Ａ級」的清河坊旁邊的舊街道上，看到許多面牆壁噴有：「拆遷辦是強盜辦」，「拆遷辦作惡多端，絕沒好下場。」「拆遷辦，官商勾結，強搶民房，欺壓百姓，罪毒滔天。」「打倒貪官，國富民強，祖國和諧。」「官商勾結，偷稅漏稅，國法難容。」「歡迎中央人部委進住大井巷，查清拆遷黑幕。」我還很努力仔細的看各面牆上的字跡，看來不是出自一人之手，問過邵先生，他說那是談不攏的刁民所為，我想，上海車站旁，這一大片十年都拆不了，還照常營業、居住的破舊民房，比起杭州來，上海百姓是刁多了！

　　「Ｄ姐」的手機鈴響，她邊聊天邊開車，說：「客人要到杭州去啦！」我連忙插嘴大聲更正：「我要到上海肇嘉濱路」，她猛對

我搖手，掛上電話才說：「有人不開車賺錢，要找我去打麻將啦！」我問她每天開車都穿這麼漂亮嗎？她說早上剛去跳完國標舞，邊捏著手臂跟肚子的肥肉說：「每天坐著，肉都鬆了。」我問車上怎沒像杭州的計程車，有兩面圍起來的塑膠片，她說一來她車大無法裝，二來她不怕，還說有一次被客人摸了手臂，車資是二十元，客人給一百元她不找錢，客人抗議，他就劈哩啪啦一頓臭罵，客人最後悻悻然而去。

　　回杭州的車上，身旁坐了個看人不大禮貌的男人，大陸的長途汽車在兩個座位中間是沒有扶手的，他側身睡覺時背部向後弓，抵著我的手臂，本想對他抗議，想一想算了，他的眼神已讓我不舒服，如果讓他有打開話匣子的機會，我豈不蒙受雙重傷害！唉！比起上海「D姐」，我是個膽小的台灣秀才。

　　邵先生昨天說要幫我認識西湖，有這麼個很能聊的「地陪」，我當然樂意之至；在夜晚的西湖邊，放眼看去，唯一比雷峰塔還亮的發光體是城隍廟，晚上逛西湖的人無法不被它吸引，上回到杭州歷史博物館參觀時沒時間上去逛，午餐時趕到清河坊功德林吃飯老經過它面前，我跟邵先生說：真想爬上去看看毛主席說的「舊社會」是什麼樣子！

　　城隍廟周邊的遊樂景點，在杭州市的地圖上叫「吳山天風」，邵先生說他以前跟父親來過，現在路修得寬多了；他父親以前任職於「兩浙鹽務管理局」，是國民黨的「區分部書記」，我問他父親為何沒跟蔣介石去台灣，他說抗戰剛勝利時，上頭叫他父親去，去的話可以升等升級，父親的一些同事先去台灣，正碰到二二八事件，在台灣人逢外省人必砍的當頭，僥倖逃回大陸，他父親因此決定不到台灣，文革時就成了不折不扣的「黑五類」，看著他凝重的眼神，

我不敢再問下去。參天的古木，沁人的「天風」，邵先生又詩興大發，我自然又當「陪讀」，自古以來，喜歡「樂遊原」的人，賞心樂事不在誰家院裡，而是在身處大自然時，呼吸與腳步的配合聲裡。

邵先生說：城市長大的孩子，肩膀未經鍛鍊，無論就體力還是精神，都比較不濟，剛到幹校時，一整天挑水下來，連飯都不想吃！碰上雨天地太滑，那兩位上了年紀的陶瓷專家，連走路都艱難，如何挑水？任務就加壓在我們這幾個年輕的「壞份子」身上，我說：「老黃、老刁，你們就呆在井邊，別挑了！怕什麼！」他們自然是怕被看到；「你們這兩個老傻瓜，這樣的下雨天，他們會來井邊查？不怕走路滑倒？」在辦公室我們不敢如此稱呼他們二位「老傻瓜」，但為了阻止他們挑水，出於好心，情急之下也就衝口而出，他們是理解的，一點也不生氣，我們摔倒不會骨折，他們就難說了。我和譚先把草纏在雨鞋外，沿著有草的地方走，一擔一擔往高地挑水，我不認為自己的品格有多好，但這種時候理當如此，算是還有些人性吧！儘管是如此艱難地勞動著，為了政治鬥爭的「需要」，為了提高革命群眾的「覺悟」，他們必須對我這種有前科的「右派份子」進行批判，以教育大眾，在工人、農民、軍人、革命幹部家庭的革命份子眼中，我這種人在政治上一定反動，一天到晚在做「復辟」的夢，希望蔣介石的國民黨反攻大陸成功，而在生活上也一定腐化墮落，看見女人就會耍流氓，就如蘇聯電影〈第四十一個〉，裏頭那女孩想的那樣。有一天軍代表在大會上，要革命群眾提高警惕，說道：「邵某某就是一隻披著狼皮的羊！」坐在那兒接受教導的群眾全都笑了起來，因為軍代表對階級敵人太恨了！太激動了！所以「口不擇言」說錯了話，他原本是想說：「披著羊皮的狼」，後來就有人管我叫：「披著狼皮的羊！」說真的，我寧願做一隻狼，一

隻生活在森林裏，自由的狼。蘇俄早年有位著名的作家高爾基，他那首〈海燕〉鼓吹革命，大大幫助了布爾什維克贏得民心，進而奪取政權；蘇俄十月革命後，他從義大利回到蘇聯，列寧活著時，高爾基利用他和列寧的私人關係，保護了一些知識份子，他對列寧說：「阻止不必要的殘忍！」列寧死後，史達林傳話給他，要他寫一本書，書名已經取好──《列寧和史達林》，目的十分明確，想借他的筆，利用列寧的威望，藉以抬高史達林的地位，高爾基回絕了，他不滿蘇共的獨裁統治，無可奈何，只好沈默以對，拒絕再歌功頌德，作家對社會的觀察可謂「明察秋毫」，他看到了蘇共統治的虛偽和殘酷，有一次安排他參觀孤兒院，有一個孩子站起來，請求「高爾基爺爺」帶他走，後來那孩子死了，高要求再回義大利但被拒絕，死後 KGB 清理他的遺物，翻看他的日記，說道：「狼畢竟是狼，不管你餵養得多麼好，還是要往森林裏跑！」

　　我沒看過〈第四十一個〉那部電影，卻忍不住歪著頭，偷偷打量身邊這位唸起詩來，音調裡總透露著些許孤獨落寞感的北大人，我心想，出生在國民黨的大椿腳家庭，在革命群眾眼裡，「狼皮」成了他半個世紀卜來擺脫不了的「原罪」，他退休後在美國原可落戶，最後卻選擇回大陸生根，在我心裡，邵先生「老吾老以及人之老」的教養，以及爬山速度比我還快的腳程，都讓我自嘆弗如！

　　我問：你後來去了美國拿了綠卡，為何又回來了呢？

　　邵先生歎了口氣，說原因有幾個：入美國籍、拿 SSI、靠救濟金生活，一個中國人到了晚年去別的國家，拿別國的福利，想起來不舒服；二來感覺孤獨，雖有能力結交新朋友，但太思念這塊土地，太思念我的同學和朋友，沒離開時沒有這種感覺，到了國外，這種感覺越來強烈，再說自從中國加入 WTO，中共不再搞「階級鬥爭」，

我不擔心再來找我麻煩，現在的中國共產黨人比過去更關心老百姓的生活，一個政黨和一個人一樣，都是會變的，人會變好變聰明，黨也一樣！再說一隻上了年紀的老狼，儘管嚮往自由，想回到森林，他還有自行覓食的能力嗎？

　　邵先生繼續說：在河南挑水的那段日子，我建議用車拉水，把一個汽油桶橫放在架子車上，灌滿水，用毛驢拉上山崗，只需兩人，一人在前牽驢，一人在後扶車，每天還有多餘的時間，我就偷偷地躲在一間小屋裏閱讀、翻譯，我有三本「開明書局」出版，解放前的高一至高三的英語課本，比我當年的課本難多了，記得第一篇名為〈書是你的朋友〉，你的朋友、親戚，甚至你的家人，都有可能把他們的背對著你，但書不會，歷經反右鬥爭、文化革命的我，是真的深有體會！「要瞭解一個人，看看他在閱讀什麼書就明白了。」這些句子多有哲理啊！拉水車時我就在算還有幾車，拉完可以去我的小屋，那是一天當中最開心的時刻，完全屬於自己的時間，那三本書收集了西方的經典民間故事，如 golden touch、three gold apples，三個金蘋果的故事記不清了，〈點金術〉印象很深刻，講一個國王愛黃金愛到發癡，心想如果有這樣的本領，任何東西只要手一碰，就變成金子，該多好啊！一天，國王在金庫裏數金幣自娛時，「小金人」出現了，「有了這樣的本領會後悔嗎？」「不會，絕對不會！」小金人說：「那好吧！明天早上，當第一縷陽光照進你的臥房時，你就會有這個本領了！」小金人沒有撒謊，國王非常興奮，他把自己的床、窗簾，以及花園裏那一大片他可愛美麗的小女兒最喜歡的玫瑰，都點成了黃金，每天早餐，他的小女孩都會採集一束玫瑰送給他，這天早晨，那可愛的小姑娘哭著跑來告訴父皇：「花園裏的玫瑰都變成難看的……。」國王看見女兒哭了，想抱著親親她，說

時遲那時快，那可愛活潑的小姑娘變成了一個黃金塑像，臉龐上還有一顆尚未落下的淚珠！勞動雖然累，革命家們也不時找我麻煩，但有這樣一小塊屬於我的天地，能偷偷摸摸的看看書，沉浸在淺近的兒童文學中，我感到親切美好，雖然主流社會不要我，但是人類社會中，不僅僅只有眼前這幫一天到晚想革別人的命，想當官的「毛毛蟲」，書的確給了我力量，給了我安慰。我在翻譯〈點金術〉時，心想對金錢如此發癡的人會變成那樣，對權力發癡又將如何？有位英國歷史學家說過：「絕對的權力將導致絕對的腐化！」這裏的腐化不是指後宮佳麗三千的那種腐化，是講沒有制約的權力是十分可怕的，想想中世紀的歐洲，教會無上的權力，老百姓多麼可憐！中國的劉少奇尚且不能自保，何況是一般老百姓。

　　我聽得有些沈重，為了轉移氣氛，建議到功德林吃晚飯。

　　邵先生真是健談，邊走邊說：有個農夫愛打獵，不喜歡幹農活，對家庭照顧也不上心，常被老婆罵，對鄰居求他的事倒蠻熱心，他那條狗總一天到晚跟著他，有一天，他和狗去打獵，走得略遠了些，吃中飯時喝了點酒，靠著大樹睡著了，醒來時狗不見了，旁邊有幾根發白的骨頭，他喊狗的名字，沒有回應，太陽偏西，他往回家的路上走，走著走著，四周景物似乎有點變化，快到村子時，嬉戲的小孩他都不認識，以前他回村時，孩子們都敢和他鬧，他也喜歡他們，今天這些打鬧的孩子們都以猜疑的眼光看著他，「先生你找誰？從哪裡來啊？」他來到自己的家門口，門窗屋面似乎陳舊了些，「是這裏沒有錯。」他心裏想，「大叔請問找誰？」一個二十多歲的小伙子問，後面還跟著一個大姑娘，他說出他老婆的名字，「媽媽，有人找你！」一位年近五十的婦人走了出來，頭髮都花白了，走到門口一看，這不是溫克爾嗎？「你這壞東西，到哪裡去了？我以為

你死了呢？」「我沒去哪裡啊，就帶著傑克去後山打獵，傑克呢？
牠先回來了嗎？」這農夫在後山睡了個午覺，山下的村莊已過了整
整二十年，這故事叫什麼想不起來了，當時的我也真希望如此睡上
一覺，躲過這場「文化革命」，他們愛怎麼革就怎麼革，等革完了，
天下太平了，我再醒來，豈不妙哉！中國的神話故事裏，也有山中
方一日，世上已千年之說，千年不好，太長了！醒來都不認識人，
還有什麼樂趣？二十年還行，也許妳不信，和我同時代的人，看上
去似乎都比我老態許多，我常想革命黨人欺負我的那些時日，或許
上帝都不算到我「頭上」？那三本書給了我許多安慰和快樂，是我
精神上的「世外桃源」，一張破舊的小桌，結著蜘蛛網的小窗，射
進一束陽光，字典、書、一疊白紙，對我有無可言喻的吸引力！我
每天盼望著拉完水，就去那小屋裡閱讀翻譯；有一天，一個人走到
我背後，我太專注了，等他伸手來拿我的東西時才發覺，此人是二
連的最高領導，常常在大會上批判我，藉以表白他不容置疑的「革
命性」；他來自上海同濟大學，工業與民用建築專業畢業，我心想：
這下子完了，又得開大會批判鬥爭右派分子邵某某，不老老實實改
造思想，……。那套說詞早聽厭了，我站在臺上受侮辱倒無所謂，
因為我知道我沒有錯，我可惜的是我的「世外桃源」被發現了，可
能也要被破壞了！他拿起手稿，看了幾分鐘，沒說一句話就走了，
也沒有把我的東西拿走，剛到北京研究院時，他和我同一寢室，文
革前幾年，我在院裡的一些表現，他知道我不想反對共產黨，只想
安安靜靜地活下去，他為了自己的前程，不得不把我拉出來批判，
那是政治需要，這次他無需再把我拿來鬥，就當沒這回事。文革後，
他打聽我的下落，我知道他明白有些對不起我，他還好，他太太在
對待階級敵人上，比他的覺悟程度更高，為此我也吃了更多的苦。

邵先生肚皮裏似乎總有說不完的故事，恰好我是個好聽眾。

邵先生說：二連和校總部分別位在水庫的兩端，走陸路要兜一大圈，路也不好，為了及時得到總部的革命指示，好迅速採取「革命行動」，二連的領導班子決定要造一艘船，於是從白洋澱請來兩位師傅，一位瘦小，五十上下；另一位是他的助手，二十多歲的小夥子，看得出除了蠻力，沒啥本事；我問老譚：「你看過皇帝的新衣嗎？」「我知道你的意思，看看吧！」他們用傳統的大彎鋸鋸木頭，一個在樹上，一個在樹下，十分辛勞，我們送去食物和茶水，看到他們的笑臉，那種純樸真誠的笑容，我心有所動，因為長久不見這樣的笑臉了！我和譚希望他們成功，為了「造船業」的安全，我們這些壞分子被禁止進入造船作業區，領導宣佈此決定時，我表示堅決擁護，老譚和其他幾個壞分子也跟進，由此可見二連領導班子的革命警覺性還是很高的。大約過了兩個月，船真的造好了，有近二十米長，寬有四五米，我們大家慢悠悠地把船拉下水，這兩位貌不驚人，態度平和，看不出有高深學問的農民，居然把一堆圓木變成了一艘船！造船和製造一般的傢俱不同，它不是由平面和直角構成的，船上的每一條木頭，其曲率半徑都是變化的，兩條木頭合起來，必須在合處有相同的曲率，從數學角度看，這是一件困難的事，他們是如何解決的？鄭和下西洋時，中國的造船業已相當發達，當西方人還在划獨木舟時，中國大概已經會造船了！可惜我們總是用口述的方法傳授知識，為何不把它寫成教材？如果寫成教材，會的人多了，也許就有人失業了，所謂的獨家不傳之秘，此其一；其二，沒有教材，這些技術得不到進一步的發展，在原理上得不到進一步深入研究，木頭不會沉沒水底，於是拿它來造船，不會拿鐵去造船。清末民初時，老百姓形容一件事不可能做到時，會說：「你

有辦法，除非鐵船過海。」我祖母就說過這樣的話，後來我們告訴她外國人用鐵做船，她不相信。比重的概念是阿基米德在洗澡時想出來的，傳教士把西方的數學物理教材介紹給康熙皇帝，希望他用這些教授年輕一代，皇帝搖晃著腦袋說：「不，讓讀書人鑽到四書五經裏去，給他們官做，不會造反，天下太平，愛新覺羅千秋萬代，何需此類教材！」中國的現代文明，應感謝西方教育體制的引進。二連送走了兩位了不起的師傅，軍代表老郝出了一個奇妙的想法，要在突出水面的高崗上，修一個蓄水池，解決全連用水困難，動機無疑是好的，軍代表說話難道還有人不聽？於是全連總動員，我們這些叛逆者也參加，奮戰了十來天，一個約有三、四個籃球場大小的蓄水池建好了，還有一條通向廚房的水渠，「水從哪裡來？」老兒麻痺問。譚說：「黃河之水天上來！」壞分子聚在一起總要說些不老實的怪話。我說：「用水泵從水庫裏打上來啊！」「哪來的電啊？吃飯還得點蠟燭呢！」老刁說。其實許多人都明白，但誰都不說，就當小孩子在沙灘上玩，挖坑堆沙也沒浪費什麼！這位軍代表長得斯斯文文，戴副眼鏡，高高的個子，身材很好，用現在的話來說是個「帥哥」，當年清華水利系教授黃萬里反對修三門峽水電站，公然和蘇聯專家唱反調，也和政府官員對著幹，結果戴上右派帽子，老一代的知識份子站在學術的立場上堅持真理，不識「時務」，如今年輕一代站在正確的政治立場上，識別風向，決定自已該說什麼，該做什麼，對我們來說，「與時俱進」適應社會最重要。老郝為人不壞，對我們這些未定案的「假定壞分子」沒有刁難，不像另一位老是喊：「披著狼皮的羊！」修水池時，一位畢業於清華的陳君，勞動時說了這麼一句很有水平的話：「羊吃草，我們再吃羊，如果科學進步，去掉一個環節，我們直接吃草，豈不省事！」大家都笑

了！當時的口號是「自找苦吃！」故意不給我們肉吃，天天吃青菜，勞動量又很大，陳君的話代眾人發洩了心中的怨氣，他如今還在蘇州，是份雜誌的主編。接我那份釀酒工作的畫家老王，他的專業是工藝美術，更具體地說，是陶瓷工藝美術，但他的油畫水平比那些油畫系畢業生還高，七〇年，中央要各部抽調一些人到西藏地區「支教」，亦即去做老師，為期兩年，部裏答應去者日後可以解決老婆戶口跟工作問題，畫家問我意見，我說：「當然去！」畫家的太太是其同鄉，長得很好看，為人也很好，農村戶口如何才能在北京落戶，找到一份工作，這是畫家夢寐以求的理想；他有三個孩子，最小一個才五個月，胖胖的一個小女孩，眼睛靈活，似乎總在仔細觀察四周，當時研究院的同仁就剩下我，他託我照顧他那四口之家，我雖允諾，但不知如何做，後來也沒發生什麼事，兩年後畫家回來，請我吃飯，真可謂受之有愧！畫家講了藏民的風土人情，他所在的學校在青海格爾木，是藏民居住區，一位漢族先生娶了一位藏族姑娘，婚前這位藏族姑娘到男家拜訪未來的公公婆婆，婆婆買了許多好吃的食物，藏族姑娘進廚房參觀，見有一塊牛肉，「這肉還新鮮嗎？」未來的婆婆問，未來的媳婦拿起刀，割下一塊放入口中，「不錯，頂新鮮！」老太太目瞪口呆！婚後女兒帶女婿回娘家，拜見岳母岳丈，到了晚上，岳母要女婿和她做愛，按藏民的風俗是要這樣，這一下把漢族女婿嚇壞了，女兒出來，勸說母親，那做父親的也想不通，漢族人為何不跟他們一樣！教學任務完成離校前，畫家去拉薩玩，這是難得的機會，一路上風景秀麗，遠處的雪山，一望無邊的草地，隨處可見的牛羊和晶瑩剔透的溪流，五彩繽紛說不出名字的野花，「迎面吹來的風，帶來淡淡的花香，那種清涼新鮮，不由你不做深呼吸！太美了！少校（按：邵先生在「幹校」的綽號），

真是太美了！」畫家一邊喝酒一邊說。「那為什麼回來？」小謝笑
著問。「忘不了妳和孩子們啊！」「人啊，不可以沒有家，沒有老
婆孩子，對吧？」畫家問我，他有些醉了，看得出他很開心，笑嘻
嘻露出一排因抽煙而發黃的牙齒，等小謝帶孩子們離開去睡時，他
說了一些婦女和兒童不宜的話，途經唐古喇山口時，沒有正式的旅
館，他和一些駕駛員睡在白天吃飯的餐廳裏，三個駕駛員和兩個年
輕女子共處一角，「他們這些男女根本無視我的存在，就在那邊幹
那事，浪笑淫聲不絕於耳，一整個晚上沒法入睡，說的都是藏語，
能聽懂幾句。」「你聽懂了那幾句？」我不懷好意地問他，「還不
都是那種下流話，他們真的跟畜生差不多！」其實畫家言重了，任
何一個民族都有自已的婚姻模式，這和他們的經濟發展水平有關
係，在遠古時代，人類繁衍後代，採用群婚制，就在野地裏進行交
配，沒有房屋遮蔽，你能說我們的祖先荒淫無恥嗎？歷史上由一妻
多夫到一夫多妻，現在中國有錢人的「包二奶」現象，美國白領階
層的「換妻俱樂部」，都是社會發展過程中的必然，藏民家庭中，
兄弟共娶一個妻子，乃平常之事，如今是否還如此不清楚，以前的
確是這樣；一夫一妻制是不是人類最終的婚姻模式？還會變化嗎？
恩格斯在其「共產黨宣言」裏對此有精闢深刻的論述，那些以此來
攻擊共產黨人主張「共產共妻」的人，要不是因為學識淺薄看不懂
文章，就是別有用心！這些觀念不是我的，是俄羅斯早年的馬克思
主義者，普列漢諾夫的。畫家是個老實人，除了他的專業，很少看
別的書，他是很純淨聰明的一個人，不像我看了許多「壞書」，思
想也變壞了！可惜譚不在，要不然三個人在一起，會有更多的話，
畫家還拿出許多照片，他記錄了藏民「天葬」的過程，人死後臥放
在馬背上，由一位專業的「天葬師」牽馬上山，此時天上的禿鷲不

約而同地飛來，在駄著死人的上空盤旋，「天葬師」的工作是把屍體搗碎，做成一個個禿鷲能吞食的丸子，當他在做這件事時，眾多的禿鷲就停在四周等候，一般先讓禿鷲吃內臟，因為這是牠們最不愛吃的，先吃差的再吃好的，如果把屍體隨便一扔，禿鷲就撿好的吃，把骨頭剩下，達不到「天葬」的目標，這是一件很困難的工作，如果吃得一點不剩，表明這位師傅水平高，請他的人也多，細想此事，覺得又殘酷又噁心，為什麼藏族人要這樣對待死去的親人？反過來想想我們的火葬，把屍體放在鐵板上燒，就文明仁慈嗎？用這種方法安葬親人，和他們的信仰、地理條件、經濟水平有關係，這種殯葬方法看似殘酷，其實非常環保，沒有一點點污染，在西藏看不到墓地，秀麗無邊的草原上，沒有難看的一個個「土饅頭」；傑克‧倫敦的《野性的呼喚》，書中有一章描述北美的印地安人，當他們遷移居地尋覓食物時，常把老人遺棄在原地，讓野狼把老人吃掉，如果帶著老人，增加負荷，狗會拉不動，食物也會不夠，全都會死在半路，老人知道當火熄滅時，狼就會進來。我看到這裏時哭了，看不下去！相信隨著物質生活條件的進步和改善，人類的心會變得越來越善良。西藏奴隸主的刑罰很殘酷，不如此不足以恫嚇奴隸們！假如牢房如文明國家那樣，監獄裏有彩電、牛奶，還有體育活動，我相信西藏的奴隸們寧願觸犯法律，願意進牢房，研究刑罰的嚴酷程度，可以推測當時社會的文明程度；隨著經濟的發展，「天葬師」會後繼無人，我相信現在的藏民已經不如此安葬死去的親人了，叫人生氣的是，部裏沒有兌現諾言，沒有解決小謝的戶口工作問題，畫家很惱火，我們也憤憤不平，原來有人做了手腳，把「指標」給了別人，到我離開時尚未解決，後來還是解決了，一家人都回了北京，三個孩子很爭氣，看到父母的艱辛，讀書很用功，很有

出息,那個眼睛亮晶晶,總在觀測四周的小女孩,後來去了加州聖地牙哥,我當時在洛杉磯,離她住地不遠。

我說:聽起來幹校的規模不小,那麼多人下鄉學習,光學「農」不就要蓋很多房子嗎?我小時候養雞,二十多隻雞的籠子連同放雞籠子的柴房,加上讓雞有活動空間的豬舍,面積和五口之家住的差不多。

邵先生說:部裏派人來幹校蓋房子,我們外行的就做小工,有的站在高處接磚,有的往上拋磚,磚的運動軌道是一條拋物線,當磚到達最高點時,速度等於零,用手接時就好像從書架上取書,很好玩;砌牆的工人幾乎都去過外蒙古,幫蒙古人蓋房子,做工時聽他們說:「別說老蒙不會蓋房,算術也不會,還不如我那唸小學的兒子!所有的香煙一個價,我們都專抽『大前門』。」「蒙古人笨,其實也不是笨,是懶!懶到不願意算,不管什麼布料,華達尼和粗布一個價,買布帶回國不可以,做成衣服可以,我們隨便縫一縫說這是裙子,海關就放行,大老爺們穿裙子,真他媽的來勁!」「汽車壞了,他們不會修,扔在路邊誰要誰拿走,我們用車拖走,就是我們的;有一次我們就在路邊修,修好了開回家多省事,老蒙一看車子能動,那不能給,又要回去了!」蒙古人的祖先騎馬打敗了俄羅斯人以及歐亞大陸的斯拉夫民族,阿拉伯人、波斯人、中國人都不是他們的對手,在人類早期歷史上,文明多次被野蠻征服,自從工業文明崛起後,情況不再如此了!成吉思汗的子孫們光榮不再,加上不願吸取外來文化,蒙古人越來越落後,他們的婚姻戀愛頗有原始的風格,讓這些援蒙建築工人「身」有體會,中國大使館告訴建築工人:休息日不要出城,可以在城裏玩。年輕人都好奇:「為啥不能出城?有妖怪?」有兩小伙子不信邪:「咱出城去看看!」

二人走出城外，放眼望去，藍天、白雲、青草、綠地，在工地上工作久了，走走看看倒也心情舒暢！二人在郊外漫步，忽然遠處有人騎馬飛奔而來，二人駐足觀望，不一會兒，馬到二人身旁，說時遲那時快，把這兩個不聽大使館話的小伙子挾持而去，據後來這二人的「交代」，綁架他們的是兩姐妹，很有點像穆桂英和楊宗保的故事，一開始日子過得還很好，給他們吃好的，不讓他們幹活兒，雖然語言不通，但許多生活語言是可以用肢體表達的，二人以前對女性只存有幻想，沒有真正接觸過女人，也許是食物的不同，以牛、羊肉為主食的民族，性欲比較強，不時要求 make love，起初還能勝任，慢慢的吃不消了；二人逾時不歸，我方大使館向對方外交部交涉，對方說：「我們是遊牧民族，居無定所，真的很難找。」大約一個月後，人找到了，回到駐地後，人家都圍著二人問長問短，起哄找他二人開心：「開洋葷了吧！味道咋樣？一天幾回？那女的好看不？」還有許多類似嘲笑的話，據說二人面黃肌瘦，身體虛弱，用魯迅的話來說，都成了「藥渣」。這些建築工人，文化程度不高，說話口無遮掩，故事說得十分具體，好像他們就在邊上看，為把故事編得生動，就多少杜撰了一些；做小工的也有女的，一些女大學生都儘量站在遠處，為了讓她們聽見，他們就說得更響！當時的我也沒結婚，所以也聽得津津有味！這些工人智商很高，會編造一些謎語讓我們猜，有意難難我們這些大學生，這些工人能把荒唐下流的事用看似文雅的詞句表達出來，正常的事用很髒的話描述，舉例：「半山腰裏一座廟，廟門兩邊長青草，雖然不是娘娘廟，都想乞求兒孫抱。」有人問梁實秋：「為什麼沙士比亞的作品中，有許多不堪入目的性描述？」梁實秋回答，大意是：沙氏作品當時都在街頭舞臺演出，觀眾都是男人，文化素養相差懸殊，但都有一個共同的

愛好，那就是性，有了兒女之情，就會有眾多的觀眾。其實，人性也一樣，無所謂「資產階級的人性」和「無產階級的人性」，那時候把一切壞的、髒的、卑鄙的，都說成是資產階級的；好的、美的、純潔的，都屬於無產階級的，他們可以把自己變成傻瓜，而我不能，我最多同意裝傻。

對眼前這個「聰明的傻瓜」，我說功德林餐廳給我活動的好能量，我讀國小時，書上都說你們是啃樹根過日子，蔣總統以此為由，號召我們反攻大陸，要解救千千萬萬苦難的大陸同胞，讓他們脫離水深火熱的生活。

邵先生說：文革前後，我們這邊也常說台灣同胞很可憐，窮到每天只吃香蕉皮。我說我食量大，在台灣跟人共餐，都會先跟同桌所有人說，飯吃不完的全給我，每餐最少都兩碗起跳，朋友都罵我：「裝也不會裝一下」，師長們常笑我是個「飯桶」；我不怕邵先生笑，為了怕他被「飯桶」女生比下去會難為情，我說第二碗飯來了先放他前面，他說一會兒要是我吃第二碗飯，服務生飄來狐疑的眼光，他會跟她們委婉的解釋：「這是位苦難的台灣同胞。」

邵先生問我西湖還有哪些景點沒玩過的，我說蘇堤比白堤好看，前些天騎腳踏車，被我瞧見了蘇堤兩旁之所以綠意盎然的秘密，心裡好不快樂，用走的一定很浪漫，我仍不忘抱怨在杭州買不到素食泡麵，剛來杭州時，沒找到素食餐廳的日子，套句水滸好漢對無肉可吃的形容：「嘴巴都要淡出鳥來。」他說：「我可以煮素菜給妳吃。」我心想：「以 1924 年雷峰塔倒了之後的杭州標準，這是在求婚嗎？」古人交友，大別有兩種：「白頭如新」跟「傾蓋如故」，「白頭如新」，是指活到白頭都不覺得有趣的交情；「傾蓋如故」，路上的小擦撞，一聊開卻能讓人永生難忘；跟邵先生認識才三天，

我折服於他聰明的腦袋，超強的記憶力，以及「不擇地皆可出」的幽默，跟這樣子的「許仙」在蘇堤聊天餵蚊子，或許會讓白娘子嫉妒。

我忍了一整天的好奇，還是憋不住問他為何才讀大學一年級，就被打入右派？

邵先生說：反右鬥爭期間，北大不少學生闡述一些獨特的政治見解，這些見解當然有錯誤，不成熟，幼稚可笑，但有一點可以肯定，他們不同於西方政治的反對派，沒有奪取政權的動機，對學校提出批評，對共產黨說了一些挖苦的話，這些都是事實；共產黨第三位聖人，蘇俄的列寧曾說過：「上帝也容許年輕人犯錯誤」，然而他們幾乎都被打成「資產階級右派分子」，對右派學生有三種處罰方式：最嚴重的是撤銷學籍，去勞改；其次，保留學籍，去工廠勞動；最輕的是「留校察看」，我是因為有一天在民主牆上看到為胡風鳴冤叫屈的大字報，認為作者說得對，隨即在大字報上寫了一句：「我同意你的看法」，並寫了自己的學號，一年後就被戴上右派帽子，「留校察看」長達二十年的楣運從簽名那一刻就開始了！

我忍住笑，寫學號等於簽姓名，小學生都知道不能隨便簽名，對他的遭遇感到匪夷所思之際，忍不住問胡風的言論到底是哪點讓他贊同。

邵先生說：魯迅晚年，陪伴在他左右，與他交流最多，最理解他的弟子是胡風，胡風自稱是魯迅的傳人，是不是真的繼承了魯迅的「衣缽」暫且不論，他對魯迅的敬重不用懷疑；魯迅不是中共黨員，但他的政見一直是反對當局，從北洋政府到國民黨主政大陸，總是找尋社會弊端，加以揭露批判；二十世記三、四〇年代，在魯迅周圍有一個追隨他的愛好文藝的群體，他們傾向於馬克思主義，

同情下層勞苦大眾,但他們有別於以周揚為首的,正統的中共文藝團體,彼此之間常有爭吵,魯迅非常尖刻地罵過周揚、田漢、夏衍、楊翰笙等「四條漢子」(按:此四人代表共產黨言論),關於「國防文學」就爭吵得十分激烈,魯迅這批文人很像當年蘇俄的同路人,「十月革命」前同情布爾什維克,反對沙皇,蘇共上臺後,看到列寧、史達林的所作所為,大所失望,魯迅他們後來的下場,也跟蘇共的同路人沒兩樣,不是自殺、逃亡,就是坐牢;三六年魯迅去世,還居住在延安窯洞裏的毛主席,對魯老夫子作了非常高的評價,一個文學家得到如此不得了、了不得的評估,實屬不易!毛在五七年「反右鬥爭」勝利後,在上海回答別人提問:「假如魯迅還活著,會怎麼樣?」毛大人說:「要就閉上嘴巴不說話,要就坐牢房。」聽者無不目瞪口呆;五三年的胡風,當時正春風得意,不知道四年後毛會對魯迅說出那樣的話來,他以魯迅的繼承人自居,認為既然毛主席對魯迅有如此高的評價,自然對魯迅的文藝思想也是認可的;在如何進行文藝術創作上,胡風與周揚一幫人早就有不同見解,在胡風看來,偉大領袖毛主席會看重他們這批魯老夫子的傳人所提的意見,於是寫了一個三十萬字有關文藝理論和創作的報告,交了上去,等待毛的公道裁決,毛的確作了裁決,認定這是一份向共產黨進攻的文件,「有綱領、有計劃」,立刻對胡風以及平時通信來往的朋友們進行搜查,把他們平時書信中,對周揚一夥人的嘲諷挖苦,都摘錄了下來,分三批刊登在《人民日報》,標題是「看胡風份子的反革命言論」,多年後人們才知道這一切都是毛大人叫周揚做的,《人民日報》上那幾篇措辭嚴厲的「編者按」,是毛寫的,可見毛對胡風這一夥獨立於黨外,對新社會的指指點點,早有所察,

胡風「自作多情」，想在偉大領袖毛主席面前與周揚一決高下，真是道道地地的書呆子一個。

我說：你說胡風是自作多情的書呆子，你不也是？人家胡風天真的以為能夠仰承「師蔭」，圖的是可能會得到毛大人的青睞，你呢？你是為誰「多情」，至死都還是「右派」？

邵先生說：《人民日報》上刊登那三批「胡風反革命言論」時，我還是一個中學生，那時的我已經知道文人之間常常吵架對罵，魯迅罵郭沫若「才子加流氓」，後者也不無幽默地回道：「現在讓我們高呼文壇總司令魯老夫子卐！」細心的讀者都會發現，這個卐字與佛教的卍字不同，前者是納粹德國的標記，此處頗有把魯老夫子比喻為希特勒的含意，當年魯迅的「文學研究會」和郭沫若的「創作社」就是如此熱鬧有趣！胡風和他的朋友們私下攻擊諷刺第三者，不過是文人相輕的一種通病，如何就是反革命了呢？那三十萬字的報告如何就是反對共產黨的綱領？如果一個反革命組織，為了反對你，會把自己的綱領繳給對方嗎？一個幼稚的中學生如我，尚且有這樣的看法，何況是那些有閱歷的政治界、文化界、法律界的成人？但是這些有學問的大人們都「義憤填膺」地批判胡風以及他的朋友們，認定他們是一群反對人民共和國的「兇神惡煞」，胡風份子後來都進了牢房，進行思想改造，凡是和胡風集團有書信來往的人，也被送去勞動洗腦，我中學的兩位語文老師，就因此從我們的視野裏消失，從全國範圍看，人數不少，但和四年後的「反右鬥爭」相比就差多了，據統計，右派人數有五十五萬，後來我翻閱胡風那本三十萬字的「反黨綱領」，胡風提出：「那裏有生活，那裏就有創作源泉。」不一定要深入「工農兵」去體驗生活，這和毛在抗日時期，對延安文藝界人士發表的講話，意見是大大的相左。

　　我說：在民主國家，一般百姓和領導人的觀點不同，沒什麼大不了，我們台灣的紅衫軍跟婦女同胞，沒事就上街頭「嗆扁」一下，正好提醒一些對國事冷漠的臺灣人，多少也注意一下，沒什麼啊！為什麼在毛大人的眼皮子底下就如此嚴重了呢？

　　邵先生說：不要用共產黨不好，共產黨獨裁來解釋，其中是有緣故的；在西方，文藝被看作是一種「精神財富」，是給人們享受的，不同階層的人有不同的需求；但在社會主義國家，文藝是用來為共產黨的政策作宣傳的工具，可說是「廣告」，同時又是用來教育老百姓，要他們愛共產黨、愛共產黨的領導人，所以又可稱為「教材」，還有一點，西方各國有些作家，同情勞苦大眾，為百姓鳴冤叫屈，代表社會的良心，對社會的弊端進行揭露批判，間接可以幫助反對黨上臺；社會主義國家從理論上說，勞動人民已是國家的主人，如果文藝界人士不立馬充當教員跟廣告宣傳員，還和以前一樣，看到那兒不對勁，就寫文章冷嘲熱諷一番，和政府作對，共產黨能不生氣嗎？如果不算「兇神惡煞」，至少也是一批十分討厭的傢伙，胡風等人還把毛那篇在延安文藝座談會上的講話比喻為「圖騰」（按：此指盲目崇拜），這無疑把廣大忠於毛主席的作家、藝術家看作是一批盲目崇拜，不會獨立思考的蠢貨，胡風如此嘲弄那幫文人還行，對毛的「講話」比喻為「圖騰」就是大不敬，深深刺痛了毛的自尊心，毛對這幫胡風分子的處理還算仁慈，換作史達林，統統殺頭乾淨！胡耀邦做總書記時，胡風份子都得到了平反，我遇見一位胡風份子，很看不慣改革開放後的種種「新花樣」，比如一位中學或大學的校長，手中就有幾十萬甚至上百萬的錢可以支配，請客吃飯，買家用電器送人、自用都可以，別說為太太買些禮物了，但這位胡風分子，其思想還停留在「三大紀律」、「八項注意」上，

「不拿群眾一針一線」、「一切繳獲要歸公」的年代，在年輕人看來太落後了，跟不上時代了！看來思想也是可以被改造的，出獄後的胡風真的瘋了，與醒悟了的周揚見面，這兩個「老對頭」鬥了五、六十年，還有什麼話要說呢？胡風幸好坐牢房，否則遇到「文革」，不被紅衛兵活活打死才怪！一切就像是齣舞臺劇，戲演完了，演員們一個個離開，老了、死了、完了，就像曹雪芹《紅樓夢》說的：「落了片白茫茫大地真乾淨！」

再說老毛御用的「翰林學士」周揚，從三十年代起，他就是中共主管文藝的最高領導，四九年後成了毛澤東的「打手」，毛要他修理誰他就修理誰，文藝界人士對他是又恨又怕，直到文化革命，輪到他自己被修理，而且被修理得很慘，他醒悟了！他真誠地向當年被他整的人懺悔，說出真相，坦白自己當年所扮演的角色，大多數人都諒解了他，知道他不過一條忠於主人的警犬，晚年他在《人民日報》上發表〈馬克思主義與人道主義〉的長文，他用黑格爾的「異化」概念，解釋中共統治下出現的種種社會弊端，記得文中如此闡述：老百姓信任我們，把我們扶上了官位，我們當了官，反過來主宰把我們扶上臺的老百姓，不為他們服務，有時還欺侮他們；周揚是從哲學的角度理解自我，理解他的黨和這個黨所管理的社會，這篇文章不合當局的意，周揚從此也不再被重用，以前的共產黨很喜歡叫人寫檢查，周的這篇文章真可作為自我批判的「範文」，深刻而真誠！我讀了該文，認為周揚真的感悟了！文化革命時，多少人做了多少不該做的事，多少年過去了，人們淡忘了這段歷史，疼痛的傷口似乎不再疼痛，我們這個民族容易淡忘，正因為容易淡忘，類似的歷史悲劇不斷重演，從井崗山到延安再到北京，一次又一次的政治運動，說得明白些，一次一次的「整人鬧劇」，沒有停

止斷檔過，而且一次比一次厲害！自鄧小平提出「以經濟建設為中心」以後，「整人把戲」好像真的停止了！老百姓的生活也真的比過去好了！現在的共產黨和毛領導的共產黨大不同，雖然名字一模一樣，黨和人一樣是會變的，人做了錯事需要反省，黨做了錯事要不要反省？文化革命的責任要不要追根溯源？責任在誰身上？一開始說是「四人幫」，後又說是「林彪集團」，全不敢把矛頭指向毛澤東，後來才隱隱約約把責任推給文化革命的始作俑者──毛大人，毛先生一個人真有如此巨大的力量，把九百多萬平方公里，十幾億人弄得一塌糊塗？這不大合理也不大公平吧！假如有一大家庭，老爺子瘋了，無緣無故打人屁股，而且往死裏打，幾個兒子的屁股都打爛了，都給打死了，那些兄弟姐妹、兒女子孫，一個個面若苦瓜，噤如寒蟬不敢聲響，時不時還衝著老太爺高呼「萬壽無疆」，眼看著別人遭殃，慶幸自已今天還活著，不團結起來設法阻止老爺子發瘋，直等到老太爺「壽終正寢」才歡天喜地說：「好了！好了！這下天下太平了！」每個人是否都該想想：「為什麼會發生這種革命？」「毛澤東如此為非作歹，全黨全國都無法制裁他，為什麼？」「我一點責任都沒有嗎？我一點錯也沒有嗎？」該懺悔的，每個歷經文化革命的中國人！

　　邵先生說得太多了，我一時無法接上話，聽到一個搞數學的隨口引了曹雪芹的話，我終於知道他的「多情」為何了！那是來自於想維護生長的土地上，能自由發言的「天賦人權」。

毛主席與右派

　　大陸的簡訊吵死人，從火警電話到交通事故的通報電話無一不包，中國聯通發給用戶的簡訊，會告訴我儲值卡還剩多少錢，可以上浙江聯通網，用銀行卡繳費，這點倒還不錯；杭州氣象台每天清晨發的簡訊，最讓人無法決定該不該拒看，今晨的內容是：「今天多雲到晴，明天晴到多雲。今日最高35度，明晨最低26度，天氣炎熱，注意飲食衛生，防止腸道疾病產生。」團友告訴我，比台灣的中央氣象局還準！飯店小姐說，優待期一過是要收費的，建議我打電話把他停掉，後來收到氣象台發出：「火爆烈日當仁不讓傾情出演，煽情南風幸災樂禍鼓勁加油。今明晴到多雲，……。」週日的簡訊是：「朝沐荷露晨曦，晚賞荷塘月色。一樣的酷熱，不一樣的享受。……。」這樣子的氣象內容的確有暫時令人解熱的功效，也讓收訊的人開始對週日的西湖有所期待，就算不是讀中文的人看了，想來也不會拒絕接收，西湖在假日全是滿滿的遊客，其中應該有被氣象台的簡訊招來的。

　　上午應邀到邵先生家作客，我說以前看書本上描寫大陸的知識份子，是多戶共居，很難想像現在改革開放後是什麼情形，他聽了笑而不答；邵先生住的地方，每一區住宅幾乎都有個「名字」，棟與棟之間的空地上停滿了私家車，我想共產黨對公務人員是有「一定程度」的照顧；邵先生說他已經告訴他的同學，認識了一個中文系的，他同學比他記憶力更好，更會背詩，能把白居易〈琵琶行〉全背出來，邵先生說還不能介紹給我認識，怕被「橫刀奪愛」；我

想到唐朝有個老婆嫌老公是個窮酸秀才，要求「休夫」，父母官的做法是把秀才的老婆棒打一頓，再讓秀才當幕僚；大陸高級知識份子的姻緣路還真是悲哀，北大一流腦子的學者，妻子要不嫌他們錢賺太少，要不就因為「成分」不好，紛紛自動求去，一般人或許會替獨居老人感到可憐，我倒覺得對群居動物的人類來說，能真正享受孤獨之樂的人，正是一種「不群」的表現。

我繼續昨天的話題，我說魯迅被毛主席欽定為大陸的「文學國父」，沒想到內幕竟是如此曲折，胡風那幫笨徒弟對毛大人「自作多情」失敗後，難道就此成了「阿Q」了嗎？

邵先生說：算不算「阿Q」，不是三言兩語能說得清，二十世紀二十年代，魯迅在北師大發表演說，講題為「北平文藝界之一瞥」，他說當局者都不喜歡文人，為什麼呢？文人總喜歡揭露陰暗面，發牢騷批判政府，跟政府作對，文人靠賣文謀生，文人是不是都很有良心？不全是！有些可能為了生計才賣文，有寫好話的，有寫壞話的，文章寫了要有刊物登，編輯要考慮讀者愛不愛看，一般而言，歌功頌德的文章看的人少，冷嘲熱諷的看了過癮，《阿Q正傳》連老外都喜歡呼朋引伴：你們都來看，看中國人這付德性！中國人自己也喜歡，當局者立場不同，態度也就不同，抗戰時期大批愛國青年，奔向革命聖地延安，年輕人以為「聖地」也一定「聖潔」，共產黨人一定個個是英雄、是模範，所作所為都令人敬佩，親眼目睹之後，似乎不是那麼回事，於是心裏有了牢騷，當時有兩個人頗有點名氣，王實味和丁玲，前者寫了一篇〈野百合花〉，後者寫了〈三八節有感〉，這兩個跑到延安來「革命」的青年，居然揭露革命聖地的「陰暗面」，在蔣的「管區」，不論怎樣罵國民黨及其政府，罵錯了也沒關係；對共產主義，自揭家醜這叫什麼？有負面東西的

存在是很正常的，共產黨人也會犯錯誤，用不著大驚小怪，共產黨
對自己的弊病要「捂蓋子」，敵人的錯誤要「狠狠揭發」，這才叫
「站穩立場」；毛當時還未主政大陸，需要人才，故對王實味和丁
玲並沒有整處，僅批判了事；到了國共開戰，行軍路上怕王逃跑，
於是將其殺害，毛為此還說如此做法不好，為使這一處理合法，推
說王是「托派份子」（按：蘇聯托洛斯基，主張用武力對付政府），
四九年建國前後，毛對知識份子的態度判若兩人，從「禮賢下士」
變為要求他們「夾緊尾巴做人」，在毛的心裏，這些肚皮裏有點文
化的「士大夫」，不過是些想吃肉的「狗」，舊主子蔣先生跑到台
灣去了，共產黨是他們的新主人，還想著過去的榮華富貴嗎？毛半
開玩笑地對那些老知識份子說：「皮之不存，毛將焉附？」為了新
政權的穩定，除了鎮壓帶槍的敵人，還要叫那些看見缺點、錯誤，
就指手畫腳寫文章罵街的文人「閉嘴！」，「反右鬥爭」就是針對
知識份子的政治運動，效果確實顯著，看看那些低著頭走路的右派，
誰還敢批評共產黨？

　　我說：你被打入右派，除了老聽背後人說你是右派，日子有什
麼不一樣嗎？

　　邵先生說：有啊！我們系裡的老師、學長、學姊、同學，沒人
敢跟我說話，迎面走過來時，他們的眼神不是往上飄就是往下掃，
看得人挺難過，北大很大，有多個圖書館，我只能遠離本系認識我
的同學，跑到遠一點的圖書館看書，認識了一些中文系、歷史系、
外文系、哲學系的同學，他們不知道我是右派，我也不說，跟他們
聊天很有意思，從此知道數學不是天底下最有趣的東西。

　　我說：俗話說：「上帝關了你一扇門，會為你再開另一扇窗。」
怪不得你這麼會聊，這算是因禍得福吧！

　　邵先生不置可否，一臉苦笑說：有位作家名叫流沙河，在雜誌上發表《草木篇》，文字像詩像詞像散文，雖無音律，但有很深的含意，似乎在嘲弄諷刺什麼，看得出作者很有才華，我還記得幾句背給你聽聽，題目是〈白楊〉，描繪這種樹的品格：「她，一柄綠光閃閃的長劍，孤伶伶地立在平原，高指藍天，也許，一場暴風會把她連根拔去，但，縱然死了吧！她的腰也不肯向誰彎一彎。」這段文字用來描繪不願接受馬克思主義信仰的知識份子，如陳寅恪、梁漱溟，是再合適不過；五七年就因這些句子，流沙河被冠上了「資產階級右派分子」，海外人士不清楚戴上這頂帽子，對當事人會有什麼影響，首先，以往的親朋好友，會立刻變得不認識你，在路上、樓道迎面走來，兩眼不是望天就是看地；其次，走在路上不時會聽到背後有人說道：「這人是右派。」回到家中，老婆、孩子很少開口說話，再無任何天倫之樂，為何如此？因為人人都想跟右派分子「劃清界線」，流沙河在書上說：只有一件事情不變，使我感到人間尚有溫暖的，是鄰居家的那條小狗，每見我回來，總是搖著尾巴扭動身體，撲面而來十分親熱，全天下只有牠不知道我已被劃為右派。

　　我忍住難過，決定回去後一定要找流沙河的《草木篇》好好看看。

　　邵先生繼續說：戴上右派帽子的人，不是失去了工作，就是去鄉村種田，或降級使用，妻離子散；沒離婚的右派，在單位被人看不起，沒人搭理，在家中也聽不到笑聲，毛講過這樣的話：思想問題不能用壓的方法解決，用壓的方法，結果是壓而不服。為何對右派卻如此這般？鄧小平認為「反右鬥爭」是必要的，只是「擴大化」了！五十五萬右派除了五、六個外，其他都得到「改正」，就是說

擴大了十萬倍，有如此擴大的啊？只有五、六個，抓起來就是，該坐牢該殺頭，毛大人說了算，何苦擴到這麼大？每個右派涉及到家人和親戚，社會關係中有右派，將影響到升學、就業、出國，也許有人會問為何在蔣管區敢大罵國民黨，到了解放區就不聲不響？道理很簡單，在蔣管區可以「自由賣文」，或者說有出版自由，有買大餅的錢，老子不聽蔣政府的話也有飯吃，但到了新社會，沒有出版自由，再沒有賣文的機會，臭老九的衣食住行都是勞動人民給的，還要和代表勞動人民的政府叫板過不去，這怎麼可以呢？當然都要聽毛大人的話──「夾緊尾巴做人！」馬寅初、黃炎培在蔣政府時代都是不怕坐牢殺頭，敢說話的人，但到了新社會，歷經數次政治運動後，再聽不到他們批判社會的言論了！人一旦沒有了獨立的經濟地位，也就沒有了獨立的人格。

我問：右派份子到底說了些什麼，惹得毛大人老拿他們開刀？

邵先生說：中共上層領導成員都是些絕頂聰明能幹的人，尤其是在政治軍事領域裏，但在經濟、科研、教育、外交方面，是真的缺乏人才，於是就在「外行領導內行」的情況下，出了些「洋相」，這實在不足為怪；「土八路」遇到了「新問題」，現在來看右派意見，大多數沒什麼大錯，文革後，北大中文系教授錢理群編了一本書，叫《原上草》，其中有篇文章，是由一段段論述組成，前一段是北大學生的右派言論，接著是鄧小平在改革開放後說的話，如果不看每段的標記，讀者會分不清是誰的觀點，真正刺激到毛和他的同事們的言論，是來自《光明日報》主編儲安平的「黨天下」論，大意是說四九年開國時，國家七個副主席，六個是民主人士，各個部也有一些民主人士作部長，看上去還像個聯合政府，還算遵守政協全國委員會制定的「共同綱領」，儲安平說現在的情況和開國時

大不一樣，事無鉅細，都由黨員幹部說了算，就是一個科室，當科
長的也必須是黨員，從前的封建社會，就像《詩經》說的：「普天
之下，莫非王土；率土之濱，莫非王臣。」事情都由皇帝說了算，
可謂「家天下」，而今無論何事，都由共產黨決定，豈不是「黨天
下」？儲安平這番言論可不是一般的牢騷話，這涉及到政權的合法
性，是在向共產黨挑戰。世上政權可分為三類：一類為民選的，另
一類為世代繼承的皇權制，第三類為武力奪取的，如國民黨從滿清
皇室手中奪得政權，國民黨上臺後實行一黨專政，但承諾經過軍政、
訓政、憲政三階段，最後還政於民，儲安平一介書生，寥寥數語，
很是厲害，戳到了毛大人一貫的，「黨同伐異」的要害，自知闖了
大禍，後來連看病都不敢寫自己的真名，儲安平在抗日戰爭時，在
重慶編輯出版《觀察》，評論時政，立場中立，不偏向共產黨，也
不偏向國民黨，很受讀者歡迎；他瞭解蘇俄革命後的情況，有人勸
他四九年後去香港，他沒有走，像他這樣的人，也沒有看清楚中共
對「言論自由」的政策主張，章伯鈞當時號稱第一大右派，是指其
行政級別，他提出成立「政治設計院」，如同現在的政策研究室一
類的組織，幫助共產黨出謀劃策，看不出有什麼野心，毛卻說他想
「輪流坐莊」，奪共產黨的權，認定他和羅隆基建立了「章羅聯盟」，
企圖取代中國共產黨，章、羅兩人是「對頭」，私下關係很不好，
被劃為右派後，毛要他們承認兩人之間確實有聯盟，開始兩人都否
認，因為根本沒那麼回事，後來毛暗示誰若承認，可以從寬處理，
章違心承認了，辦案人員告訴羅：「章伯鈞承認了，你還想抵賴嗎？」
羅氣衝衝地跑去問章：「我什麼時侯在什麼地方和你訂了同盟？」
章自然無言以答，羅拿著枴棍猛敲地板，反復責問，憤怒到了極點，
最後羅雙手把洋拐棍在自己的大腿上一敲，斷成兩根，說：「今後

你我就如同此棍！」揚長而去，共產黨說話算數，章的待遇是下調了幾級，但還有小汽車坐，羅就沒有；羅的氣話不算數，耐不住孤獨的他，在右派聚餐時，兩人又說話了，而且比沒有劃為右派時友好，羅說：「伯均兄，還是你聰明，現在還有汽車坐。」章搖搖頭，苦苦地微微一笑，這一笑能否將恩仇就此泯去，只有天知道。

我再問：為什麼右派的言論，在「黨天下」時期，還如潮水般湧起？

邵先生說：因為四九年後，老百姓失去了說話的管道，沒有發牢騷的機會和場合，壓抑在心裏的怨氣，得不到發洩，西方的領導人頗為狡猾，讓老百姓上街遊行示威「罵山門」、寫文章、上電臺、站在木頭箱子上發表演說都可以，只要不觸犯法律；中共領導不一樣，最怕群眾鬧事，怕因而動搖政局，這其實是很不聰明的作法，百姓氣出了，矛盾解開了，事情也就過去了，孩子們哭鬧，大人問清楚事由，解釋那些可以那些不可以，如果一開始就打屁股，用壓服的方法，平是平靜了，怨恨還記在心中，如今中共提出「以人為本」組建「和諧社會」，用意很好，如果絕大多數人滿意了，讓人們有言論自由，看看還有那裡不滿，一個健康的人敢吃各種食物，一個強大合理的社會，就如同大海能納百川，各種文化、信仰、哲學，有一點點「歪門邪道」也不怕，毛還曾經大力讚揚過「反面教員」哩！搓麻將的人知道「清一色」、「一條龍」最難，如果一心想「清一色」、「一條龍」，肯定輸光光。

我說：還是我們台灣聰明，幾十萬紅衫軍上街頭抗議，執政黨不搭理，讓他們去吵去鬧，氣消了就好了！

午飯後坐公交車回飯店，女司機開的車，自從昨天坐「D姐」的車繞上海市區之後，我就相信大城市的大陸女同胞能力真不差；

女司機開車的技術果真跟男司機不一樣，不會緊急煞車把人顛得七葷八素、前俯後仰，來杭州第二天，我再也不敢說自己會開車，在大陸會開車，那才真叫厲害；大陸不承認台灣的駕照，台灣人想在大陸開車，得去考國際駕照，我問過王老師，無照駕駛被抓到會怎樣，他說會被關十五天，不得易科罰金，我說免費吃十五天的牢飯也不錯，他說：「別作夢了！搬石頭勞動！」

　　回到飯店看到櫃臺有好大一盆花，上了五樓看到工作人員在轉角第一間房間擦窗戶、吸地板、換床罩；外頭的天氣一下子飄雨一下子出太陽，我把被雨淋濕的衣服三進三出，一整個下午經過房門口都還看到清潔人員在用心打掃，心想一定有非常重要的人物要住進來！

廬山會議與彭德懷

　　怕吵醒室友，我經常一早就到大廳打電腦，早已過了熬夜寫文章的年紀，早起讓腦子蓄足電力，自覺是較聰明的做法。不久來了位制服顏色跟台灣憲兵一樣的解放軍，唯一不同的是，解放軍上衣的下擺沒紮進去，約七點半的時候，我終於看到住轉角的那位「貴客」了，他身旁不知何時又冒出兩個人跟著，沒戴眼鏡的我正專心寫稿，也不好仔細打量他們。

　　從這週開始，負責對外接洽事宜的領隊是劉老師，在飯店大廳，我跟她說我去爬寶石山，因問路而認識了一個想把我留在西湖的人，她說：「他一定很仰慕妳囉！」我說：「應該說是我崇拜他。」我說我要是早個兩秒鐘從黃龍洞的告示牌轉身離開，他要是在來爬山時多等個紅綠燈，我們就不會剛好遇到，人與人之間的緣分，真的只有「天知道」。

　　從今天開始，上課的地點不在浙博，改在「實訓基地」，「實訓基地」的外頭沒有名稱跟門牌號碼，只能跟司機報說是××公交站下車，我想是因為裡頭放著一些唐宋元明清，大家口中戲稱的「破盆瓦罐」，為了防止小偷光顧才會如此。「實訓基地」的廁所是男女共用，女生的部分，正對著對面的研究室，斜對著走廊，玻璃窗是完全採光，十分的「男性本位」，上廁所得學武大郎，先半蹲著身體把外褲脫掉，方便完要是站直了拉褲子，保證全被看光光；廁所一向是女人的是非之地，我跟柔說：「只剩三天待在西湖了，有個男人想把我留下。」她說：「撲上去吧！」老女人談戀愛，多的

是一份對現實的考量，愛財的大陸女性，選擇另擇他偶，誰都沒資格批評；愛才的台灣女性如我，也只能大嘆三聲無奈！

今天是李館長的課，兩週來見識到他深厚的國學底子，今天他親自介紹自己，開場白首先引了老子的「知人者智，自知者明。」說年少時若肯多學習，就會知道自己不大有文化；接著說自從1980年離開海軍，投入考古之後忙的都是行政工作，知識面太過狹窄；半個月來，我對李館長背書的功力已佩服得五體投地，今天又見識到他把宋朝葉寘《垣齋筆衡》（按：《四庫全書》誤作《坦齋筆衡》）論宋代官窯的部分，在課堂上分段的背誦出來，在談到其他相關的重點時，詩詞古文更是經常隨口隨引，這麼會「引經據典」的老師，真是有幸受教！

聽了半個多月的考古課程，深感到隨著出土文物的不斷發現，大陸的考古專家應是能體會到海得堡的「測不準原理」；李館長在談到「一切都有可能」時，說到1859年達爾文發表《物種起源》一書，得出萬物依靠太陽生長，因而形成了長長的食物鏈的論點；1977年美國從加拉喀斯群島潛入，在海底發現了一條不用靠太陽生長的食物鏈，物種之所以不同，是因為食物鏈突然被切斷，假設有人生了小孩後不久上太空，一年後回來，就別指望他的孫子會管他叫爺爺，要是這段期間經常用「視訊」聯絡，訊息長鍊就不會被切斷，回到地球也就不會「舉目無親」了！我想到邵先生跟我提過他去新疆的喀納斯湖玩，喀納斯湖在2005年被《國家地理雜誌》評為中國最美的湖，是中國最深的內陸湖，湖深近190米，他不夠幸運，沒看到像是「尼斯水怪」的「湖怪」，後來中央電視台拍到有十五隻，還會自動排隊前進，新疆大學的老師認為喀納斯湖的「湖怪」是「大

紅魚」，現代人仍無法辨識牠的界門綱目科屬種，考古的最大貢獻，就是要試著解開長期以來，人類歷史中許多不明的訊息長鍊。

　　傍晚天色不定，我仍計畫走完蘇堤，邵先生說他在杭師大教書時，經常坐在西湖邊的靠椅上，改學生的練習本，對的相同，可以理解，如果發現錯得一模一樣，心中就會產生疑問，而且不是兩個，有時多到四、五個；現在的學生做作業相互抄襲，考試時也如此，當學生不認真學習時，做老師的也沒勁，講課尤如演唱，台下聽眾不想聽，唱什麼唱？現在學生給老師打分數，許多老師害怕得罪學生，影響自己的收入和升級，考試看見作弊，也「視而不見」，任何領域一旦涉及金錢，就會「異化」，奧運會也是！

　　我想到每次期中、期末改考卷的痛苦，要真像他一樣在西湖改作業，吹著夜晚的涼風，看著儷影雙雙，聽著戀人們的交頸呢喃，分數肯定會更「營養」。

　　我說：你們北大的學生，幾乎個個自命不凡，我若說社會主義計劃經濟比資本主義國家的市場經濟更好更合理，你會要我舉出事實，別人就算說對了，你們也會舉個反例來問，讓人無言以對，這該是你們最驕傲的「傳統」吧？在毛主席時代，你們北大不就是「右派」大本營？

　　邵先生說：好學校裏也有差的學生，在下就不是什麼高材生！好也罷！差也罷！都過去了！在大專院校，學生對「思想改造」很是反感，聰明的學生哪有不淘氣的，說話難免有些刻薄，他們把馬克思、列寧主義比喻為「聖經」，毛大人是教皇，底下的各級黨委書記，就是神父、修士，彙報思想就相當於向神職人員懺悔，認為現代中國和中世紀的歐洲一樣政教合一，起源於黑格爾的馬克思主義辯證法；某些哲學觀念是有道理的，各級黨書記要想改變百姓的

信仰，不能用壓服的方法，尤其是對方的知識學養比你高時，要他們信服你說的話不容易，共產黨在改變知識份子的信仰上花了許多精力，成績似乎並不斐然，假裝虔誠的人應運而生，跟領導報告自已如何有進步，做些好事，引起領導注意，隨後靠近組織，要求進步，要求入黨等等，領導都喜歡聽話的人，善於拍馬屁的自然得到重用，地位慢慢居高，說句實話，有學養有品格的人不願投機取巧，不屑故作姿態去迎合上司。人的思想變化來自於自身對外界的觀察，不是硬讀馬克思的著作就能達到，自從四九年中共主政大陸以來，經過一次又一次的政治運動，與其說我們知識份子越來越聽話，不如說越來越害怕，尤其是反右鬥爭以後，敢於提意見說真話的人幾乎沒有了，所謂的「民主人士」，也全都一聲不響了，這種非常形勢，為接著而來的，發了瘋的「三面紅旗」（按：即「總路線」、「大躍進」、「人民公社」）打下了思想基礎，再沒有人敢對毛主席稀奇古怪的主意說「不」！數以百萬的農民在吃飯不要錢的「公社食堂」裏活活餓死，就是沒人敢說真話的結果！

我說：吃飯不要錢，有飯大家吃，現在的台灣政府都做不到，大陸數百萬農民怎會在「公社食堂」活活餓死？

邵先生說：毛大人的威望達到最高點，所到之處，被萬歲聲淹沒，他再也聽不到真誠的聲音，看到的也都是他希望看到的假像，農村幹部告訴他：糧食大豐收，畝產量幾十萬斤，來不及收，動員婦女離開灶房，去田間收割，做飯來不及，於是辦公共食堂，大家都來吃，不要錢，當時就有人叫：好啊！婦女這下子從廚房中解放出來，太好了！當時農民的土地已經交給生產隊，記工分，年底結算，毛大人聽後想：該管這叫什麼名字呢？就叫「人民公社」吧！毛的這句「人民公社」飛快傳遍大江南北，當農民連口糧都不能自

主時，命運的悲慘就不是毛澤東所能預知的，有些農民不肯去「公共食堂」吃飯，願意在家燒吃，公社幹部就把農民家的鍋砸毀拿去煉鋼，毛確實是想強國富民，最好三、五年內達到，「跑步進入共產主義」就是毛先生喊出來的，他不相信那些正規學院畢業的秀才，他認為工人、農民一樣可以搞科學技術，就跟打仗一樣，沒進過軍事學院的「土八路」，不是打敗了蔣的正規軍嗎？可這一次偉大的毛主席沒有成功，國民經濟被他搞的一塌糊塗，農村傳來的消息更是可怕，成千上萬的人都餓死了，劉少奇對毛澤東說：「再不取消食堂，你我都將成為歷史罪人。」毛還在思考，鄧小平不等他們，立刻下令取消食堂，毛在黨內的威望因此大大降低，劉和鄧大大提高，這是毛不能容忍的，劉和鄧的命運也就步入了危險期。

我說：邵先生，你還沒說農民如何會活活餓死？

邵先生說：那些幹部從村一級到省、市一級的，層層虛報加碼，說自己的畝產量有多高，虛報的受到表揚，實事求是的被批判，甚至丟官，若是單純吹牛皮無所謂，上面可是按所報數字下達應交的公糧數目，明明只有十萬斤，你報了一百萬斤，按百分之五算要交五萬斤，這可是農民的活命糧啊！這點口糧還不能自己掌握，全交給村幹部去辦食堂，開始幾天可能放開肚皮撐著吃，後來就不行了，河南信陽餓死一半農民，約三十萬人，為了對付中央調查組，村幹部在土堆上放些糧食，其實調查小組看看農民的臉色就都明白了，毛的一些戰友大都是窮苦農村出身，大名鼎鼎的彭德懷回鄉一看，小時候的玩伴就直言不諱：「老彭啊！你給咱去中央說說，都餓得不行了，快都餓死了！」毛明白自己聽到看到的都是假像，就問身邊的保鏢，要他們彙報農村的所見所聞，說出真實情況，還要自己信任的機要秘書去鄉下調查研究，有一天晚上，毛找了田家英、李

銳、周惠、可能還有周小舟，他們是毛欣賞的頗有才華的一些年青秀才，毛感慨地說：「我自小在農村長大，怎麼就相信畝產幾萬斤幾十萬斤？那位科學家（按：指錢學森）還說有可能。」據當天與會者回憶，那天晚上毛似乎很有所悟，大家談得很投機，出謀劃策，商量如何扭轉局面，毛叫人拿出茅臺酒，和這幫秀才一起喝，讓這幾個秀才覺得他們所敬仰的領袖多麼可愛多麼有人情味！和毛一起打天下的彭大將軍，給毛寫了信，述說自己的見解，不知怎地惹了大禍，毛的態度來了個一百八十度大轉彎，不反「左傾」而是反「右傾」，把彭德懷、黃克誠、張聞天、周小舟等觀點接近的人打成「反黨集團」，毛有一個習慣，他要打倒誰之前，總要把被打倒的人組成一個「集團」，若被打倒者說他們並沒有組團，毛就說他們有，他們想說沒有也難；反右鬥爭時，毛就說章伯均、羅隆基是一個集團，這次也一樣，右派都是些書生，那能不聽話，彭德懷不買賬，說：「為了主席的威信，要我承認什麼都可以，說有一個軍事俱樂部，這可是關係到他人，我不能亂說，這樣子好了，有誰願意就自己來報名。」事情完了後，彭和毛大吵一場，彭說：「井崗山你肏了我四十天的娘，今天我肏你二十天不行？」其實彭對毛是十分忠誠的，他的語言雖然粗俗，細細品味他的人格，卻是很高尚的，在中國共產黨裏，有不少頗具人格魅力的人，黃克誠就是一個，他可以不去開會，毛不打算整他，事前他勸彭不要給毛寫信，但事後知道彭出了事，他認為彭為老百姓請命，理應跟彭站同一邊。

　　我納悶問：毛為何一定要把想打倒的對方冠以「集團」的名稱？這跟我們那邊某些政治人物愛搞「顏色」的手法太像了！

　　邵先生說：如果不冠以「集團」名稱，人們會想：此人的看法和毛不同，僅僅看法不同就給打成反革命，似乎有點不講理，而聽

聽此人的看法不無道理；但若是一個「集團」的話，情況就大不同了，人們會想：哦！原來他們是有組織的，想搞陰謀活動，想反對偉大領袖毛主席，打倒他們活該！那些看似有理的意見，也都成了藉口，「廬山會議」時，毛認為如果彭的意見被認可，就表明他錯了，他高高舉起的「三面紅旗」，那「三個大發明」就得放入地下室，他的「威望」、「領導地位」又將如何？習慣夜裏工作白天睡覺的毛大人，有天晚上派人把劉少奇、周恩來請來，告訴他倆，決定打倒彭德懷，問二人站哪一邊？政治家的了不起就在於：當他們考慮問題時，不關心誰對誰錯，而是誰更有力量，劉和周都是一流的政治家，毛聽了二人的回答後，就佈置二人如何如何，此時的彭滿懷希望自己的見解被毛接納，老百姓可以得救，第二天劉、周二人把大會分成四個小組，每個組分別批判鬥爭「彭黃張周」（按：彭德懷、黃克誠、張聞天、周小舟），新帳老帳一起算，那場面據與會者回憶，簡直和生產隊裏鬥爭地主、富農差不多，接著全黨開始「反右傾」，凡是和彭德懷有相同觀點者，一律劃為「右傾機會主義分子」，一共劃了幾百萬，從表面看，毛勝利了！然而工農業的大幅度下滑，幾十萬幾百萬的農民餓死，經濟面臨崩潰，這帳要算到誰頭上？在農民紛紛餓死的情況下，毛請出了懂經濟的陳雲，自己退居二線讓劉代替他，其實毛是不甘心的，在劉的主持下，各方面慢慢恢復元氣，劉以為如此鞏固了自己在黨內的地位，殊不知功高震主的下場就是命歸黃泉。

　　我說：毛都已經暫時退出舞臺了，這些「右派」就這麼默默的接受事實，就沒半個「英烈」出來說些公道話嗎？

　　邵先生說：政治家採取的立場，是取決於利害力量的大小，但不等於他們分不清是非，全黨都看清楚毛舉的「三面紅旗」把中國

引向災難，所以劉、周主政後，把幾百萬挨批判的「右傾分子」進行「甄別」，都知道彭被冤枉了，他並沒有反黨，而且他沒有錯，劉和周在全黨全國的威望因而越來越高，黨政系統一時之間全都是劉、周的親信，六二年全國高級幹部七千多人，聚集北京開會，毛帶頭作了自我批評，劉也不客氣說造成「三年困難時期」，三分是天災，七分是人禍，大家明白劉在指責毛，古今中外的政治家，真如亞伯拉罕・林肯那樣，不在乎別人說什麼，只關心對人民、對國家有利的總統太少了！毛聽了那話決心把劉幹掉，周就不說一句批評毛的話，劉少奇雖然控制了黨政機構，但軍隊系統還是毛說了算，理論上是黨指揮槍，但是誰控制了軍隊，誰就控制了政府，在七千人大會上，就林彪一人說：「出現這種困難局面，都因為沒有按毛主席的指示辦事。」毛聽了很是高興，雖然全黨有了統一的認識，但誰敢出來為彭說句公道話？朱德不時去看望彭，去就下棋不談國事，只會為誰違反了落子無悔而爭吵，他二人自井崗山時就一起打仗，別人都不敢去看彭了，朱德不怕，當時彭住在「吳家花園」，我去頤和園玩抄近路，就經過「吳家花園」；毛定的案誰敢推翻？習仲勳試圖為彭德懷翻案，這位習先生頗有來歷，是共產黨西北地方第三號人物，毛發現情況不妙，說了句：「有些人利用寫小說來反對黨」，把習仲勳打入冷宮，文革後，鄧小平又啟用他；胡耀邦在元老們開民主生活會上被趕下臺時，一個人坐在門檻上流淚，沒人出來說話，又是這位習先生批評鄧小平這樣做違反規定，不合法，一個黨主席，是去是留，該由中央全會決定，怎能由一些也不是中央委員的，已經下了台的元老們，開個民主生活會就決定了呢？現在剛當選為中共常委，被視為胡錦濤接班人的習近平，就是習先生的兒子。其實毛也知道自己錯了，毛發動文化大革命的前一年就把

彭找來，對彭說：「一寫信就是幾萬言，也不來看我，電話也沒一個。」毛故作姿態說：「也許還是你的意見對，現在派你去三線搞建設，將來也許還要你帶兵打仗，名譽就恢復了。」結果文化大革命開始，當年在朝鮮和美國大打出手的一代名將彭德懷，被乳臭未乾的，視毛為神靈的紅衛兵「活活弄死」。

　　我說：周武王一怒安天下，打敗商紂，周朝國祚因此綿延八百年，毛在七千人的大會上顏面盡失，一怒就發動「革命」，只想到要革別人的命，把失去的權力重新奪回來，政治家有些有人性，有些沒有，做一個政治家還真是不容易！

　　邵先生說：毛在廬山發動的反對彭的運動，誰都明白犯錯誤的是毛，但是打倒彭的口號依然喊得很響，鬥爭大會依然開得熱火朝天，這不得不使人聯想到安徒生的童話〈國王的新衣〉，不過有幾點區別：一、童話裏的衣服是外來的騙子織的，廬山上所說的「三面紅旗」是毛自己製作的；二、童話裏的人如果說國王光屁股，不過是戴上一頂「笨蛋傻瓜帽」，但廬山上的人若說彭的見解沒錯，會被戴上「右傾機會主義分子」的「桂冠」，下場會很慘；三、毛知道彭沒錯，那國王不知道自己光著身體。當時我還是一個大學生，早上在食堂用餐時，從廣播裏聽到播音員氣勢洶洶地說：右傾機會主義者攻擊三面紅旗，說那是「小資產階級狂熱」，我心中一喜，終於有人說出真話了！這是在攻擊毛澤東啊！我不知道瘋狂的「大躍進」何日才會停止，又很傷心說真話的人總是被打倒，要到什麼時候才能正常上課？後來知道當時我吃的玉米餅，是從農民口中奪來的，他們的死換來了我的生存，如果我在農村，也許早就餓死了！

我說：還好你當時還嚥得下玉米餅，否則，我們這兩個「匹夫匹婦」，也無緣坐在西湖邊，共同懷念威望、政治謀略均無人可與之較量的，「偉大」的毛主席！

邵先生說：毛發動文化大革命，是因為他知道他有能力把以劉為代表的那一批反對派趕出政治舞臺，關於文革的負面效應，談的人很多，任何事物都有正反面。

我問：文革還有好的影響嗎？

邵先生說：有！一、胡耀邦吃了苦頭後有所覺悟，在他的努力下，胡風份子、右派份子，大量的冤假錯案得以平反；二、以鄧小平為代表的一群中國共產黨人背離了毛的錯誤路線，帶領中國社會走上改革開放的道路，加入 WTO；三、中國共產黨人認識到不能再搞個人崇拜，黨內不能再產生毛那樣一言九鼎，無人敢對其說「不」的領袖，最高領導人只能連任一次，且有年齡限制；四、不搞階級鬥爭，要以經濟建設為中心，一改以前那種吃飽了就搞政治運動的做法。將來寫歷史的人會客觀地評價孫、蔣、毛和鄧，毛的種種主張，不管名稱取得如何，怎樣地馬克思、列寧主義，如「取消資產階級法權」、「消滅私有制」等等，他領導的農民起義，讓他成為成功了的「李自成」，毛的時代可看成中國歷史上最後一個「封建皇朝」，鄧小平的偉大在於他用和平的方法，把這個「封建皇朝」推倒了，他帶領大家走上一條幾個世紀來，中國人一直在尋找的富民強國之路，「六四事件」對他有了怨言，現在仔細想想，學生那樣鬧，不肯收場，客觀而論，學生鬧事有其合理性，但要有度，凡事都有度，過了度就不好了！如果當年鄧大人問我怎麼辦？我會建議用自來水沖洗學生而不是開坦克壓，把他們一個個弄得有如落湯雞，四處逃竄，就如同我在五七幹校用水龍沖洗那些小豬，情況或

許會好些，只要不出人命，就不會有仇恨，不會有類似你們台灣的「二二八」。鄧小平在進行經濟改革的同時也進行政治改革，八九年的六四天安門事件，使他改變了看法，政治體制改革不能太快，英國從皇權過渡到實際上的共和制，其間有查理一世的復辟，克倫威爾的獨裁，歷經一百多年，我們不會比他們短，政治體制的變更，一定有一個過渡時期，從清皇朝的「家天下」到真正意義下的「共和制」，不能沒有「過渡時期」，更何況中國人在政治上很懶，總希望有個如包公那樣的清官來管理他們，如果遇上貪官，就希望皇帝派人來抄家，或者生病死掉，我希望共產黨的官員們，在事情做好的前提下，可以適當地有些「不正當」的收入，大陸稱為「灰色收入」，一點不貪，豈非要共產黨員個個成為聖人？這不現實，也不合理！《紅樓夢》裏的賈政清廉得很，不收禮，抬轎子的下人紛紛求去，連他們也沒了好處；前幾年中國的公務員工資很低，要中國老百姓自己管理自己，可能會一天到晚吵不停，要知道大多數的官，喜歡拿機要費去給老婆買化妝品，還會說那是「國家機密」。

　　我說：那不叫「國家機密」，叫「國務機要費」啦！兩人對笑。

　　坐在蘇堤邊，聽著隱隱的雷聲，沒多久雨絲就隨著楊柳風飄到臉上、手臂上，這雨來得又急又大，附近所有的人全躲進了涼亭，有搬躺椅的，有手指頭上還夾著香菸的，更有酥胸半露的小姐，還好風從背後吹來，煙味才不會嗆得我得遷地為良；亭子裡的人說的全是我聽不懂的杭州話，沸沸揚揚的當下，朦朧的西湖讓我在靜觀中有自得之樂，我的牛仔褲突然感到一陣熱，驚覺是被煙蒂給彈到了，趕緊起身一陣亂撥；邵先生說他住在美國時，曾經因為人離開草地，忘了把墊著的報紙帶走，馬上就被負責清潔的老墨（墨西哥

人）用手指著，大陸想成為「文化大國」，得先讓百姓注意公共場所的「禮儀」。

　　西湖麗人的皮膚，早讓台灣來的我們嫉妒羨慕得要死，春聯的始作者，後蜀嗣主孟昶的〈避暑摩訶池上作〉：「冰肌玉骨清無汗，水殿風來暗香暖。」這是對女性膚質狀態的最佳形容詞，能不對之起幻想的，大概就不是男人了；杜甫〈麗人行〉描寫春三月上巳節的長安：「三月三日天氣新，長安水邊多麗人。態濃意遠淑且真，肌理細膩骨肉勻。」我要邵先生轉頭看微弱燈光下，他身後那位「肌理細膩骨肉勻」，他轉過頭對著她說一些我聽得懂的「不相關」，心想夏天夜晚的西湖，有許多穿細肩帶，酥胸半裸的杭州美女，在雷峰塔裡瞧著的白素貞，不知是否會頻頻蹙眉作嗔！

越窯研究

　　一早六點左右，我又在大廳寫稿，陸陸續續有三個人坐到沙發上，兩個解放軍、一個便衣，我心想一定是來接那位「貴客」的，約七點半時，「貴客」出現了，像昨天一樣，先經過我面前到大廳外頭遠眺西湖，進來時我聽到他問：「那誰啊？」「我也不知道，六點半來的時候就看到她在那兒了！」我心想：軍人的直覺果真敏捷！有陣子迷上打橋牌，指導老師每看我出牌，老說我是「傻大姐打橋牌」，我這麼個傻大姐型的良家婦女，該不會被「貴客」誤以為是「特務」吧！

　　昨天跟劉老師打 D 到「實訓基地」上課，她錢沒付就下車，在路邊等團員到齊，司機先生五分鐘後才過來說：「小姐妳沒給錢」，大夥兒直笑她坐霸王車，想到來杭州半個月了，在杭州街上只看到過一次爭吵的情形，在西湖邊上都沒見著。譚姐興奮的問我記不記得徐志摩有提到西溪秋雪已成陳跡的文章，說我們就在西溪路上，這區叫古蕩，古蕩的蘆葦曾出現在徐志摩筆下，我拍拍她要她回到現實來，別再幻想西溪的蘆葦跟秋雪了！

　　今天的課程是沈瓊華老師的「越窯研究」，陶瓷之路的起點就在浙江，直奔大海的水系為外銷瓷打造了先天的「地利」；李館長在引言時說：東方陶瓷熱開始之後，一般玩家都是先愛彩瓷，接著是青花瓷、黑瓷、白瓷，最後是青瓷；越窯是瓷器的發源地，被稱為「母青瓷」，祖脈就在浙江，全中國僅有浙江發現原始瓷，就是最好的證明。

　　寧紹平原在春秋戰國時期，是在現在的蕭山與紹興地區，越王句踐之所以能富國民強，成為春秋五霸之一，是跟原始瓷產量太多，青銅不需拿來做日常器物，全拿去做兵器與農具有關；東晉孫恩之亂，對浙江的經濟予以重創，民不聊生反應在瓷器上，就是蓮花圖案的出現；《新唐書》卷四一載：「越州供瓷器」，唐代的越窯，出現了刻有對死者蓋棺論定的「墓誌罐」，以及裝水後能沿邊敲出清脆樂音的「甌」，最神奇的是，唐代的越窯技術，以釉色取勝，素面為主，線條優美，被形容為「類玉類冰」；我經常懷疑我的若干前世一定是唐人，買書時，書名只要有個「唐」字，一定會拿起來翻；若再有個「佛」字、「禪」字的，不用翻就直接買，聽著沈老師談到「類玉類冰」的唐代越窯，我又回到了「過去」！

　　賈島的好友徐夤，在〈貢余秘色茶盞〉一詩，形容朋友燒好送給他的秘色茶盞，是「捩翠融青瑞色新」，徐夤把玩後的心得是：「功剜明月染春水，輕旋薄冰盛綠雲。」視覺加上想像，春水、綠雲的形容遠不如「古鏡破苔當席上，嫩荷涵露別江濆。」以「古鏡破苔」跟「嫩荷涵露」來比喻秘色瓷，徐夤的詩，足以確定秘色瓷最晚在中唐已是普遍燒造，昨天李館長引了老舍一段話：「看一眼路旁的綠，再看一眼海，才明白什麼是春深似海。」「春深似海」，讓歐陽脩「無計留春住」，讓「惜春常怕花開早」的辛棄疾只能空嘆「匆匆春又歸去」，在盛夏七月來到杭州，在咀嚼秘色瓷「春深似海」的我，老想到我的前世，遙遠又神秘的唐代。

　　越窯從唐代起就是「貢窯」，晚唐陸龜蒙〈祕色越器〉提到：「九秋風露越窯開，奪得千峰翠色來。好向中宵盛沆瀣，共嵇中散鬥遺杯。」越窯燒的瓷器進貢給唐懿宗，包括唐懿宗獻給法門寺的十四件「千峰翠色」的秘色瓷，昨天李館長曾說過：「只有窯工能

留住春天」，又說：「一個人一輩子愛什麼都可能會愛錯，只有愛青瓷不會愛錯。」還說五代後周世宗柴榮，窯工問他要燒個什麼顏色的瓷器，柴榮說：「雨過天青雲破處，這般顏色作將來。」讓我想起不久前臺北故宮展出法門寺秘色瓷轟動的情形，台中的房地產業者因而趁機推出建案，名字就叫「雨過天青雲破處」，真太投機了。

五代至北宋太平興國年間，越窯燒造千萬次，自然跟吳越國王得向中原朝廷進貢，為求偏安江南有關，學界早先認為越窯在北宋晚期衰落，是跟龍泉窯的興起有關，沈老師認為北宋中期興起的龍泉窯，不可能影響到北宋晚期才現衰象的越窯，越窯的衰落，應是跟山多植茶樹，以及染料不足，多製匣缽導致瓷土大量浪費有關。

傍晚時，邵先生帶我去拍寶石山上的抱樸道院，那是東晉葛洪煉丹的地方，進山門不久，有塊「流丹千古」的大石，道院的額匾上書「晉代名院」四個大字，比國清寺的「隋代古剎」更讓人肅然；我在門口看到香爐後的台壁上一個印刷體的「道」字，就不想買票到裡頭參觀，「專家」努力還原出來的景沒什麼好看。下山時邵先生說起他之所以會想背詩詞的原因，是因為受了他那位會背白居易〈琵琶行〉的同學刺激，他曾經想要把李白的〈將進酒〉背下來以示不差。

我說：就算你把〈將進酒〉全背出來，你同學可能會說〈將進酒〉沒有〈琵琶行〉長。邵先生說：有位英國數學家寫過一本書，名叫《不等式》，妳知道嗎？我聞得出北大人又在驕傲了！我搖搖頭。

邵先生說：這位數學家從不等式的角度引出「微分學」和「積分學」，如果有人也把不等式引入政界，那政治家大致可分四個等

級：初級為講理的，中級為不講理的，高級的為不要臉的，特級的為不要命的，近來有人已修練到第三層，功夫算是相當了得，打敗天下無敵手，假如再去掉人性，不管百姓死活，手段再無情一些，歐陽鋒也打不過。

　　我暗自竊笑，知道他在笑話我們台灣某位「人物」，故意說：你罵誰啊？

　　邵先生說：被罵的人不一定都是該罵的，魯迅在〈紀念劉和珍君〉一文中罵過兩個人，楊蔭瑜和章士釗，前者為北京女子師範大學校長，後者為北洋政府教育總長，大陸中學生的語文課本裡收有魯迅此文，在學子心目中，這兩個人都是壞人；楊女士出於安全考量，不贊成女孩子上街，希望她們好好讀書，她早年留學日本，會說一口流利的日語，抗日戰爭時期，她回到老家蘇州，有一天晚上，見到一日本兵追趕一中國女孩，試圖強暴，她立刻衝上前用日語大罵日本兵，日本兵見此老婦人如此大怒，日語如此流利，不知何方人士，於是垂手而立，據楊的姪女講，楊多次為老百姓與日本人及汪偽政府交涉，後被暗殺，屍體被拋在蘇州的一條小河中。毛主政大陸後，每月從自己的收入中，拿出相當數量的錢，大約是大學畢業生工資的七、八倍給章士釗，感謝他當年的幫助，事情是這樣的，五四運動後，有志青年紛紛出國，找尋救國方法，出國是要錢的，毛當年也想出去，這位章先生拿出兩萬大洋資助毛，後來毛沒有出國，原因是毛認為要救中國，先要把自己的國家研究透，於是聽了胡適之的話，到湖南去辦自修大學，這筆錢就幫助其他去歐洲留學的人，毛一定用別人不知道的方法資助了這幫留學生，留學生當中如果有人知道的話，一定會在回憶錄中提及此事以表感激，當年留法、德、俄各國的學生，有些是很有名望的人士，如周恩來、鄧小

平、朱德、李先念、蔡暢等，奇怪的是沒有一個人提到資助的事，所以最合理的推測是：毛用公家或不讓本人知道的方法幫助了他們，兩萬元可不是一個小數目，毛在北大圖書館工作，每月才八個大洋，那些留學生，有愛國心的回來了，也有圖一己幸福不回來，或者回來後投靠國民政府，做高官去也。

我說：就我所知，林語堂、陳之藩、李敖，都曾寫文章感謝胡適對他們的資助，胡適曾說幫助有為的年輕人，是他在人間一本萬利的投資，根本不要求回報，毛每個月八個大洋的薪水，真正受過他幫助的怕不敲鑼打鼓要全世界的人都知道，沒半個人說受過他的幫助，這其中大有文章！

邵先生說：這文章就留給日後有興趣研究毛大人的人去做，當時書店裏堆放著許多毛的書，買的人很少，但是機關團體來定購的很多，人手一套，一家三人有工作，就有三套，有時還拿他老人家的書作獎品，毛有稿費收入嗎？「四人幫」被打倒後，按慣例要對四個壞份子王洪文、張春橋、江青、姚文元的品行進行批判，因為在政治上反動的人，在生活上也一定不是什麼好貨，這是定論，如同數學上的公理，所以在革命群眾心目中，我的品格一定很壞，沒有被打倒時，領導人的品德是不能懷疑的，如果懷疑，那是「大个敬」，誰敢懷疑誰倒楣，提到江青時，部裏向大家讀檔的人是如此說的：有一次江青向毛主席要三萬元，買進口的攝影器材，吵得很凶，毛主席都被她氣哭了，最後從稿費裏給了她一萬三千元，讓偉大領袖生氣，而且氣到流眼淚，這在當時的革命群眾看來，是一種很壞的品行，思想反動的我，認為老婆吵著問老公要錢買喜歡的東西，算不了什麼劣行，「聖人」流淚，多少還顯示也有點兒人情味。客觀而論，江青的攝影水平相當不錯，她拍攝的〈盧山仙人洞〉在

報上刊登過，的確很好，「外國貨是貴，但東西好，你老傢伙那麼多錢，死了又帶不走，給我買為何如此小氣？」江青心裏也許如此想；江青不僅會攝影，而且模仿毛的字體也很像，她還會寫詩：「江上有奇峰，鎖在雲霧中。尋常看不見，偶爾露崢嶸。」看似寫景，實為「人格」表白；毛有稿費收入，數目不小，當時國家行政工資級別分二十四級，最高一級工資五百元，毛的級別應是一級，但他主動說要二級，四百多元，我們大學畢業生是五十六元，當時給江青的一萬多元，相當現在的一百多萬，毛的稿費總共有多少？不清楚，這涉及到個人隱私，不該問；有些人做了好事不願留下名字，毛是否屬於此類善心人士，有沒有把稿費捐贈給孤兒院？不清楚，蘇共中央高官死後的墓葬地多集中一處，勃列日涅夫、契爾年科、安德洛波夫，三人先後擔任蘇共中央總書記，其墓碑依次排列，墓碑上有他們的塑像，前兩個塑像被人破壞了，安德洛波夫的完好無損，還有人私自另外塑一個安德洛波夫銅像，立在墓地上，安德洛波夫生前還是 KGB 的頭頭，他拿的工資要求和其他的政治局委員一樣多，不時把工資捐贈給孤兒院，前兩位頭像被敲掉的總書記，平時喜歡打獵開外國名牌跑車，看來不管古今中外，老百姓心中有桿秤，喜歡誰不喜歡誰，黑白分明！史學家的目光往往不同於一般老百姓，這也無可厚非。

　　我說：董狐要是活在現代，不知會怎樣寫文革那段歷史。

　　邵先生說：今日之域中，再無董狐也！蔣主政大陸時，眾多民主黨派人士，在批判社會弊端上十分活躍，幫了共產黨不少忙，四九年後，毛取代了蔣，在管理國家上自然遇到許許多多問題，遇到現代社會的「新問題」，社會弊端不可能因為有了新主人而煙消雲散，民主黨派中不少人繼續「嘀嘀咕咕」，號稱第二號大右派羅隆

基就不無諷刺地說過：「現在是無產階級的小知識份子，領導小資產階級的大知識份子。」自喻是大知識份子的他，是畢業於哈佛的政治學博士，毛畢業於培養小學教師的師範學校，這種嘲諷是十分低俗無聊的，此話就此傳開，如果林肯聽見了，他不會介意，據說有位議員當著眾人面，提醒其父是修鞋的，林肯說：「你說的沒錯，我從小跟父親學修鞋，如果你們的鞋壞了，我可以幫你修，但沒我父親修得好，我很敬佩我父親。」林肯後來任命該議員為陸軍部長，他只為國家做事，不計個人恩怨，如果換了史達林會是如何？大概把羅隆基拉出去槍斃，毛不同於他們，毛說右派和我們之間的矛盾是敵我矛盾，但按人民內部矛盾處理，把他們放在群眾之中，當作「反面教員」，孤立他們，只准他們老老實實，不准亂說亂動。羅隆基的晚年，只和一些同樣處境的右派來往，在淒涼的北京家中去世；我在學校裏也十分孤獨，同班同學不和我說話，看你的目光讓你感覺到他們是如此鄙視你，我的初戀女友曾勸我：「我們去農村教書，離開北京吧！」我搖搖頭，我珍惜在北大讀書的機會，愛情可以沒有，友誼可以不要，求知是我生存下去的理由跟手段，我要讀書！和我一樣淪為右派的朋友勸我偷渡，離開大陸，我不願意，有人說：「沒有苦難的人生是蒼白的。」自那時開始，我只為自已的感覺而活，我不能在乎別人對我的感覺，我只想遠離政治，在舞臺下靜悄悄地觀察。

　　我一陣難過，在台灣，沒有像邵先生這麼愛聊、能聊的朋友，愛聊天的人卻必須學會「閉嘴」，而讓他「閉嘴」的毛大人，到底有何通天本領？

　　邵先生似乎讀出了我的眼神，接著說：四五年抗日勝利，接著國共開戰，四九年蔣敗走台灣，毛自已都沒想到勝利如此快到，蔣

早年畢業於保定軍官學校，後來又留學日本，但就打不過毛澤東一介書生，毛有句名言：「從戰爭中學習戰爭。」毛不怎麼相信科班出身的軍事家、科學家，只相信群眾運動，他認為科學研究工業生產，也可以搞「人海戰術」、「大煉鋼鐵」、「全民煉鋼」，把鐵門拆了，把鐵鍋軋了拿去燒煉，都是他的偉大「發明」，可悲的是他身邊的人不是幫他出主意，而是猜測他老人家心裏有什麼新花樣，順著他的意思去辦，博得他的高興，藉以得到提拔，人一到了權力的最高點，聽到的只是讚歌，不再有批判的聲音，毛提出了理論，身邊的高官就努力去製造現象，以證明毛的理論是正確的，「農業學大寨」（按：指農業要模仿陝北農村的梯田）就是一例，這是成功還是悲哀？毛的老戰友陳雲因此說他「建國無方」。

我說：「建國無方」？這可是從根本上否定了毛大人的能力，在我們那兒，良心還在的「公僕」，通常是會「萬方有罪，罪在朕躬。」承認自己無能，引咎辭職，大環境的「建國無方」，會給老百姓帶來多少的「悲莫悲兮生別離」啊！

邵先生說：那種「人間悲劇」，在蔣去臺灣時達到最高點；我在幹校時，有一天在集市上，遇到一位嫁給當地水電站工程師的婦人，她問我：「聽說你們要走了？」「是的，部屬的幹校都要集中到修武去。」「你們走了，好像沒有了親人。」說到此，那女人流下眼淚，咽咽嗚嗚哭了起來，我聽人傳說過她的一些身世；四九年以前，她的男友是個軍官，去台灣時沒帶她走，給了她一些值錢的東西，像她這樣身世的人，部裏還有不少，嫁人吧，她看得上眼的，可能會對她那段歷史有顧慮，那個年代的中國人，對女子第二次結婚通常頗為歧視，找一個社會下層的人結婚，她又不甘心，如今也近五十歲了，經人介紹，當地水電站有個工程師，喪偶，留下三、

四個已長大的孩子，這門婚事就成了，七五年發大水，她捨不得那些家財，尤其是她新婚做的那些好看的傢俱，她不相信有危險，當水沒過大壩時，大壩就如酥餅一樣垮了，她和她的財產一起被水捲走了！全國各地有許許多多這種沒有鋼筋混凝土的土壩，臨水的一面是不透水的水泥砌成的，小角度的壩面，另一面沒有水泥，所以當水沒過大壩時，一下就垮掉，壩的一端有瀉洪道，由於平時檢查制度不嚴格，當危急時刻要啟動閘門時，閘門拉不上來，很多人親眼看過水電站大壩瞬間消逝；幾百年來，居住淮河流域的百姓，常要面對水災，毛大人很重視水利建設，他老人家心裏難過，決心要根治這條害死老百姓的河，他提筆一揮：「一定要把淮河修好！」人們把他寫的字刻在碑上，豎立在淮河的堤岸上，可不知什麼原因，淮河總無法修好，築壩發電這件事，毛大人很有興趣，從水利學的角度看，不是在所有的江河上都可以築壩修水電站的，比如黃河，水中泥沙含量太多，不宜築壩發電，毛大人不聽從水利專家的話，在劉家峽請蘇聯專家築壩，結果水電站大壩泥沙無法清除，電也發不了，有些搞水利的學者為迎合上司，就由著這些不懂科學的高官亂修水壩，水壩一垮，被水捲走的，都是來不及逃的老百姓，那些水壩落成時剪紅絲帶，笑瞇瞇的首長們，安然無恙，只是在看報時知道此事，七四年河南發大水，水退後的情景太慘了！部裏有工人去清理，他們有紀律，上頭說看到的情況不准外傳；動機是好的，辦的事，結果不一定好，北京有個十三陵水庫，五八年動員了幾十萬人去義務勞動，上自毛大人，下至一般百姓都去了，當時剛被戴上右派「桂冠」的我也去了，壩築好了，雨季過去了，流入的水不知去向何方，根據地質勘探，這是一個石灰岩的地層帶，不能聚水，這樣的工程事前要有科學論證，要聽取專家意見，但是科學家不敢

說，怕受到迫害；清華大學教授黃萬里在修建「三門峽水壩」，因和蘇聯專家意見不同，被說成反蘇，打成右派，事實證明黃的見解沒有錯，科學家的意見不一定對，但要讓他們說，不要和政治立場做聯繫；一般而言，被打成右派的知識份子都是有獨立見解，智商不低的人，其中不少堪稱菁英，反右以後，沒有人敢說真話，其實開國之初，毛需要許許多多如魏徵那樣敢直言的人，有些不懷好心者，藉故攻擊也很自然，但因此斷了言路，才真是因小失大；勝利使他們驕傲，驕傲使他們失去了朋友，毛對現代社會的瞭解太少，他的「人民公社」就是一個大倒退，農民都不願勞動了，養幾隻雞都被說是「資本主義尾巴」，晚年的毛大人思想不正常，為什麼不能阻止他？因為共產黨內沒有民主，鄧小平提出要進行政治改革，你們台灣人只會說我們愛小鄧不愛老鄧，你們錯了！老鄧是中國民主的第一聲，雖然發生了「六四事件」，大陸知識份子對鄧小平的歷史作用，鄧對中國社會走向的影響，還是充分肯定的，說到小鄧，我所認識的朋友中沒有一個不愛聽她的歌，那種用老毛的語錄，編寫出來的歌真是難聽，這麼多年來，老百姓是不得不聽，不能不唱，妳想想那有多難受！當一聽到〈甜蜜蜜〉、〈路邊的野花不要採〉、〈何日君再來〉這些歌曲時，心中的感覺，猶如一個人從烏煙瘴氣的地下酒吧，突然來到了香格里拉，呼吸到清新的空氣，哦！太舒暢了！太舒心了！她的聲音甜美溫柔，歌詞充滿柔情，多年來我們渴望這種聲音，這種旋律，還有那親切友好的笑臉，妳別笑話，我很喜歡很喜歡看鄧麗君那張笑嘻嘻的臉，稚氣得像個孩子，太可愛了！我看過她的一張光碟──〈十億個掌聲〉，對她含羞幽默，平易近人的台風十分欣賞，她怎麼就死了呢？才四十多歲！人們內心

對愛的渴望，對美的追求，這種人性中固有的成份，是很難洗掉的，就連共產黨也無能為力！

我見邵先生的眼睛有些濕潤，我想是鄧麗君的歌聲，正確地說，是小鄧那張無人不愛的娃娃臉，觸動了他的某根神經，我急忙轉移話題。

我說：三國時代，最膾炙人口的政治術語——合久必分，分久必合，就跟黑格爾的「異化」觀點一樣，事物的發展遲早會走向自身的反面，共產黨確實該給鄧小平一個全稱：「偉大的小平同志。」

邵先生說：在中共黨史上，第一個提出「毛澤東思想」的是劉少奇，當時為第七次代表大會，在那次大會上，劉因此被毛欽定為接班人，像劉這樣的高層領導成員，最後都不能用黨章憲法來保護自己的合法權利，真讓中共黨內的有識之士深思，深受其害的鄧小平可說是他們的代表，他終於站在「高處」說話了：「實踐才是檢驗真理的唯一標準」，沒有在大陸長期生活過的人，很難理解此話的深刻含意，毛說過的話未必都錯，但是拿他的話作為真理的標準，就很荒唐了！如果說伽利略在比薩斜塔上做的自由落體實驗，推翻了亞理士多德「理性思維」對歐洲思想界的統治，那鄧小平的這句話，就把毛的話就是真理，這個套在大陸老百姓頭上的緊箍咒解除了，最初提出這個論點的人不是鄧小平，是一位畢業於北大哲學系，在南京大學教書的老師，但沒有鄧小平的肯定，大陸的中國人也許現在還站在馬路邊，爭先恐後地高喊：「皇帝的新衣好好看哦！」自然界的演變，人類社會的發展，都不能避免有過渡期，過渡期一定精彩也一定痛苦，也許還很荒誕，從延安時代開始，周揚就是中共主管文藝界的高官，毛叫他修理誰，他就修理誰，當他整人時，明白被整之人很冤枉，他也有惻隱之心的時候，但作為毛的一個打

手，無可奈何舉起的大棒不能不落下，馮雪峰、丁玲、陳企霞，還有早期的「胡風反革命集團」，許許多多僅僅是因為一些不同見解，就弄得人家妻離子散，如果規定你只能說好話，不能批評，你還有說話的意願嗎？以前人們很討厭周揚，但看了他寫的這篇文章，一條醒悟了的，不再咬人的狗，知道他的無奈和苦衷，事過境遷也就諒解了！

我說：除了鄧小平之外，毛身邊的人後來總有不堪於被玩弄的吧？

邵先生說：毛雖然把他的反對派趕出政治舞臺，誰來代替？他明白跟隨他造反起家的那些「造反派」素質太差，不堪予以重任，只能起用那些被打倒的，包括鄧小平在內的「走資派」，這就註定了他的失敗，如果說蘇聯的計劃經濟已呈現衰敗景象，毛只搞意識形態不問經濟的做法，更是荒唐的開歷史倒車，「四人幫」的主人毛一死，江青一夥立刻就完了。

我說：不問經濟，只搞宣傳，說好聽是宣傳，說難聽是欺騙，說蔣介石不抗日，就是「宣傳」。

邵先生說：經濟恢復，快速發展，這都不難，馬克思、列寧主義對中國人的影響，加上文化革命對中國人的傷害，或者說中國人的價值觀念到底變成了什麼樣，共產黨從出生一刻起，就不怎麼說實話，老是搞宣傳，大陸老百姓絕大多數以為國民黨不抗日，蔣介石賣國，只有共產黨打日本鬼子，全都是宣傳的「效果」。

週四爬寶石山跟邵先生認識後，今天是第四個晚上跟他到蘇堤聊天餵蚊子，我說剛來杭州時，晚上七點多一個人騎腳踏車都會害怕遭遇不測，現在是不過十點不會回飯店，越來越感到自己像杭州人了！邵先生聽著旁邊張藝謀主導的「印象西湖」，有歌手在唱歌，

誇說自己的歌聲還不錯，馬上唱起了劉半農的〈教我如何不想她〉，聽著他把劉半農歌裡的「四季」唱完，我心想：再兩天就要暫時離開西湖，跟他相識，雖不是在斷橋遇雨時，再多的「暗示」都不能當真。

教我如何不想她

昨天跟劉老師說，為了不讓問我是誰的「貴客」，再度懷疑我是「特務」，我決定主動向他問候：「將軍早！」劉老師說「貴客」的反應一定會很好玩；一早到大廳，「貴客」的隨從早坐在沙發上，我跟這位解放軍道完早，忍不住先自報家門，我說：「來接將軍的吧？你可以跟他說，我是從台灣到浙博來學習，教書的，一大早在這裡寫稿子。」他說：「在寫博士論文啊？」大概是自古以來，「文史不分家」的親切，他問我是研究哪方面的，我說是唐代佛教，他說：那很厲害啊！胡適唯一不敢寫的就是宗教史啊！我忙說不敢當；他是學近代歷史的，我問他學歷史怎麼會去當軍人？發覺還真問了個蠢問題，他說解放軍也需要各式各樣的人才。這位學近代歷史的解放軍，說大陸的近代史分為三期：1894年鴉片戰爭；1911年革命建國；1949年獨立建國，我對近代史才剛要「起頭」，將軍拎著公事包出現了，解放軍馬上迎上前接過公事包，將軍面無表情的看了我一眼，我對他微笑頷首，解放軍轉身對我點頭表示再見，我回神一想，不對啊！我跟解放軍說我在寫稿啊！他剛才怎麼會問我：「在寫博士論文啊？」難道那位將軍昨天晚上已經忍不住了！把我們這團人全摸清底了，特別是我？

連日來看王老師穿紅色T恤，我不敢說他的打扮看起來就像台灣前陣子上街頭抗議阿扁的「紅衫軍」，今天看他換了褐色上衣，忍不住開他玩笑：「在台灣，有三種男人會穿紅衣服，一是色盲；二是文盲；三是流氓。」他說：「我是老流氓！」接著跟我解釋瓊

瑤小說裡有個叫朱思堯的，自稱是「老流氓」，他說自己的行事風格跟硬幹到底的朱思堯很像；我心裡暗笑：國中時我曾經是瓊瑤迷，沒想到現在大陸的知識份子似乎也在迷瓊瑤。

傍晚見邵先生，他邊走邊說笑：「有一個人說，被關的時候，最能感受到時間的漫長。旁人說：不對，跟丈母娘同住才真叫時間漫長。」我不敢問他那位到他家暫住的，有三個「代表」頭銜的親家母，是不是讓他感到長日漫漫。今早跟劉老師說昨晚有人在西湖邊對我唱〈教我如何不想她〉，她說：「這兒人把妹怎麼還這麼老土啊！」到功德林吃晚飯時，我把這話告訴邵先生，還跟他解釋「把妹」是何意思。

等菜上桌時，我話匣子一開，說到年輕時在台南一中的教務處當工讀生，台南人的熱情，一向是我思鄉時最引以為傲的部分，教務處的同仁都對我很好，那一年日子過得特別快樂，讀書的猛厲程度，不輸給那些晚上在紅樓自習到淩晨的應屆生；我晚上經過紅樓前的荷花池，常碰到李校長（李安導演的父親），有次晚上十點左右，聽到在紅樓外，有書讀一半出來透氣的學生唱〈教我如何不想她〉，這是我第一次聽到這首歌；我們主任是教國文的，是個浪漫的文人，每天走路到校上班，我這個工讀生經常比他還晚到，有一次我興奮的跟他說，我在大門口樹下撿到沒有被學生掃走的紅豆，跟著就對他吟起了王維的〈相思〉：「紅豆生南國，春來發幾枝？願君多採擷，此物最相思。」從那以後，早到辦公室的主任總會在大門口的樹下，搶救到幾粒相思豆送給我，顏色至今仍未變；還有一位管成績的先生，老說要介紹他讀醫學院的兒子給我認識，那年頭南一中考上醫學院的人數經常是全台第一，那位先生描述完他優秀的兒子後，總不忘加上：「校長的兒子是讀藝專的」，我從來都

只微笑不作聲；李安的電影一部部推出後，我在課堂上跟學生說到李安在紐約攻讀電影的辛苦，總不忘提到：深夜還在校園巡視，關心學生讀書情況的李校長，是真的懂「教育」，知道要尊重孩子的興趣，若趕著讓兒子當醫生的時代浪潮，台灣就會損失一名「國寶」。

吃完飯後我建議到蘇堤，原因是：夜晚的西湖人太多，要走累了，蘇堤那兒椅子多，對我被網球折磨了二十多年的膝蓋會比較好。

邵先生說：在劉半農以前，「他」這個字是男女通用，自從劉半農寫了〈教我如何不想她〉之後，「她」就開始被男人用來稱呼心儀的女性了；〈教我如何不想她〉曾經讓許多大陸年輕女性為之瘋狂，長相「平凡」的劉先生有次到北大演講，萬沒想到在演講完後，〈教我如何不想她〉竟被改為「教我如何再想他」。

我說：誰這麼不厚道啊！

邵先生接著說：劉半農先生有次大概是出入學試題，題目是：「試論項羽拿破侖」，學生答：「楚霸王垓下一戰，馬死戈斷，項羽力大無比，於是拿起一個破車輪，又奮力肆殺，真英雄也。」另有一題「名詞解釋」，題目為「眾寡懸殊」，學生可能心想：眾者，多也；寡乃老公死掉的女子，「寡婦」是也；懸當然是吊在空中的意思；歹字做偏旁，有死的含意，學生的答案是：「寡婦們集體上吊」。劉教授把學生的答案卷跟同仁們聊得很開心，這樣的學生妳敢錄取嗎？我是一定錄取，能這樣思考的孩子，其智商一定不低。

我想：考卷是中文系老師改的，不會錄取的原因是認為該生國文能力太差，而非智商不高；我想起昨天邵先生談到鄧麗君當年表演時，與主持人的幽默對答，說起大陸同胞「只愛小鄧不愛老鄧」的經過，實在是佩服他的記憶力以及說故事的本領，忍不住問他保持記憶力的秘訣是什麼？

　　邵先生說：不喝咖啡跟茶，最重要的，要午睡，就是到了幹校，勞動改造時仍然要多睡午覺，原因是：領導成員都會午睡，我們應當和領導保持一致；公雞啼叫是在清晨，那是成熟的公雞，一隻尚未成熟的見習公雞，不是這樣，他們通常在中午練習發聲，我的「小套房」孤零零位在雞場後面，每天中午總有幾隻青少年公雞，到我的窗口來練習發聲，聲音不大，剛迷迷糊糊睡過去，就聽見那難聽的叫聲，非常討厭；據我觀察，公雞叫時頸脖子會先向前再向下伸，而後慢悠悠的把頭舉起，伴隨著這個動作，聲音由低往高，仔細聽去也是有節拍的；在動物世界的鳴叫聲裏，或許代表著一定的地位，但讓我睡不著，我就要禁止牠叫，禁止牠在我窗前喧嘩，可惡的還不止這一點，公雞發聲時喜歡棲在高處，我窗前有一高枝，青少年公雞們就棲息在那裏，每次啼鳴伸長脖子時，一隻雞眼睛正好對著我，好像對我說：「你能把我怎麼樣？」是可忍孰不可忍，我起身快步到窗前把牠們趕走，剛睡下迷迷糊糊時，可惡的公雞又把我吵醒，怎麼辦？用石頭扔，哪裡扔得到！邵某人畢竟來自未名湖畔，自覺聰明非常，十八般武器雖一樣不會，但小男孩應當精通的各種手藝，全都不在話下，我用小時候瓦片在水面上飛飄的高超技術，一片片向那幾隻罪大惡極的公雞飛去，果然不出所料，一隻雞的腳被擊中，停了下來，我飛奔而至，一提手就給牠一耳光，打一下問一聲：「還叫不叫？還叫不叫？」其他幾隻在遠處觀望，可能還搞不清楚狀況，全都不敢過來救援，有趣的是，從此以後，中午就沒有雞敢在我窗前鬧了，看來雞也是能思考的；我想這幾隻雞在一起時，那隻被我修理過的雞，可能會跟牠的同夥如此議論：「這個瘋子，我們練習發聲，關他什麼事？還打我！你們不也大鳴大放嗎？你們領導人一發表談話，不就又是遊行又是放鞭炮，萬歲萬歲喊不

停的嗎？而且都在夜裏，吵得所有雞鴨貓狗都無法睡覺，我們有過什麼表示了嗎？你們人類真太不講理了！就喜歡吵架、對罵、廝殺，你看見我們雞殺雞的嗎？有看見一群雞組織起來，去欺負另一隻雞嗎？你們人啊，有了一些知識，就幹卑鄙齷齪的勾當！難怪你們自己也會互罵「畜牲不如」！唉！強權就是真理啊！跟人類真正沒法講道理，算了！咱們到別處去吧！」後來我問養雞的工人，有沒有看見走起來一拐一拐的雞？她們說沒有，我也只是想教訓牠一下，不想讓牠終生殘疾。

　　我早就笑到按肚子了，沒想到他為了睡午覺「養生」，竟然還會有那麼「通靈」的想法。

　　邵先生繼續說：如果說我是個「偽善的雞道主義者」，我再講一個「殘無雞道」的故事給妳聽。總部有一對夫妻，丈夫畢業於南京工學院，研究水泥；妻子畢業於清華建築系，研究房子，房子沒有水泥建不起來，不建房子水泥也沒有用，無論從外形還是就內涵，他們堪稱最佳搭配，秦先生不娶袁女士會一世遺憾，袁女士不嫁秦先生會遺憾一世；有一天，袁女士買了一隻小公雞，想養些日子，長胖一點再吃，午餐後，秦兄要午睡，這隻小公雞和被我修理過的那隻一樣，中午要練習發聲，選好地方後，伸長脖子叫了起來，秦兄聽到這種叫聲，立馬「怒髮衝冠」，問是哪來的雞叫？袁女士如實回答，秦兄穿好鞋，立刻向小公雞衝去，要知道徒手抓一隻自由的雞並非易事，秦已經三十好幾近四十，平時不喜歡運動，背後大家叫他秦老夫子，脾氣很好，屬於溫文爾雅那種類型，就是見到我這樣的右派，也客客氣氣，從不趾高氣揚，他太太是外單位的，知道我的背景身份，見面時也同我說說話，不怕被人指責立場不穩，學建築的都懂美術，我就曾向她請教如何欣賞拉非爾・提香的油畫；

秦抓雞時我正好路過，我看呆了，一個平日裏走路都四平八穩慢悠悠的人，突然發了瘋似地狂奔了起來，那隻雞也嚇呆了，東西亂竄躲到樹叢裏不動了，秦老夫子一手抓住雞翅膀，一手抓住雞頭，喊著：「我讓你叫？我讓你叫？……，」說的同時不斷擰轉雞頭，還使以拉力，沒有幾秒鐘，雞頭就離開雞身，血一滴一滴……，我快步往回走，人在失態時是不願讓人看到的，後來我把經過告訴丁，二人大笑！再後來我們遇到秦太太，說起此事，又開心了半天，秦太太說那一天秦先生真的生氣了，她說：「我從來沒看見他這樣生氣過。」

我說：你在幹校遇見這麼多有趣的人，該有一起培養出「革命情感」的人吧？

邵先生說：有啊！前些天跟你提到的老丁，聽懂我說《欽差大人》的那位仁兄就是。

除了唐代，我真的所知不多，我不恥下問：「《欽差大人》是哪國的作家寫的？」

邵先生說：《欽差大人》是十九世紀俄羅斯作家哥戈理的小說，諷刺小鎮上一幫魚肉老百姓的官僚，錯把一位過路的花花公子當作沙皇派來的欽差，那本書非常有名，就如同「四人幫」剛倒臺，上海市府一些人，包括副市長在內，錯把一個回城的知識青年當作國防部某副部長的兒子，託他開後門辦事幫忙的人，多得數不清，副市長的女兒還主動和他談戀愛，結果「真相大白」後，這青年被上告法院，法庭認定他犯了詐欺罪，他為自己辯護：「我沒有說我是李某人的兒子，是他們誤認為我是他的兒子，東西都是他們主動送來的，假如我是李副部長的兒子，我做的一切就沒有罪了嗎？」作家沙葉新據此案件，寫了一齣話劇〈假如我是真的〉，演出時場場

爆滿，轟動全上海，這不是在給政府官員的臉抹黑嗎？不久就遭到禁演。

　　回飯店看到大廳全擠滿了人，原來是團員剛把在大陸買的書裝箱、稱重完畢，貨運行的人才剛搬走，聽說來收書的身上還有酒味，竟然連磅秤也沒帶，劉老師還要出去買，全部人從六點折騰到十點，淳說：「妳在西湖邊談戀愛，我們整晚都在這兒打屁聊天。」我不好說冤枉，我真的好久沒跟人聊這麼開心了！

西子湖畔的「中國人」

明天起就要暫別西湖，五點十分，我把腳踏車騎到浙博的車棚放，車是我要送給浙博的，請王老師幫忙處理，浙博緊鄰浙江西湖美術館，我一看門是開著的，警衛室沒人，車放好走出來時，看見穿制服的正躺在美術館前的台階上睡覺，這樣子的圖「涼快」也真讓人捏把冷汗。

繞到浙博門前的西湖邊，回身看浙博大門，這處待了大半個月的地方，我突然有股「青青校樹，萋萋庭草。」的別離「母校」之感，不忍再駐足流連，我開始信步瀏覽四周的風景；大清晨的街道上沒什麼車，車道被清晨慢跑的人，不分順向、逆向給佔滿了，沿著西湖慢跑的全是中老年人，其中還有畫了濃妝的中年婦女，所有人跑步的速度，讓我懷疑他們都是退休的國家運動員；船夫小史曾說，西湖每天清晨都有中老年人晨泳到六點多才被趕上岸，西湖在一早成了「運動公園」，這樣子的「全民運動」，世界上大概找不出第二個。

西泠橋連著大馬路，讓孤山不孤，要從熙來攘往的馬路快速親近西湖，走西泠橋是最快的捷徑，西泠橋左邊的荷花面積不亞於「曲苑風荷」，應該是西湖之冠；今晨有雲，西泠橋上駕滿了攝影機，全在捕捉西湖的日出，想到上週四清晨坐船遊西湖，看著蘇堤的曉日，遠不如西泠橋的好看；我逛到西泠橋邊的「六一泉」，底下還真的有泉水湧出地面，在小徑上漫開來，「六一泉」是有關三個男人的故事；北宋熙寧四年（1071），高僧惠勤在孤山講經，蘇東坡

將任杭州通判，經由歐陽脩的推薦結識惠勤，惠勤與東坡常一起品茶論文；元祐四年（1089）東坡任杭州知州時，歐陽脩與惠勤已相繼去世，為了感念這段友誼，東坡建了石亭，恰好有泉水湧出，便以「六一居士」歐陽脩的「六一」為泉之名。石亭上的題字早已磨滅，宋代文人中，朋友最多，該得最佳人緣獎的蘇東坡，寫給弟弟蘇轍的〈水調歌頭〉：「但願人長久，千里共嬋娟。」〈念奴嬌〉一詞寫道：「多情應笑我，早生華髮。」越是多情的人，是越害怕寂寞，要看杭州的東坡，得到蘇堤邊的「蘇東坡紀念館」，裡頭有關東坡的文物雖沒黃州赤壁來得多，但西湖的東坡，其寂寞懷抱所寫下的千古文章，撫慰了後代一顆顆孤落的靈魂，在文學上，這應是東坡之能成為「居士」代表的原因。

西泠橋頭，是南齊錢塘名妓蘇小小的墓，圓墩墩的墳頭就安在「慕才亭」裡，蘇小小有詩：「妾乘油壁車，郎跨青驄馬。何處結同心，西陵松柏下。」「慕才亭」上頭刻滿了後代男人盛讚小小詩的作品，武則天的御用文人權德輿，其〈蘇小小墓〉：

萬古荒墳在，悠然我獨尋。寂寥紅粉盡，冥寞黃泉深。
蔓草映寒水，空郊曖夕陰。風流有佳句，吟眺一傷心。

權德輿應是會疼惜女人的，特別是既聰明又有文采的女人；被杭人稱為「白舍人」的白居易，〈杭州春望〉一詩云：「柳色春藏蘇小家。」在他心裡，蘇小小是與西湖諸妓無大差異，劉禹錫曾把這句詩告訴白居易的好友元稹，寫道：「女妓還聞名小小」，或許白居易早就替西湖諸妓中的一人取名為「小小」，蘇小小若地下有知，不知會不會抗議。

　　唐代詩人中最愛蘇小小的，要算張祜，張祜曾在蘇小小墓上
題詩：

　　漠漠窮塵地，蕭蕭古樹林。臉濃花自發，眉恨柳長深。
　　夜月人何待，春風鳥為吟。不知誰共穴，徒願結同心。

墓旁的花態柳情，全成了蘇小小眉間臉上的寫照，後兩句可以看出
張祜認為蘇小小與情郎結同心之舉，是真傻得可憐，生前的千萬般
恩愛，當大限來時，也只化作清風一縷，張祜是小小的知己，不僅
在墓上題詩，還就蘇小小的詩，另和三首〈蘇小小歌〉：

　　車輪不可遮，馬足不可絆。長怨十字街，使郎心四散。
　　新人千里去，故人千里來。剪刀橫眼底，方覺淚難裁。
　　登山不愁峻，涉海不愁深。中擘庭前棗，教郎見赤心。

張祜言「郎心四散」，蘇小小淚眼難裁的同時，還以棗心赤色，諧
義「教郎見赤心」的雙關語，我想唐代來過西湖，看過蘇小小墓的
文人，再沒有比張祜更能體會蘇小小的愛與恨。

　　白天人多，經過蘇小小墓時常看見小男孩在她的墳頭溜來滑
去；早上人少，卻看見慢跑的老男人經過時猛力一拍她的墳頭，看
得人真想衝上去說兩句；蘇小小墓與「鑑湖女俠」秋瑾的塑像各在
西泠橋的兩岸，同在西湖邊，或許在文物保護局眼裡，蘇小小對愛
情的執著，是遠遠比不上秋瑾對家國的奉獻。

　　今天是浙博最後一天的課程，上課之前，王老師說晚上李館長
要請大家到浙博旁的「樓外樓」餐廳吃飯，問說志願參加的舉手，
沒一人舉手，我問譚姐為何浙博回請吃飯，大家這麼沒興趣，她說：
「上週我們請浙博的老師們吃飯，李館長的詩詞歌賦我們都不知如

何回應,大家不想去大概是因為這樣;妳讀中文的,一定能跟李館長有精彩的對話。」我說:「可我已經答應朋友要去蘇堤了!」王老師急得嚷道:「吃飯是『政治任務』耶!大家配合一下啦!我點到誰,誰就得去。」

中午回飯店趕稿,看到轉彎處有位缺了門牙的阿伯在賣水蜜桃,吃了杭州的水果快二十天了,我的心得是:比起台灣水果,大陸略遜一籌的是西瓜、梨子、蕃茄、水蜜桃,其他的不是我嘴刁,實在是不能比;阿伯說是自家種才剛摘的,一斤才賣兩塊錢,我買了七個,合台幣約二十元;我問他在這兒賣被「城管」(按:制服的顏色是水藍色的,跟協警很像。)抓到會被罰多少錢,他說兩百塊,我看他腳踏車後座各掛兩籃桃子,全賣光也頂多一百塊,他是趁著「城管」吃午飯休息時才敢來賣;我說我是台灣來的,阿伯馬上說:「台灣同胞好啊!」我沒問他台灣同胞怎麼個好法,只跟他說五點過後,「城管」下班了,我們的團員陸續回來了,可以再來賣!

研究兩岸政治的人,大都知道蔣總統跟毛主席曾經透過「密特」,談好要回大陸來當副主席,沒想到毛為了鞏固一己權力,自家人搞內鬥,他的翻雲覆雨手,十年文革讓大陸至今跟台灣仍有差距;蔣在台灣搞白色恐怖,讓知識份子寒心,我記得讀小學時,學校規定不准說閩南話,抓到要被罰錢,沒錢罰的要被老師打耳光;當了老師後,有台獨人士曾問我:「妳教中文,妳覺得妳是中國人還是台灣人?」我懶得答腔時,只會回答:「教中國文學跟我生長在台灣,這是兩碼事。」真有時間的話,我會跟他細說從頭:我的祖先葉公沈諸梁,曾跟孔子還有子路在一起說過話,貢獻了兩句中國成語:一是「近悅遠來」,二是「葉公好龍」,我們是以「葉縣」

為氏；最慢在五胡亂華時遷到河南，北宋蘇門四學士之一的黃庭堅，曾當過我們「葉縣」的父母官，最慢在明清之際移民到福建；來台灣之後，全村有百分之九十以上的人口都姓葉，我真想問：「你覺得我是中國人還是台灣人？」再有時間就談談「母語」的問題，漢代稱上車為「就車」；唐代管親戚叫「親情」；宋代稱買東西叫「交關」，全都用我的母語閩南話唸看看，誰能告訴我，我是中國人還是台灣人？

讓兩岸「相見不如懷念」，毛、蔣二人絕對難辭其咎；近代的執政者，就負責鬧笑話了！李登輝執政時，在一片對「破音字」的整頓改革聲中，把閩南語「ㄒㄧ　ㄅㄚ　ㄅㄠ　ㄚ」，「骰子」改為「投子」，早聽說大陸某地方的人，他們的「骰子」就叫「投子」，在深感好笑的同時，我也納悶著：中華人民共和國的簡稱不就是「中華民國」嗎？

這幾天只要我一打開手機，旁邊的人就會馬上故意說：「許先生來電啦？」譚姐說：「戀愛中的女人看起來氣色都很亮。」我仍然一天睡不滿五個小時，「亮不亮」對我來說不頂重要，重要的是，我還不確定是不是真的在西湖遇到「許仙」，但可以確定的一點是，遠遠瞅著我高談闊論的白素貞，鐵定是嫉妒的。

夜晚的西湖，拜開放之賜，坦露香肩與半露酥胸的女子眾多，鄺老說他前天打電話問兒子要不要娶杭州小姐，兒子一口回絕；眾多的乳溝妹讓盛夏季節的西湖「春色無邊」，比起台灣滿街的「股溝妹」，更讓人感到此景堪憐；杭州小姐在38度的高溫下還能保有傲人的皮膚，真該有個什麼「美容教主」的，以親身的保養例子寫書，造福全世界的女性，跟邵先生爬寶石山或夜遊西湖時，我都不

忘再三提醒他，西湖美女的香肩酥胸連我都「竟日看不足」了，杭州男人真是有眼福啊！

來杭州第二天就發覺沒帶夠能吸汗的長褲，去 ADIDAS 買了條休閒褲，回來一穿才知道我買了生平頭一件「露肚褲」，爬山時只好穿寬大的運動 T 恤遮肚，邵先生一看品牌，問我知不知道這是一句英語的簡寫，我搖頭說不知，他笑著唸道：「All Day I Dreaming About Sex.」接著說：「這是前幾年，一位台灣客人告訴我的，對品牌能作如此聯想，足以證明這位台灣客，真是那樣朝思暮想。」我第一次聽到 ADIDAS 原來是這個意思，自豪的感到這是台灣開放之下傲人的「創意」，只是不敢說出口；曾聽說文革之後，大陸的男女生談戀愛時，身邊隨時可能會有「眼線」跟著，兩人只要一親嘴，就會被罰五元。

傍晚請邵先生到蘇堤吃我準備的水果晚餐，我笑說團員都開始管他叫「許先生」了，他說：「不對！該叫我『白先生』，因為常唸錯音被妳糾正。」在跨虹橋上，一隻蟲子飛進我眼睛，我把手帕遞給他，請他幫忙把蟲子弄出來，在感到眼球一陣舒服的濕涼時，看到他往旁邊地上啐了一口，說：「對付進了眼睛的蟲子，要這樣才有用。」我佩服他聰明的果斷力，想到黎毓馨老師說過，在雷峰塔下的地宮挖到裝著阿育王塔的鐵函，掀開鐵函時有一隻蟲子飛來飛去，大家笑說那是白娘子變的；邵先生陪我逛了六天的西湖，白娘子的「地盤」該是在斷橋而非跨虹橋啊！

我說：你老愛給人取綽號，幫我取個綽號吧！

邵先生說：綽號是性格或特徵的外延，要取得可愛，讓當事人喜歡才好。在幹校時，有人幫一位女士取外號叫「臭蟲」，那真太侮辱人了！我剛到修武幹校時，聽人說到她，究竟叫什麼名字，沒

人關心沒人問；「臭蟲」有五十上下，不難看，年輕時一定很美，看著也覺「風韻猶存」，可她的確有些地方讓人討厭；男人看見漂亮的女人，都會願意多看幾眼，有事沒事說幾句話，此乃人之常情，如果有人這樣對待她，她馬上寫材料，告訴領導說某人「吃她豆腐」，意即性騷擾，共產黨對男女作風管得很嚴，尤其是對級別低的公務員，如果此人作風不正派，入黨提升都別指望！她常常這樣做，領導知道是怎麼回事，也就不追究，可她還依然照舊，不久便成了大家的笑料；她被分在菜園組，菜園組頭頭老黃，是個局級幹部，平常愛開玩笑，說話和氣，清早開工，老黃分配工作時，「老黃，你今天對臭蟲說話特和氣，她會不會有想法？」「她會不會去部裏告你？說你看上她了！」「老黃，臭蟲昨天晚在寫報告，小李看見的。」一片笑聲中，大家都很開心，這些話往往等臭蟲走遠了才說，有時也故意說給她聽；我不在菜園組，剛來時我去菜地找人，碰到她，就跟她問路，正說著話時，聽見老遠處有人喊：「少校當心！」其實她也是個可憐人，四九年前，她的男友是個飛行員，時局一變去了台灣，她後來嫁給一個工程師，婚後感情不好，這次下放，單位領導問他丈夫，有何困難和要求？一般人都會提出要求，和家人團聚，相互可照顧，她丈夫說唯一的要求是別和她下放在一起，而且不要告訴她自已下放的地點，夫妻之間到了這種地步，為何還不離婚？在當年，離婚是一件很困難的事，非等到一方坐牢，當了反革命、右派什麼的，領導總不同意離婚，那時候的衣、食、住、行，共產黨全都管，你結了婚，單位要給你婚房，就一間屋，但有廚房、洗手間；你離婚，要分開住，這不是給領導部門找麻煩嗎？能不離就不離，湊合著過吧！什麼感情、愛情，都是資產階級那一套！這種態度，完全違背了恩格斯「沒有愛情的婚姻是不道德的。」的觀

點，現在大大進步了，合不來就分手，離婚率上升，這是一種進步。有一次幹校組織去參觀「紅旗渠」，老百姓為了引水，開山挖洞，工程浩大，沒有先進的機器，就用簡單的工具和雙手挖，把幾百里外的水引來澆菜種地，中國的農民真了不起；我年輕，途中在車上沒有位子坐，就拿一把折椅坐在過道上，旁邊就是那位女士，那幫人又尋開心，問我身上癢不癢？因為臭蟲咬了會癢，我不敢得罪她，我的問題尚未了結，萬一她告我性騷擾，不是給專案組提供材料嗎？我不信她真像人們說的那麼壞，不知怎麼的，我還是說錯了一句話，我轉過頭對她說：「妳不會吧？」還對她點點頭，車裏哄堂大笑，「不會什麼呀？」那次我十分尷尬，後來我總對她笑笑，但不多說話；夏天來了，菜地有人問：「今天臭蟲怎麼沒來？」「去叫她！」誰也懶得去，最後大董和春生願意走一趟，河南的夏天，中午氣溫有時也很高，這兩個受過高等教育的文化人，居然未經許可，進入繡房，從蚊帳裏把她拖出來，當時她只穿了短褲，戴著胸罩，沒穿上衣，這件事引起了全體女士的公憤，也有不少男士覺得過分，同是天涯淪落人，何必去嘲弄欺負一個比你更弱的，更不幸的女子呢？儘管她有這樣那樣的缺點。再說一位「十里香」，這外號似乎比「臭蟲」好聽多了，其實不然，這位身材修長，面貌姣好的婦人，最害怕聽到人們背後叫她「十里香」；她是幹校食堂某工人的妻子，她丈夫原來也是北京一建築單位給建築工人做飯的伙夫，此人長相比較粗，男人不怕長得醜，只要有智慧，譬如古希臘的伊索，美麗的「克麗婭」不也因伊索的智慧而愛上他了嗎？可惜「十里香」的丈夫智商低，低到幾近傻瓜的程度，說他丈夫傻，並非空穴來風，他傻到會把自己的隱私講給別人聽，說每月的工資如數上交給太太，這是他一個月當中最開心的一天，因為就這一天，他被容許和他太

太「同床共被」，其他時候不可以；領工資那天，好事者見了他就
會說：「老李，今天開心吧！」他也不生氣，傻呼呼地笑笑。「十
里香」的兒子十四、五歲了，還不會加減法運算，當年她丈夫在北
京很難找到配偶，於是在老家娶了這位美麗的鄉下姑娘，年輕姑娘
嚮往城市生活，想辦法離開艱難困苦的鄉村，這很自然，沒想到丈
夫兒子都如此傻，自已又沒有可以在城市生存的知識和技能，如今
有家政服務，可以進城打工，那時的計劃經濟，一個沒有戶口的鄉
下姑娘，希望在北京找一份工作，幾乎是不可能，為了和鄉下的妻
子團聚，他們來到「五七幹校」，這是各種人才聚集的場所，在這
非常年代的非常之地，「十里香」遇到了一位從部裏來洗滌「資產
階級醜陋靈魂」的工程師，「河裏青蛙從哪裡來？是從那水田向河
裏游來；甜蜜愛情從哪裡來？是從那眼睛裏到心懷。」他們戀愛了，
一年多後，工程師把靈魂「洗乾淨」，回了北京再無消息，「十里
香」的腰身慢慢變粗，產下一個可愛的男孩，我去修武幹校時，這
小男孩已有三、四歲，這孩子和他的傻哥哥的確不可「同日而語」，
人們背後議論紛紛，指指點點，尤其是那些處境與她相同的家屬工，
說話十分不友好，「十里香」常常跑回家哭，那些男人也拿她開心，
吃她豆腐者有之，想步那工程師後塵者亦有之，也有個別露出一副
不屑一顧的「正人君子」態，想必這些人奉行孔、孟之道，心裡在
罵她「不守婦道」；也或許因熟讀毛澤東著作，一心想做「一個高
尚的人，一個脫離了低級趣味的人。」對不聽從偉大領袖教導的人，
「正人君子」很看不慣！從外貌看這可愛的小男孩，的確不像是她
和他那傻瓜丈夫生的，就如此又怎麼樣？如果我是「十里香」，我
一定也這樣！假如我不那樣，守著這個傻老公，萬一他死了，我能
靠誰？大兒子是個傻瓜種啊！共產黨打下江山近三十年，農村的義

務教育沒有普及，鄉下姑娘還需要靠婚姻來解決自身的生存問題，直到今日，解放五十九年了，溫總理才下令免除農村兒童的學雜費、書本費，阿彌陀佛，我為今日的農村孩子高興！他們總算可以自己救自己了！讀書是一條光明大道，四五年日本戰敗，日本許多婦女自願做了美國大兵的「慰安婦」以求生存，日本政府的財力很困難，但他們作了一個非常有遠見的決策，向所有小學生提供免費午餐，許多兒童為了吃這餐飯而來上學，日本有十幾位諾貝爾獎得主，其中就有幾位是吃過當年的免費午餐，我雖然不喜歡日本，因為他們殺了許許多多無辜的中國人，至今還在「慰安婦」問題上躲躲閃閃，但我還是佩服這種有遠見的決策。但願「十里香」的小兒子很有出息，能給一家帶來平安和幸福。

我說：「十里香」的大兒子十四、五歲了還不懂加減，我想到陶淵明在〈責子詩〉中，提到他的五個兒子：「雖有五男兒，總不好紙筆。阿舒已二八，懶惰故無匹；阿宣行志學，而不好文術；雍端年十三，不識六與七；通子垂九齡，但覓梨與栗。」阿雍跟阿端兩個是雙胞胎，「不識六與七」，應該就跟「十里香」的大兒子沒兩樣，以前總想不透，這個令唐、宋文人產生「淵明情結」，具有可望而不可及的，隱逸的高士形象的陶淵明，聰明豁達有文采，五個兒子為何似乎沒一個可以指望的，今天總算明白，問題應該出現在陶太太身上。

邵先生說：哦？是嗎？願聞其詳。

我說：陶淵明〈閒情賦〉是模仿張衡〈定情賦〉和蔡邕〈靜情賦〉而作，內容是描寫他對愛情的幻想；在〈閒情賦〉中，陶淵明塑造了一個超凡絕俗的女子，有雅致的性情，傾城的美貌，舉止飄逸，個性善感，遺世獨立，陶淵明對此幻想對象的心儀：「願在衣

而為領，承華首之餘芳；……願在裳而為帶，束窈窕之纖身。」願當「貼身恩物」的形容，只要是正常的飲食男女，看了都會忍不住情靈搖蕩，身為陶淵明頭號粉絲的蕭統，說他對陶淵明：「愛嗜其文，不能釋手，而想其德，恨不同時。」但卻批評陶淵明：「白璧微瑕者，惟在〈閒情〉一賦。」男人有「性幻想對象」是自然不過的事，古今皆然，魯迅說陶淵明〈閒情賦〉：「有勇氣挖掘情愛各層面」，如此大力稱讚，不知是否跟他和「弟妹」的那段情有關；陶淵明之所以如此坦白他的「性幻想」對象，應該是他長期跟「智商」不高的陶太太一起生活有關，陶淵明幻想跟一個聰明解人的女子為偶，可現實並非如此，基因是會遺傳的，五個沒指望的兒子是他幻想破滅的證明。

邵先生說：陶大人的兒子笨，也許是酒喝太多的緣故，喝完酒後頭會發量，爬牆跳窗比較困難，「隔牆花影動，疑是玉人來。」我認為張生是在頭腦十分清醒的狀態下，去拜訪鶯鶯小姐的，私生子大都聰明，這是原因之一。

我同情「臭蟲」跟「十里香」的遭遇，仍不放棄想知道邵先生跟人取綽號，他對性格、特徵的「概括」能力。

邵先生說：我會叫妳「小山羊」，因為妳吃素，個頭又小。

我說：羊的膽子很小，與我不類；科學家也說羊的智商不高，我除了倒完垃圾才發現又把自己鎖在門外，覺得自己還不挺笨；中國神話跟志怪小說，老把羊派為神仙的坐騎，看在跟「神仙」有關的份上，我勉強接受。

邵先生的朋友來電，他說他正跟一位「中國人」，在西湖等待風起，他跟朋友說他這兩天陪未滿周歲的小孫女玩，發現小孫女很愛笑，讓外婆帶到市場時，看到衣服穿整齊的，會笑得特開心；看

到衣衫襤褸的，就不怎麼高興，開玩笑說怎麼小小年紀就會「以貌取人」！我想到生了雙胞胎女兒仍大吐苦水的船夫小史，問邵先生會不會因為沒有孫子而深感遺憾，他說不會，我想大陸一胎化的措施，有其罔顧人倫的獨裁之弊，卻也控制了人口的量與質。

夜晚的西湖，近十點了風仍未起，散步、慢跑、騎腳踏車的人潮依然不減，一走上橋得互相讓路，邵先生曾說他小時候踢皮球，讀高中開始踢足球，看著他比我還靈活的閃躲功夫，我心裡怪的是：這個幹校的萬人迷，怎麼就不懂得順手牽「羊」啊！

邵先生問我有沒有去過南京，參觀大屠殺紀念館？我說沒有，他說他不敢去看，害怕接受太殘酷的事實，日本人開始否認有這種事，接著又說數字不對，沒有三十萬，只有一萬三千，還不無諷刺地說他們日本人非常重視自己的士兵，為國捐軀者，政府都會把他的名字刻在石碑上，放在「靖國神社」裏，永受香火供奉，日本反問中國：「你們說有三十萬，有人名嗎？有證據嗎？」這種話真叫人吐血！作為殺人犯的一方，不該如此說，冷靜下來想想，我們對自己的人民是不是很愛護、很重視？從國民政府到人民政府，為國捐軀者除高級將領外，一般士兵戰死沙場，如同螻蟻，除了家人，沒有人紀念他們！我們要求日本政府記住這段歷史，也讓自己的人民不忘可悲的過去，建館紀念這種做法真的很好，日本遊客看了會想：我們對不起中國人，如果政府再派兵侵略別國，我們要投票反對！我在想，外國人傷害我們，我們要牢記在心；我們自己做錯事，傷害自己人，犯了大錯誤，是忘記好，還是不忘記好？文化大革命時，中共內部的反 AB 團（按：「AB 團」是國民黨潛伏在共產黨的特務組織），錯殺了許多自己的戰友，抗戰期間延安整風，又傷害了許多好同志，反胡風、反右鬥爭、大躍進、人民公社、反右傾、

文化革命，這種種政治運動，現在看來都是悲劇，一個接一個發生，為了堵截悲劇再發生，是不是也建一些紀念館？「前事不忘，後事之師。」中國領導人常對來訪的日本領導人如是說，是不是也對自己這樣說一說呢？作家巴金呼籲修建「文化革命博物館」，恐怕也是這個意思，可惜不見動靜，無人響應，我觀察周圍的人，包括我在內，別人對不起自己的事牢記在心，而自己對不起別人的事忘得很快，個人如此，一個國家、一個民族也可以如此嗎？

我不知道如何回答他的問題，台灣「二二八事件」，政府作了正式道歉，對受害人家屬有經濟賠償，還蓋紀念館、公園，提醒政府別再幹這種傷天害理的事。

我問：你說的巴金，是寫《家》、《春》、《秋》的巴金嗎？

邵先生說：是的。他還寫過《激流三部曲》、《雷》、《雨》、《電》，那時代的小說大都流行這樣的主題；一位出身舊式家庭的知識青年，受到來自西方文化的影響，如巴枯寧的無政府主義，歐文的社會主義，蘇俄的馬克思主義等等，背叛家庭，投身革命，故事裏少不了有一位美麗清純的少女，她對那位投身革命的青年的愛，令人惋惜！革命愛情不能兩全，悲悲切切，讓讀者看了熱淚盈眶。巴金生長在二十世紀初，清皇朝亡了，但社會經濟、意識形態、生活方式還是封建的，他的作品反映了那個時代的人和社會，四九年中共主政大陸後，他擁護新政權，五〇年去朝鮮慰問志願軍，看到年輕的中國士兵，在艱難的環境中和美軍作戰，堅守陣地，大為感動，回國後寫了《英雄兒女》，後來拍成電影，看到勇敢的中國士兵面對從四邊衝上來的敵人，拿起話筒對同伴喊道：「向我開炮，向 4578 高地開炮。」這種大無畏的精神讓我好感動！當年我是一個初中學生，和巴金先生一樣，我也相信是麥克亞瑟將軍率領聯合國

軍隊，先越過38度線進攻北朝鮮，非常痛恨美帝國主義！多年以後我才明白真相，原來是北朝鮮金日成想學毛大哥，「宜將趁勇追窮寇，不可沽名學霸王。」毛澤東不聽史達林勸他：「以長江為界，和蔣介石隔江而治。」硬是把蔣趕出大陸，金日成想：為何不可以把李承晚趕出朝鮮半島？金日成率先越過 38 度線是得到史達林默許的，當年巴金先生的《英雄兒女》，得到當局的首肯和信任，自此以後，巴金跟著中共正統文藝指揮棒起舞，批判〈武訓傳〉，「反胡風」時他發言，怒斥胡風分子的反革命言論，批判胡適的資產階級文藝思想時，他作自我批評，並和胡適劃清界線，「反右鬥爭」時他被保護，沒有被劃為右派，原因有二：他一直賣文為生，從不拿國家一分錢，不隸屬於某個單位，開「鳴放」會時，他可以不參加；其二，他沒發表過激的言論，五八年「大躍進」、「全民轟麻雀」、「全民煉鋼鐵」、「人民公社吃飯不要錢」、「糧食畝產幾十萬斤」，對這一切他都用讚頌的姿勢，或說話或著文，緊跟形勢，作支持擁護的表態，作家的眼光是十分敏銳的，不是他看不到其中的虛假和愚昧，為了生存，他忍著痛苦，說些他本不願說的話，歷經這麼多的政治運動而能平安度過，實屬不易，他這樣低調地生活，做個安份守己的「良民」，按著中共的是非標準行事，不越雷池半步，希望能平平安安地離別這個世界，沒想到了晚年，毛發動的「文化革命」革到了這位文化老人的頭上，紅衛兵不管你隸屬單位與否，對巴金這種來自舊社會的作家，怎麼可以不算資產階級作家？怎能不嚴加批判？怎能不進牛棚？先經紅衛兵的「革命洗禮」，後又受「四人幫」的侮辱折磨，巴老居然還能活下來，活到「四人幫」倒臺，鄧小平復出，看到大陸改革開放，真是奇蹟啊！1987 年巴金出版了《隨想錄》，他解剖自己：「把筆當作手術刀，一下一下地割

自己的心窩。」他要「說真話」，不願再和過去那樣，專說違背心願的話，要把過去為了生存而說的假話糾正過來，十年的「牛棚」生活，使他的靈魂得到淨化，他說動手割自己的心窩時，「十分笨拙，下不了手，因為感到劇痛，……我的手軟了，不敢往深處刺。」「為了淨化心靈，不讓內部留下骯髒的東西，我不得不挖掉心上的垃圾，不使它們污染空氣。」他認為：「大家都有責任」，「必須弄明白毛病出在哪裡？」他回憶有人因對來訪的外賓說了假話，老外以為是真話，到了國外發表文章介紹中國，國外讀者發現前後矛盾，看出先前那人說了謊話，外國人講信用，那人從此名譽掃地；老外不知道接待者如果不按上級的指示說，輕則吃批評，重則要坐牢！當年蕭伯納、紀德、羅曼羅蘭三人先後應邀訪問蘇聯，當局對這幾位世界知名人士十分重視，招待得非常好，但是讓他們看到的大都是設置好的假像，目的要他們為新生的蘇俄政權美言，這三位作家並非不知道其中蹊蹺，要求見音樂家肖斯塔科維齊，想聽聽真話，不料後者拒見，為什麼？妳想啊，如果說假話，有損自己的尊嚴；若說真話，無疑得進牢房，又何苦呢？我認為作家不僅僅編寫故事給人欣賞，換錢買大餅，作家還有一個責任，為人間的苦難發出聲音，做社會的「良心」！從沙俄時代開始一直到蘇聯解體，有過許多堪稱代表社會「良心」的作家，中國有沒有？我想總有一些吧！但我更希望出現有「良心」的政治家，越多越好，中國人吃的「政治苦難」太多太多了！

邵先生問我：知不知道「巴金」二字從何而來？越來越感到「渺小」的我回答不知道。

　　邵先生說：巴金早年最敬佩兩個人，法國的巴枯寧和俄羅斯的克魯泡特金，信奉他們宣揚的無政府主義，「巴金」二字就是從其二人的中文譯名各取一字而成。·

　　為了表示我很「受教」，我問邵先生：你剛說「全民轟麻雀」，那啥啊？

　　邵先生說：五七年反右鬥爭後，毛在人民心中的「威望」，更上一層樓，毛大人除關心國內外的「階級鬥爭」外，對老百姓的生活起居也十分「關心」，他老人家在 59 年提出「消滅四害」就是明證；「四害」是指蚊子、蒼蠅、老鼠、麻雀，前三者說它們是害蟲，沒人懷疑，讓它們「斷子絕孫」，可以拍手稱快，但是，麻雀對人類到底有沒有害？農村成群的麻雀飛到曬穀場偷吃穀物，根據生物學家的說法，麻雀主要的食物還是小蟲，這從解剖其腸胃得到證明，但是偉大領袖毛主席說你是「四害」，你就是「四害」，於是全中國的小麻雀都成了被打擊的對象，按理說，麻雀是自由的小鳥，在天上飛，偶爾在樹枝上休憩片刻，人類能奈其何？可憐的小麻雀太不瞭解廣大革命群眾的力量，每個居民手持竹杆，杆上綁一塊布，敲鑼打鼓，爬到屋頂，爬到樹上，一見麻雀飛來，就轟就趕，不讓牠有片刻的休息，這一招「真他媽媽的厲害」，59 年我已「桂冠」在頭，雖戴著右派帽子，圍攻可憐小麻雀的偉大戰鬥，不能置之度外，我從化學樓經過時，看見一隻麻雀從空中筆直落下，牠太累了！太餓了！飛不動了！後來我問媽：「妳那時也去轟麻雀嗎？」「去！誰敢不去！毛主席號召啊！不去要當反革命，哪個敢？」有人從「美國之音」聽到《紐約時報》撰文：「歡迎中國的麻雀到美國來避難！」當年對中共不懷好意的外國人，看到這類「發瘋現象」一定很開心，客觀地說，毛大人後來知道麻雀主要吃小蟲，自己錯了，就用臭蟲

蟑螂替代麻雀，遺憾的是，這種「笑話」，或者說這種瘋狂，並沒有就此停止。步「全民轟麻雀」之後，是畝產幾千斤、幾萬斤、十幾萬斤，直到幾十萬斤的「笑話」，全國老百姓跟著他老人家發瘋，有些人是真的瘋了，有些是裝瘋，我想知道的是，在毛身邊，和毛的聰明才智不相上下的人，如周恩來、劉少奇、鄧小平、林彪，他們心中到底是如何想的？就看著他老人家發瘋？仔細分析這「威望」的升高，在知識份子心中，主要原因是他搞了「陽謀」，說過的話不算數，開始說：「知無不言，言無不盡，言者無罪，聞者足戒。」等到人家真的說了幾句讓他老人家聽了生氣的話，他就變了！變成「言者有罪」，給人戴上一頂頂「右派」帽子，所以在知識份子心裏，對他的「望而生威」，其中頗有恐懼的成份，但在廣大工農群體的百姓心中，毛還是神聖的，因為他政策的失誤，那高達幾百萬、幾千萬人餓死的現象，尚未發生。

　　邵先生問：妳知不知道你們台灣現在能自由選總統，多虧了金日成當年頭腦發熱，越過 38 度線！

　　我笑說：願聞其詳。

　　邵先生說：當年毛澤東一心想解放台灣，金日成要統一朝鮮半島，欲成其事，毛、金二人都必須得到蘇聯「老大哥」的首肯，從戰略角度思考，史達林認為遠東主要的敵人是日本，金佔領整個半島，比毛解放台灣對蘇聯更有戰略價值，金和史達林商談時，沒有通知毛，等史達林點頭後，再要金告訴毛，「取得中國同志的支持！」毛對此大為不滿，為了「發揚共產主義的國際主義精神」，毛只好放棄進攻台灣的打算，出兵朝鮮，二戰結束時，美、蘇約定不干涉中國內部事務，毛向蘇俄借海軍打台灣遭到拒絕，毛要求蘇俄海、空支持，蘇俄也不答應，毛要蘇俄幫助訓練海軍，史達林說可以，

美國人當年已不看好蔣介石，試圖換馬，直到中國出兵，美國才派第七艦隊協防台灣；中共當年羽翼未豐，百事待舉，事事仰仗蘇聯老大哥，不敢不聽話，也擔心麥克亞瑟率兵真的把戰火燒到東北，後來毛知道美國不打算進攻中國，大呼上當！如果沒有朝鮮戰事，美、蘇不干涉約定，局勢怎樣演變很難說，政治家的「陰謀詭計」往往讓歷史變得更絢麗多彩，當然老百姓也就苦難多多！

　　我說：不過啊！就憑老共當年那幾條破木板船，也想解放台灣，有點天方夜譚吧？

　　邵先生說：那倒是。兩人相視大笑。

越國文化與大禹陵

　　帶隊老師的最佳助手庭昨天病倒了，說是吃飯店前的速食店拉肚子，這家速食店在大陸，就如同 7-11 在台灣，到處都看得到；王老師說他半年前吃過，結果吊了兩天點滴，大夥兒一聽，七嘴八舌埋怨他為何不早說；這家店因為距華北飯店最近，是大家無從選擇之下的唯一選擇，很多人已經拉過肚子了，唯一吃素，經常以西湖名產桂花糕、花生糕、黑麻糕加水果裹腹的我，倒是經常便秘，拉不出來總比腹瀉無力行動要好。

　　從今天起，課程安排要參觀博物館，上午到紹興，參觀越國文化博物館（紹興縣博物館），下午到大禹陵，八點一刻出發。杭州的街道很乾淨，我在中午等公交車時，經常看到有清潔人員頂著大太陽在夾垃圾，前往紹興的路上，車過錢塘江之後，一路上我注意到不只街道乾淨，幾乎每一條小河都看得到浮萍，每一座橋的圖案也都幾乎不一樣，可以看出這個南宋之後的名城，在整體的規劃上十分用心。

　　車行約一小時十五分鐘到達越國文化博物館，位在明珠文化廣場西側，與紹興縣行政中心隔馬路對望，建築面積 6800 平方米，展廳面積 4000 多平方米，接待我們的是越國文化博物館的梁志明館長，王老師說明天要去參觀的越國印山大墓就是他負責帶人挖的；梁館長人很「癡」，一心要把挖出來的東西留給後人，「越國文化博物館」就是在他手上催生的，才開放三個月左右，館內分三個展

區：「越國史館」、「紹興酒史館」、「紡織史館」，近千件的文物都是首次展出，我們的福氣，真不是「幸運」所能形容。

解說員稱我們為「各位領導」，聽著新鮮的同時，大家也彼此拿來互開玩笑；在「越國史館」，我拍了一堆新石器時代的東西，終於弄清楚單邊利的石製削器叫「錛」，雙面利的叫「斧」，「斧」上頭還有圓孔的叫「鉞」；在台灣，所有的國文老師共同的難題是，對課本裡有限的解釋圖片，往往會有「書到用時方恨少」的不足；在七千年前，這兒已經有創造浙江文明的河姆渡先民，現在被「意識型態」給堵死的，一些別有用心的台灣文、史專家，編審課本時，不將文化長鍊力求拉長、拉遠，一股腦兒跟著瞎忙著「去中國化」，稍有常識的台灣人都知道，「去中國化」的結果就是讓台灣的下一代不認識中國，因此而產生的，狹隘的世界觀，這樣的教育政策，日後將會是「有目共睹」的。

館裡的「協警」很熱情，跟我說他的「紹普」沒我的普通話標準，我這個「台普」在心裡暗笑，我的普通話也只比「浙普」、「杭普」、「紹普」標準一些些，真到了北方，我就露馬腳了！中午到酒店用餐，我決定不參與這種我應付不來的酬酢，在一樓大廳寫稿，除了要忍受煙味，還有皮沙發上頭，不時傳來一陣陣的汗垢味，大陸用餐與住宿的地方何時設有吸煙區，能掛出「請勿吸煙」的牌子，那才真正是邁向國際，文化進步的開始。

我們頂著 38 度的高溫，吃完飯後接著到大禹陵參觀。埋葬大禹的地方，果真有帝王氣象，一進門不久，看到九個鼎排成一列，「禹鑄九鼎」代表中國的帝王統治正式來臨；中文系的神話學課程，說大禹是熊變的，考古人真正感興趣的，是發現大禹的祖先原來是居住在浙江的良渚人。

　　每個人身上的水分、鹽分，全都在至少 38 度高溫的大禹陵蒸發乾了，王老師還一個勁兒嚷著：「天氣真好啊！」對於名字全是「山」字邊的他，這話不是瞎說，只是熱壞了我們這群不慣在這樣的高溫下，還四處去遊山玩水的，來自海島的居民。我說大陸某地區的居民不拜大禹，而是奉祀幫大禹治水的防風氏，汪大哥興奮的說防風氏是他的祖先，他剛在門口買了本汪氏族譜，說防風氏的後代叫「汪芒」，後來省作「汪」，我想到大學時修神話學，說防風氏因為開治水會議遲到而被大禹給殺了，一想到汪大哥集合時經常遲到，不忘調侃他：「有乃祖之風」。

　　車子一進紹興市區，我就拜託譚姐幫我仔細瞧有沒有素食餐館，在杭州大半個月，全團人員都知道我這個迫切的渴望；約四點進住紹興稽山賓館，汪大哥說這兒是專門招待「政」的，住了大半個月，專門招待「軍」的華北飯店，我想：專門招待「黨」的飯店大概沒有。或許是整整兩天都沒吃到鹽巴，一進房間我累得倒頭就睡，醒來時天已快黑，心想再不補充鹽分，明天的參觀行程鐵定半途掛點；我到飯店的餐廳用餐，特別交代服務生，請師傅幫我煮碗少鹽少油，只要有青菜、豆腐、香菇的湯麵，不知是不是我這樣的客人不多見，結果是領檯、點餐的小姐、拖地的大姐，柱著拖把頭聽我說話，三個人圍著聽我一個人點一碗麵；服務生端來一碗約兩人份的，用「醬油」作湯底的湯麵，還有六片西瓜，我顧不得滋味，飽餐了好大一頓，合台幣 48 塊，心想明天一定要再來吃素乾麵，回台灣一定要跟所有想來大陸的，吃素的朋友說：不帶泡麵一定「悔不當初」。

　　紹興稽山賓館在設備上略遜華北飯店，華北飯店最棒的設備是，在五樓有一個大廳，或許是為了那些必須等待重要人物出房門

的人而設，但同時也方便了一般客人的交誼活動；五樓的大廳外是
一片大陽台，晨昏可遠眺西湖，還同時可以舒活筋骨，旁邊還貼心
的設有曬衣架，在稽山賓館，衣服洗完只能掛在窗外的鐵欄杆上；
淳從浴室拿了一個在華北飯店沒看到的保險套給我瞧，盒子後面是
滿滿的使用說明，內有保險套的成分、使用方法、使用後的處理方
式、醫療諮詢、保存期限，正面的標語是：「快樂安全，要有一套。」
我想到大夥兒第一天跟王老師從浙博走到浙大，繞經兩旁都是住家
的巷子裡，發現販賣保險套的箱子時，大家還都對這種台灣看不到
的現象感到驚奇，大陸人口多，滴水不漏式的宣導是有其必要的。

印山越國王陵與蘭亭

今天的行程是參觀印山越國王陵跟王羲之的蘭亭。梁館長一早頭戴藤帽,身穿白衫、白褲出現時,王老師笑他真像個西部牛仔;台灣的女性同胞在他講解時幫他撐傘遮陽,走路時遞給他面紙擦汗,擔心這位「六星級」的導遊被太陽烤焦。

梁館長說現在的紹興,是古代的「山陰」加「會稽」,紹興縣的「印山越國王陵」是繼河姆渡文化、良渚文化之後的,另一次考古的大發現。「印山」位於紹興縣蘭亭鎮裏木寨村西南,越王陵佔地約 10 萬平方米,東西長 350 米,南北寬約 300 米,高 26 米,因為平面略似方形,覆門狀立面高聳似印,故名「印山」,據地質專家考察,「印山」生成於四十億年前的古生代時期;《越絕書》卷八載:「木客大塚者,句踐父允常塚也。初徙琅琊,使樓船卒二千八百伐松柏以為桴,故曰木客。去縣十五里。」紹興文物部認為印山是座春秋戰國時期的大型土墩墓,跟《越絕書》所記的「木客大塚」非常類似,1995 年,紹興縣政府以「木客大塚」之名公佈「印山」為重點文物保護單位,隔年發現該墓有被盜的痕跡,經浙江省考古所和紹興縣文物保護管理所兩年的發掘,沈睡了 2500 年的,句踐之父允常的墓終於重見天日!

允常之墓的規模、氣勢、形製,大陸至今出土的王陵,無一能比,長方形巨木構成的狹長條形三角形墓室建築,顛覆了考古界認為漢代以前,流行矩形木槨的看法;「木客大塚」——允常之墓,是春秋末期越國建築的代表作,出土了四十多件製作精美的青銅

器、石器、玉器、漆器，最堪稱一絕的是墓室的豪華，以及巨大的獨木棺（長 6.10 米，直徑 1.15 米），完善的陰壙設施，高超的防腐技術（黑炭厚達一米，總長 40 米），為世罕見。

我在出口處眺望周邊其他四座山，梁館長說那四座山有可能還埋著句踐的家人，挖這座王者之氣四溢的大塚，梁館長說他縋著繩子下去時，心裡還直擔心底下有蛇，被咬一口就什麼都別玩了，梁館長沒看到允常的屍體，我較感興趣的是被「官盜」的部分；我懷疑楚國伐越時，為了怕越國再來一次「復國」，於是破壞允常之墓，把允常的屍骨弄不見是最快捷了當的方式，伍子胥當年把楚王的屍體挖出來鞭屍，洩父、兄被殺之恨，楚王對允常墓的「官盜」，說不定就是來自伍子胥的啟發。

印山越國王陵步行約五分鐘，是徐渭的墓地，開挖「印山越國王陵」是梁館長的代表作，成立徐渭墓園更是他的一大功德。徐渭，明朝傑出書、畫家，青藤畫派的創始人，學戲曲的都知道膾炙人口的南戲〈四聲猿〉，是徐渭最大的成就；一般人會對徐渭懷疑妻子不忠憤而殺妻之事，掩蓋過他對中國戲曲的貢獻，在陳列室裡，我看到這位「南腔北調人」，寫下對妻子死後十年的悼念之作，在閹宦當道的明代，精神狀態已極不穩定的他，愛與恨是如此強烈交織著；梁館長發現了徐渭的父親僅剩三分之一的墓碑，訪問故舊耆老，終於確定了這是埋葬徐渭跟父母、兄弟的徐家墓園，我心想：性靈派的始祖徐渭若地下有知，對梁館長的「知遇」之恩，當不知何以為報。

離開徐渭墓園，我們來到王羲之的「蘭亭」，梁館長說蘭亭曾被大水淹過，現在所看的一切都是重建的。大家都知道書聖王羲之的「老師」是鵝，蛇是怕鵝的，舊時百姓人家才有「狗不如鵝」的

說法，也因此，養狗的人家也大都會養鵝；不管是不是台灣團，在看到鵝池裡的十隻白鵝時，紛紛拿起相機，旁邊有賣飼料的，沒人光顧，其中有兩隻一看到遊客靠近池邊馬上游了過來，發覺沒人餵又遊回去，光是這一來一回，就把所有人逗得合不攏嘴，不知該不該形容是對大笨鵝；成語「朝三暮四」的典故來自「狙公」，南朝劉宋時，西湖靈隱寺智一禪師的嘯聲經常吸引猿猴，童子給靈隱寺後山的猿猴「放飯」時，也學智一禪師作嘯，梁代慧皎《高僧傳》也因此稱智一為「狙公」；鵝池邊突然不聲不響的，出現了「放飯」的「鵝公」，所有的鵝一看見，頓時朝天引吭，聒噪一片久久不歇。

中午又是梁館長請客，我想跟昨天一樣在大廳寫稿等他們用完餐，沒想到梁館長帶著餐廳的服務人員特地折回來，說是要幫我煮素菜，我知道吃完後一定又是滿嘴的葷食味老半天散不去，可他倆早就一個幫我拎背包，一個幫我提電腦，禮貌上知道高情不忍拂逆，只好跟著他倆上樓，二十一天來，中國的山情水意，大陸同胞對我們的款款殷勤，早讓我忘了我是來自對岸的，「失聯」超過半個世紀的台灣人。

昨大在大禹陵熬過酷熱的高溫，劉老師決定下午讓大家自由活動，週四在浙博款待本團的餐桌上，聽劉老師說她已經「杯酒釋兵權」給王老師了，王老師昨天已升格為總領隊，說下午三點要帶有興趣的人，去逛陸游遇唐琬的「沈園」，以及參觀中國美學的奠基者——蔡元培的故居，我怕跟其他人一樣中暑，和衣就睡沒有跟去，午覺醒來已是黃昏，看看褐色長褲的褲頭上一大圈白色，大睡一覺避免流失更多的鹽分是正確的決定。

在台灣，素食餐館有大有小很方便，光我家附近百公尺左右，左轉右轉隨便亂逛就有六、七家，台中素食餐館之多，聽說是全台

之最，加上氣候適中，雖然槍擊要犯經常在台中落網（藏在中部要「跑路」比較容易），台中是塊福地是無庸置疑。狗鼻子的我在台灣經常聞到他人身上的臭味，在杭州待了二十天，不管是爬寶石山或逛西湖，錯身時從未聞到體味臭的人，說來也真奇，台中跟西湖都是盆地啊！而杭州人可是幾乎不吃素的。

　　近黃昏時下了一場雨，我想起了西湖的「遇仙」，告訴淳說浙江三十天我都記了大半，書名還沒想到，她說：「叫妳那位『許仙』想啊！跟他說想不出來就別想再見妳一面。」我電話裡告訴邵先生，他說：「這可比蘇小妹三難秦觀還難！」淳在旁添油說：「別忘了告訴他這只是第一難。」

上虞曹娥廟

今天的行程是參觀上虞博物館。一出紹興城，街道兩旁的垃圾讓我想起台灣的鄉下，頓生莫名的親切感；大陸的電動車比摩托車多很多，在馬路上還沒見過戴安全帽的騎士，騎電動車的大多戴遮陽帽，拉下超大的黑色帽沿，就可以把整張臉遮住，在台灣還沒見過有人如此使用遮陽帽；騎機車的則沒有任何護具，車速頂多比電動車稍快一些，二十幾天來，不管市區、郊區，還沒見過有人飆摩托車。

一進上虞博物館，看到牆壁上掛著以「『您』字當頭，『請』字隨口」共十九條的「文明禮貌用語」，底下是「招呼人禁用『喂』、『唉』、『儂』」的「服務接待禁語」共九條，分別是：「急什麼，等會兒；你有毛病唉；你怎麼這麼笨；你怎麼搞的；我沒有空，別煩我；傻瓜；笨蛋；我很忙，沒有辦法；時間到了，要關門了。」在接待室前，又看到掛有「八榮八恥」的標語牌：

> 以熱愛祖國為榮，以危害祖國為恥。
> 以服務人民為榮，以背離人民為恥。
> 以崇尚科學為榮，以愚昧無知為恥。
> 以辛勤勞動為榮，以好逸惡勞為恥。
> 以團結互助為榮，以損人利己為恥。
> 以誠實守信為榮，以見利忘義為恥。

以遵紀守法為榮，以違法亂紀為恥。

以艱苦奮鬥為榮，以驕奢淫逸為恥。

我一邊口念心誦的思維著，一邊跟著進接待室等館長，不到十分鐘，就開始打哈欠，我知道又被「認出來」了，回到車上拿了佛像後，就上街「曝曬」去，邊走邊反省自己一定是剛才看標語牌的態度太過「投入」了，使得「他們」對我產生高度興趣，我邊走邊念六字大明咒，五分鐘不到就停止打哈欠。

離開杭州之後，帶我們四處跑的司機姓甯，來自河南，我告訴他我上車拿佛像的原因，他告訴我曾經跟同伴拉兩車約百人到重慶的慈雲寺，以及成都峨嵋山的伏虎寺、報國寺，客人朝山的目的是要在樂山大佛旁放生，成員有老中青，都是河南老鄉，而且是平日就吃素的在家居士，兩車人住寺裡，跟寺裡的出家人一起用齋，一切按照齋堂的規矩，吃飯時不能說話，打菜的師父來到面前，要就點頭不要就搖手，整整吃了不下七天的素，他說是全身無力，我則是羨慕他能有這麼段好因緣。

甯師傅告訴我有機會到峨嵋山，走馬看花至少也要花個三、四天，要安排一週行程才能把峨嵋山逛完，他特別交代我到峨嵋山時，背包裡千萬不能帶食物，不能叫出聲，那兒的猴子特兇；他說有隻猴子跳上一個小男孩的肩膀，男孩嚇得動也不敢動，猴子拉了拉他的耳朵就跳走了，另一位女士可就沒那麼幸運，背包裡的食物引來猴子強拉，她一叫引來一隻猴王，照著她的屁股就咬一口。

我問他為何掛河南的車牌，卻到浙江來工作，話一出口就發覺我又問了個蠢問題，要不是內地討生活不容易，有家有眷的，誰願意離鄉背井到外地工作；他這台遊覽車是跟朋友合資貸款買的，兩

人輪月開，他這個月在浙江，下個月就可以回河南，他還告訴我大陸規定遊覽車車齡八年就得註銷，私家車是十五年，我想到台灣車齡超過十五年的車子滿街跑，只要讓老百姓有飯吃，管他什麼黨執政。

王老師每帶我們到一處博物館參觀，總有故人試著要把他灌醉，王維在詩裡提到飲新豐美酒：「新豐美酒鬥十千，咸陽遊俠多少年。相逢意氣為君飲，繫馬高樓垂柳邊。漢家君臣歡宴終，高議雲臺論戰功。……。」新豐美酒是唐代君臣（唐人寫詩慣於以漢喻唐）歡宴時的首選，紹興黃酒因為酒色呈黃，聽說是天下獨絕，昨天梁館長請吃飯，我就見識到他跟王老師「論戰功」時的意氣風發，聽說李館長是四瓶不醉（一斤一瓶），起先還想不通為什麼搞考古的，個個似乎都是「酒國英雄」，後來王老師告訴我他們一挖完窯址，心頭的放鬆若加上酒精，那就更放鬆，我聽過有人喝醉酒會開始發鈔票，王老師說他家有人一喝醉，就會把手錶、信用卡、皮夾通通送給別人。同為詩仙與酒仙的李白，中都小吏帶了活魚來找他喝酒，李白寫下：「意氣相傾兩相顧，鬥酒雙魚表情素。……為君下箸一餐飽，醉著金鞍上馬歸。」李白喝醉酒還能騎馬，我心裡不敢問王老師，在他的舊識當中，有沒有人像李白醉了還能騎馬，用現代話來說，就是喝完酒還能開車，他說上虞文物保護所的馬志堅所長，是個幹活喝酒兩不誤的性情中人，喝醉酒不小心撞破頭了，還要拉著他一起喝，一入座沒多久，還沒把人灌醉，自己先坐著睡著了，在高速公路上，一隻腳掛在窗戶上，嚷著不給下車尿尿就要跳車，其他人都當他是在說醉話。

團員早已當王老師是自家人，體諒他午餐喝了酒，下午三、四點還要冒著至少 36 度的高溫帶大家參觀名人故居，大夥兒對他的

「忠誠度」就表現在飯席間，敬酒時會以蘋果汁冒充啤酒，輪流對王老師的故人大敬特敬；王老師一路上為了對付這些想把他灌醉的至交，也早已安排了本團重量級的男女兩大殺手，一是陸軍官校正期生畢業，來浙江的前一週車禍撞斷兩根肋骨，白天經常要綁著護腰才能行動，晚上還能在護腰上插著酒瓶子，四處找人喝酒的汪大哥；另一位是在台灣只喝調酒，到英國讀書時專喝紅酒、威士忌，被上虞文保所的杜偉稱為「寶島中的寶島」的淳，李白的酒量是：「看朱成碧顏始紅。」我還未聽到本團有人鐵口直斷汪大哥跟淳的酒量為何。

　　午後四點，王老師帶我們去參觀曹娥廟，在前頭開車帶路的是馬所長，他是在轉彎時才會打方向燈，甯師父和我看了都忍不住皺眉頭，說真的，要不是熟人帶路，這路還真的不知該怎麼走，我問王老師，過了五點廟門不就要關了嗎？他說：「老闆是馬所長，不必擔心。」以前在書上看過曹娥廟有「四絕」：古碑（書法）、雕刻、壁畫、楹聯，江南獨步，被譽為「東南第一廟」，我一路上豎直脊樑，睜眼認路，要我再走一次，鐵定迷路。

　　曹娥是東漢時上虞地區的孝女，漢順帝漢安二年（西元 143 年）端午節，曹娥的父親曹盱在舜江主持祭潮的迎神儀式，不慎墜江，曹娥沿江哭尋十七個晝夜，在農曆五月二十二日跳入江中尋父，溺水身亡，年僅十四，鄉親將她安葬後，縣長度尚親撰誄詞，上奏朝廷表曹娥為孝女，度尚為其立廟後，歷代不斷有擴建，現今所見曹娥廟是民國所建，佔地 6000 多平方，建築面積有 3840 平方，包括山門、正殿、後殿、戲臺、雙檜亭；曹娥廟殿宇雄偉，佈局嚴謹，是民國時期江南木構建築的代表；自宋至清，曹娥共受到朝廷六次敕封，一個民女受此殊榮，歷史上可說十分罕見，每年農曆的五月

十三至二十二日，共十天的曹娥廟廟會，人們舞龍、踩街、設攤、聽戲，已是上虞頗具特色的傳統廟會，香客絡繹不絕的程度，從蠟燭臺邊的地上，都有掃成一堆堆的，防滑的木屑便可看出曹娥廟香火之鼎盛，與馬所長同行的王小姐跟我說，滿地的蠟油厚到得請小工定時用小刀子剷；大陸同胞上寺廟是燒香、點燭，成堆的蠟油在環保與清理上均頗為不便，我在國清寺就有這種感覺。

　　著名的曹娥碑，碑文是東漢邯鄲淳作，大書法家蔡邕在碑後題了：「黃絹幼婦外孫齏臼」，《世說新語》提到曹操跟楊修一同看了蔡邕的題字，曹操比楊修晚了「三十里」的腳程才想出答案，傳說曹操因此妒忌楊修比他聰明，後來藉機殺了他，「亂世之梟雄」因此又加上一條「妒才」的罪名，我猜曹操之所以要殺掉腦筋好反應快，身為曹植頭號幕僚的楊修，是不忍見到曹丕、曹植兩兄弟為爭帝位而兄弟鬩牆。

上虞窯址

　　錢塘曹娥江大酒店的早餐，跟前兩天的紹興稽山賓館比起來，精緻許多，一樣的缺點是：都有人在飯後抽煙，在台灣享受慣了不用吸二手煙的環境，早已忘了聞二手煙的痛苦，在大陸只要是公眾場合，都看到有人抽煙，本團的男團員想抽煙的，會自動閃一邊去，這樣子的「尊重」，在我心裡，是不折不扣的「台灣之光」。

　　早餐桌上，劉老師說起她陪兩位團員去醫院看病的心得，讓她感觸良深；上一週陪李姐去浙江第一醫院看感冒，填單子時她自稱是外國人，立刻被帶往他處，病昏頭的李姐還問醫生：你們的病人怎麼這麼少，她不知道自己正在享受「外賓級」的醫療；在大陸看病誰都知道最好不要，李姐看了兩次「浙一」的醫藥費，約合台幣2400元；劉老師說昨天帶庭到上虞的普通醫院，先在門邊深深吸了三口氣，一排排坐著吊點滴的人，她說彷彿時空錯置，她就像身在電影的場景裡；庭看著醫生手上那根一直浸泡在酒精中，已經重複使用 N 次，顏色是黑得發亮的壓舌器，她還沒反應過來那是幹啥用的，事後蔡大哥笑她怎不跟醫生說，要用自己的手指壓自己的舌頭。李姐說她台灣一個朋友家裡要請看護，結果來了個有大陸醫生執照的，這位大陸醫生竟然對許多儀器還不會使用，說是要邊做邊學；王老師說他有位醫生朋友，晚上下了班還得開會、寫報告，問朋友為何要這麼超時工作，回答是：「上面交代的」，說起「上面」，引發了王老師的滔滔不絕，我說我朋友住在學校配給的房子，同樣是公務員，為什麼他得自己買房子，他說 1998 年以前，對於學術單

位負責配給房子的人，經常是必須使用些「手段」的，他就曾經聽說有一個人要了很久的房子都要不到，一氣之下帶了把菜刀去找配給房子的人，先是故意裝作不小心把刀子「掉進」桌面上，等要到了房子才跟對方說：出門前老婆交代，要他買把菜刀回家。

我仍不放棄問為何他得自己買房子，他說有一次有人要他報一張一包餅乾 90 元的發票，他嚷說：「這黃金餅乾啊？」就因為類似「黃金餅乾」的事太多了，一直配給不到房子，最後只能跟銀行貸款買房子了；王老師說他過得比一般人「幸福」，因為想罵誰就可以罵誰，我想：這種「幸福」的代價，一般公務員恐怕是「承受」不起，我也終於知道為何王老師每到一處，總有人要拼命找他喝酒的原因了。

今天的行程是要在 36 度的高溫下參觀三處窯址，王老師昨天已交代必須穿長褲、球鞋，聽了他二十多天的叮嚀，我已經學會把他的「說一」當作「不二」；王老師早就安排好了午餐時間要「對付」馬所長的人馬，車子一開到上虞博物館，我看到一男一女坐進馬所長的車，轉頭跟汪大哥說：「馬所長今天可是『有備而來』，我看那位王小姐肯定是衝著你來的。」上回去看良渚文化遺址，已見識過小鄭穿細高跟爬山，今天看到王小姐也穿細高跟陪我們逛窯址，大陸小姐真是厲害。

早上要參觀東漢的小仙壇窯址之前，馬所長說他要跟人談一些事，要我們先走一步，我想到在早餐桌上，王老師說馬所長有一項能力是他們望塵莫及的，就是一發覺新窯址，跟百姓商談「保護」的問題，沒人有本事像馬所長一樣，能在短時間內，三言兩語就跟百姓談好。小仙壇窯址現只剩兩塊碑，文物都在地底下，一路上是蔓草叢生，從後頭趕上的馬所長，讓我見識到他跟人談判「三兩下」

的功力，他說外國人來到小仙壇，一看到碑，人就好像到了月球一樣，中國的東漢對他們來說，是「天地玄黃，宇宙洪荒。」日本人在明代以後才燒出像樣的瓷器，中國在東漢時，位處曹娥江畔的小仙壇早就窯火處處了！

　　看完了小仙壇窯址，回程上有位正在洗衣服的阿婆咧著嘴對著我們笑，缺了多顆門牙的她笑起來真是好看，我和柯大哥忍不住拿出相機捕捉她美麗的笑容，馬所長遠遠的喊：「拍了相片要寄給人家啊！」柯大哥受到這話鼓勵，直往阿婆家的門口衝，左右張望一番後又折回來，我知道他們這種「瓷癡」，出來拍窯址就會順便逛民宅，光想撿人家的破盆瓦罐帶回去當寶。

　　甯師傅說我們這團是他當司機以來，最不一樣的客人，別的客人是往風景名勝跑，他閉著一隻眼睛都知道怎麼開車，我們這團要不是去別人都不大會去的博物館，要不就是跑荒山野嶺，他還經常得跟在老說「到了再說」的人車後，我笑說帶我們這團，對他也是一項「學習」。

　　今天參觀的第二處窯址，是三國時期的，位處曹娥江畔的鞍山遺址，馬所長的車在大堤前的一塊告示牌前停了下來，告示牌上頭寫著：「前方坍方，車輛禁止通行」；沒等一分鐘，馬所長的車又動了，甯師傅繼續跟著，對面仍有車過來，我心想：告示牌不會是忘了撤掉的吧！過沒多久，看到兩三輛工程車停在前頭，馬所長遠遠朝甯師傅喊：「調頭！」甯師傅嘀咕：「他好調我可不好調。」在大堤上調車頭，甯師傅只能沿著堤邊的斜坡往民宅開，好一番功夫才調好車頭，正當全車人給甯師傅拍手時，馬所長說：「可以往前過去了！」這下子甯師傅又得再重新調頭，我想：離開河南老家

已超過一個月，老說想家的甯師傅，為了我們這團，得把活兒幹完，真是難為他了。

　　馬所長的車子停在五棟民宅前，正式宣佈說：車子開進去無法調頭，大家得步行二十分鐘去看鞍山窯址。一路上看到正在苗田工作的老人家，我們這群「城市鄉巴佬」拿起相機猛拍，最具「甘草」性格的汪大哥，他只要一耍寶，經常讓大家忘掉頭上毒辣的太陽；他跟田裡插秧的農人喊了幾聲，就自動坐上路旁的三輪車擺出姿勢要大家拍他，田裡工作的人一時之間搞不清楚他想幹嘛，全豎直了腰看他的舉動；坐完三輪車，他還強搶一位路過的大娘的擔子，只聽她劈哩啪啦說一大串我們全部有聽沒懂的「上虞話」，我跟汪大哥說：「她要你跟她回家！」

　　三國時期的鞍山窯址，四面環山，位在曹娥江邊；商代的窯坑僅五、六尺，到了漢末、三國，已增長到十幾公尺，擋火牆的設置以及窯坑的加長，是燒窯技術進步的最大表徵，我看到窯址裡已經出現多處小土洞，鄭先生說那可能是土蜂挖的，我跟馬所長說：「再不想法子防蟲，這處窯址再不久就全變成數不清的小沙堆了。」

　　看完鞍山窯址，馬所長帶我們去看對面半山上的「帳子山遺址」，泥巴地裡全都是農人從田裡丟上來的，年代超過千年的碎陶瓷片，大夥兒全放慢了腳步，彎腰又撿又看，馬所長在遙遠的一頭喊道：「看看可以，不能帶走啊！」在「帳子山遺址」旁邊小屋的窗櫺上，不知何時開始，手裡晃著根馬尾巴草的馬所長，隨手一撿遞給我一塊，說：「北宋的，看那上面的花紋。」我想到在「實訓基地」上課時，老師提到自從佛教進入中國，從南北朝之後，百姓就把象徵佛教的蓮花圖案置入陶瓷器中，一向只對佛像有興趣的我，手拿著畫有簡單化了的花草圖案的盤底破片，內心竟也興起了

李館長說的，「愛青瓷絕不會愛錯」的一絲絲歡凝；我們腳下踩的，眼裡看的，全是半嵌在泥巴路上的「出土」文物，這些在農人眼裡的「高級垃圾」，對我們來說，已不只是「出土文物」，是回台之後的歲月裡，最能牽動戀戀中國情的，內心深處的「那一塊」。

下午四點集合，王老師要帶我們去參觀一處「煉丹」的地方，問是何人何時所蓋，他也說不上來；淳說中午時馬所長問她到底能喝幾瓶，她說很難說，馬所長說那晚上就一次五瓶全擺出來；汪大哥說：「馬所長說他是越人，說我老家江蘇丹陽是吳國。」我說：「那你們不就是世仇？」前往「煉丹」的地方，仍是馬所長帶頭，車行約四十分鐘，進入鳳鳴山風景區，沿路兩排筆直的檞樹，入山的狂喜在我心裡暗暗滋生；從大學時開始學靜坐，我就對生活在三十六洞天、七十二福地裡修行的真人、神人特別感興趣，他們吃空氣維他命（餐霞）就能度日，對我來說，一直以來就是個致命的吸引力，車子在風景區裡走了約十分鐘才看到房子，這些桃花源裡人家，可算是半個「餐霞子」了！

甯師父在入口處放我們下車，步行沒多久就看到題著「鳳鳴仙境」的山門，石階是沿著一條涓滴細流而建，馬所長知道我中午只吃兩個水蜜桃，卻是所有人當中腳程最快的，稱讚我果真是有練過的；腳力其實也不輸我的他，連連回頭要後面的別把隊伍拉長，目的地「瀑布」終於到了，我一看上頭還有建築物，忍不住又往上爬，有位具「特異功能」的學生曾說我上輩子是個「住持」，平日只要一見寺廟山門，我真的就管不住兩條腿，上輩子一定犯了不小的「錯誤」，這輩子才老是想回到「從前」；登頂時看到了「鳳鳴真人祠」，有兩位老先生問我打哪兒來，問要不要開門讓我進去拍，我終於知道這座鳳鳴山是兩千多年前，一位女修行人活動的地方，兩位老先

生都超過七十歲了,能在這樣的地方安度晚年,我羨慕得只會連聲
說棒;老人家送我到門口,早過了五點,我說下面的同伴沒力氣再
爬上來,建議他們可以關門了。走到瀑布時,大夥兒正準備離開,
我仔細看夾在山凹洞裡的瀑布,比起明岩寺裡,寒山住的岩洞前的
瀑布,是少了股靈秀之氣,唯一值得看的是:在兩面岩壁中間,不
偏不倚正夾著兩塊大石頭,由下往上看,讓人有些心顫。

　　馬所長安排我們在不遠的農莊用晚餐,王小姐硬要服務人員炒
素菜給我,我吃了一盤開胃的小菜加白飯,就吩咐服務員別再炒菜;
農莊裡還掛有夏丏尊的像,想到他在〈生活的藝術〉一文中,形容
弘一大師吃一碟蘿蔔乾配白飯的情形,生活在現代的我,承蒙大陸
同胞一路上關照我吃的問題,能在桃花源裡人家,吃到筍乾加菜絲
配白飯,已經是天大的福氣了!

　　農莊把佛像放在地上當裝飾品,引發我想亂逛的興致,有兩個
小沙彌石像,背後緊貼著石版,石版旁不規則的痕跡,顯見石像是
被硬敲下來的;我逛著逛著,發現到「鳳鳴書院」,一邊的碑文上
記徐渭跟黃宗羲都曾在這裡講文論義,前天才到過徐渭墓園,想到
徐渭能在這樣的地方,與氣味相投的文人雅士來往,難怪會成為「性
靈派」的祖師爺。

　　逛沒多久天色發暗,伴隨著陣陣雷聲,人在山中遇大雨,最能
感受到什麼叫渺小無力,這陣急雨夾著狂風,先是把農莊的門撞開,
把門邊牆上掛著的一排斗笠吹得滿地亂飛,接著把門上的紅燈籠吹
走一個,門匾打掉一半,我趕緊拿他們給我坐的椅子,讓旁邊的小
夥子踏上去鬆開門匾的另一頭,說時遲那時快,原本站在門檻內一
位身材嬌小的服務員,人站在門檻內突然被強風吹出門檻外,幸好
旁邊有人幫忙接住;急雷聲中還沒準備好對付暴雨狂風,電源突然

中斷，過了約一分鐘又恢復，連續四次的恢復、中斷後，燈就再也不亮了！我的同伴們在餐廳裡不受影響的吃飯（用發電機發電），我在門口看著服務人員從廚房摸黑端出一盤盤菜，相信同伴們對這頓山裡的晚餐一定永生難忘。

風雨裡我再不能隨處亂逛，只好找人聊天，下午在「鳳鳴真人祠」遇到的四個小夥子，其中一個今年剛考上浙江樹人大學土木工程系，對台灣的經濟甚是好奇，我自然是把來自一個包子兩塊半的地方，說了讓他們去想；排名「小十九洞天」的鳳鳴山，讓我對「鳳鳴真人」的來歷深感好奇，問了其中一個小夥子，是否聽過祖上怎麼說，他告訴我：「鳳鳴真人」還是個小女生時，父母親對他很不好，她經常跑到瀑布那兒去哭，有一天，也是跟今天差不多的天氣，她就站在瀑布前，旁邊一塊大石壁快壓向她時，突然飛來兩塊石頭把石壁頂住，我清楚這是地方父老為了「交代」瀑布前面那兩塊大石「來歷」的最佳說法。

風雨天裡，我擔心回上虞太晚，無法去買牛奶給身體不舒服，沒跟我們上山的淳，在山裡，手機僅能撥緊急電話，小夥子很熱心，拿起農莊的電話幫我撥，結果仍是不通；我搭馬所長的車先走，跟他說：前些日子到天台明岩寺，下午兩點開始下大雨；今天傍晚來到道教的「鳳鳴山」，也是下大雨，回去時該跟王老師說，以後要是到什麼佛、道勝地，不想淋雨就別讓我跟。馬所長說：「妳到什麼地方都風調雨順！」這麼會說話的人，怪不得是遺址保護的談判高手，怪不得王老師愛他。

慈溪上林湖

　　二十多天下來，大家對王老師的稱呼是「因人而異」，到杭州第一天就跟王老師互換「定情物」（帽子）的汪大哥，先管王老師叫「王老吉」，王老吉是大陸賣得最好的飲料，類似台灣的青草茶，大陸人管叫「涼茶」，全部團員都認同王老師的「大陸通」，均認為「王老吉」的曬稱，王老師是當之無愧；劉老師則是在「杯酒釋兵權」之後，開始稱王老師為「王老闆」，因為「王老闆」的口頭禪是：「到了再說。」其他被賦予觥籌交錯間殺手任務的，則管他叫「王董」。

　　今天的行程是上午參觀慈溪博物館，下午參觀上林湖越窯遺址。八點出發，一路上甯師傅猛按喇叭，譚姐還算過甯師傅對一個騎腳踏車的，共按了二十一聲喇叭，王老師問甯師傅是不是昨天晚上太想老婆了，因為明天回杭州後就得跟甯師傅說再見了，劉老師問「王老闆」：「可不可以請師傅不要按那麼多喇叭？」「王老闆」回說：「命重要還是喇叭吵重要？」

　　離開杭州後，從紹興到上虞再到慈溪，一路上看到大陸同胞過馬路的情形，只有「瞠目結舌」能形容，往慈溪路上，記得好像看過「人車各有道，切莫逆向行。」的標語，我就親眼看到有個小姐撐著陽傘在快車道上逆向行走；在台灣過馬路想要闖紅燈，都還會先看看有沒有警察，再左右看看有沒有來車，大陸的行人是想走就走，對車子、喇叭聲已經到了視若無睹、置若罔聞的地步，不管是誰不守交通規則，只要大撞小，就是大的錯。

對向車道在鋪水泥，我們這邊的雙線車道成了相反方向的單向車道，在台灣，當十字路口有員警在管控交通號誌時，就表示有大官的黑頭車要來了，老百姓的車子只要緊跟在官車後面，包管一路綠燈，暢行無阻，我問王老師：「這些人不守交通規則隨便亂走，萬一要是大官出門，豈不堵死了？」「那才不會！真要有大人物來，路兩邊全都會站滿員警、軍人，誰還讓你在路上瞎走！」

到了慈溪博物館，因為塞車的關係，大家還沒進館就先找廁所，不管男、女廁，都有透明的「毛玻璃」，正對著博物館的側邊，學武大郎上廁所，是我在大陸還沒「學習」通過就先及格的，最生活化的一課。

館長開會去了，負責接待我們的是徐宏鳴先生，一臉「娃娃」的他，看不出已經從南京大學畢業四年。小徐說主人不在家，先去參觀窯址吧！我想到禮光小弟這幾天常說的一個笑話：有一位陶瓷同好去年跟他們來慈溪上林湖窯址，台灣的兒子在電話裡得經常跟父親的好友報告父親的去向，每次都說：「我爸爸到大陸逛窯子去啦！」王老師說他們浙博的人經常中午吃完飯，下午要去窯址前，會互問對方：「下午逛窯子去？」「窯」通「窰」的音義雙關，該名列考古清涼笑話第一名。

我問小徐為何慈溪的街道比紹興、上虞的都乾淨，他一口氣從即將完工的，世界第一的杭州灣跨海大橋，談到中國兩處生產小家電最多的，一處是廣東順德，再一處就是浙江慈溪，還說帶動慈溪進步繁榮的小企業是家電跟五金，我發覺這個來自湖南，還說不清湖南、四川、江西的辣椒，到底是哪一種讓人怕不辣、不怕辣、辣不怕的有為青年，其深入工作環境的熱忱，實在令人忍不住叫好。

　　小徐帶我們參觀的上林湖越窯遺址，屬於全國重點保護單位，位於慈溪市橋頭鎮，離市區約十公里；環上林湖二十公里長的連縣山頭，遺留自漢至宋共 110 餘處窯址，燒造歷史長達千餘年；不知是否天意如此，小徐帶我們看的荷花芯窯址是唐代中期的，對於經常懷疑累世曾為唐人的我，中國文字再沒有比「唐」字更可愛的了，我看著荷花芯窯址裡，有跟昨天馬所長帶我們參觀的三國鞍山遺址相同的土蜂洞，忍不住跟小徐說：「你們再不想辦法防蟲，以後就全變成土蜂洞了！」

　　上林湖的「千峰翠色」，除了引來騷人墨客駐足，上林湖還是越窯青瓷的主要發源地之一，出土多處的東漢窯址，有壺、罐、盤、洗、碗、鍾，呈現出原始瓷過渡到成熟青瓷的脈絡；隋、唐五代時，上林湖前所未有的興旺，除了瓷窯數量增加，裝燒技術、窯爐結構、施釉方法的改進，特別是匣缽的普遍使用，使瓷器質量躍升為古代五大名窯之首；唐朝廷派官監燒，上林湖成為越窯青瓷的中心產區，所產之秘色瓷除了進貢皇宮內庫，還出現在王公大臣的私邸，直到北宋熙寧元年（1068），上林湖仍在燒造貢窯；從唐代中期開始，名傳天下的上林湖越窯青瓷，至今仍遠銷亞、非二十多個國家，上林湖也因此成為海上陶瓷之路的起點。

　　看到窯址兩邊的碎窯片全是「唐代的」，我委實心癢難熬，小徐說這兒的碎片，好一點的全被帶回博物館了，從美國、日本來參觀的外賓，對於滿地的碎片，外國人覺得撿一些回去沒什麼，他們也不能攔著不讓撿；還有就是來遊上林湖的人，會撿「好玩的」帶走，我放眼四顧，想到上課時老師說的，唐代的越窯技術是「類玉類冰」，我告訴自己：別奢望在上林湖能看到「吉光片羽」的碎片！

　　昨天我問去年來過上林湖的禮光：坐鐵殼船遊上林湖的感覺，上林湖有沒有比西湖美？他說那是不同的感覺；看完荷花芯窯址，一人收費十元的鐵殼船已經在等我們了！上林湖邊的山頭，110 多處窯址被雨水沖刷，流入上林湖的碎窯片，讓全部人都在湖邊裹足不前，在上林湖邊，就跟昨天看帳子山遺址所走的田間小路一樣，我們腳下踩著的，全都是「出土文物」，大家為了這種「沒辦法」的事，躊躇徘徊不前，山水有情，亦當瞭然。

　　鐵殼船的馬達聲音大到團員們得互相「咬耳朵」才能溝通，船才一開動，大家紛紛相互拍照；王老師昨天在鳳鳴山，由上往下幫柯大哥拍了一張說是很像打虎武松的照片後，自個兒邊看邊笑樂不可支，今天他以上林湖為背景，趁著大家全盯著山頭的遺址猛瞧時，不放過任何一個，盡情的偷拍，明天就暫時回杭州了，再沒有比此刻所有人全集中在鐵殼船裡，好讓他「一網打盡」的機會；昨天下鳳鳴山，我跟王老師說：「退休後住在這種小洞天裡，包管能活到一百二。」他說：「活那麼久沒意思！」孟郊有詩：「來往天地間，人皆有離別。」雖然還有五天才回台灣，王老師替每一個人留影時，戴大哥還開玩笑問他：「拍我們全部人要交給海關啊？」李館長曾形容王老師是個「性情中人」，正義、情深、為理想堅持而不善變，我想王老師在上林湖的薰染下，當是「難為此別情」了！回程時，所有人都拍夠了上林湖的兩岸，也享受到互拍的樂趣，全都靜默站著觀看原始上林湖的層層山巒，在與山相對的同時，唯一發出聲響的，鐵殼船的馬達聲，似乎已挑動許多人心裡的依依離情。

🀫 「黃埔」三期 🀫

今天暫回杭州一天，準備明天坐五個小時的車到龍泉市參觀龍泉窯。早餐桌上，禮光繼續多日來向王老師「早餐匯報」台灣好玩的地方，先讓即將受邀來臺的王老師，沒事回想到「我們這一團」時，可以先「神遊」一番；禮光說到八〇年代的台灣新公園（現在的二二八公園），是「男男關係」公園，王老師說他讀大學時，到女生宿舍要填寫表格，在「關係欄」上，他們都會填「尚未發生」，那是因大三時，有一位即將在女生宿舍「發生關係」的男同學，滿樓躲給警衛追，從此有了填表的規定；中國人的腦子是一流的，上有政策，下一定會有對策，王老師的宿舍在邊間，有扇通往女生宿舍的木門，經常出現可容人身通過的破洞，換了新門不久後，隔天馬上又會出現新的破洞，大四下學期，他的室友有一天買了七張電影票，請所有人「出去」看電影，王老師電影看完回來，仍被同學要求去別處迺迺，同學事後說：「早知道大二時就去『挖洞』了！」後來有人乾脆把糧票拿給管宿舍的人，以方便「出入」；外國男人會對「玫瑰與槍」頭大，與孟子同時的告子最明瞭，曾說：「飲食男女，人之大欲存焉。」現在大陸的大學生已不玩「警察抓小偷」了！王老師說某天晚上，在浙大校園的毛主席像旁邊的草地，晚上有人遠遠就看見「被翻白浪」，這兩位「膽識過人」的同學，下場是被學校開除，搞「意識流」是要付出代價的。

行過不止萬里路的譚姐，參加本校的「移地教學團」，是第三年了，她說參加學校團，運氣好到還會遇到像梁館長親自出馬的，「六

星級」的導遊，她以前到大陸，最難忘的一次旅遊是，有一位每天用心打扮得像西部牛仔的領隊，一到名勝古蹟，就會自動把除了自己以外的人均視為「中國人」，一到定點也不重點介紹，馬上就宣佈：「那是你們國家的事」，說完就說解散，他們被「放牛吃草」的同時，還得左看右看，擔心領隊會因為「國籍問題」而跟大陸同胞在言語上起爭執，隨時準備苗頭不對就要丟下領隊逃命；譚姐說這位台灣「深綠」出身的領隊，在火車上卻肯把自己的臥舖讓給一家三口，那三口人被趕下臥舖來找他，他還挺身出面替他們斡旋，還會跟行李員搏感情，下車時，全團人在忙亂慌張搬行李的同時，聽到行李員大聲嚷：「你們的行李沒有全下車，我們火車就不開。」我心想：少點分別心，多一點關愛別人的心，孔子的「恕道」（推己及人）必大行，喜歡上什麼「顏色」的政客，可以不必浪費太多不必要的口水！

中午回到華北飯店，劉老師說全隊的人要算我最開心了！俗話說：「戀愛中的女人最美麗」，我不知道自己是不是戀愛了，只是想到能跟聊不完話題的人對話，這樣的腦部運動不是運氣好就能碰上的；男性朋友們常說我對不起中華民國，他們的理由是：「好的種卻不去結婚生小孩」，我承認我是中華民國的「罪人」，但找不到符合我擇偶的兩個條件：一、提醒我吃飯時間到；二、吃完飯能散步聊天，如此簡單不過的基本條件，總不能降格以求吧！

邵先生知道這幾天我全在紹興、上虞、慈溪參觀博物館、窯址跟古蹟，告訴我一件毛主席的「秘辛」，毛大人因為喜愛瓷器，不小心透露出他的帝王思想；邵先生友人的親戚是江西景德鎮人，有一次毛大人要景德鎮燒一套約一百件左右的生活用瓷器，大家知道毛大人喜歡桃花和梅花，所以就燒了一套有桃花圖案的瓷器，燒好

後毛問負責監督的人：「共燒了幾套啊？」負責人回答：「兩套。」毛說：「另一套敲掉！」窯工們自然是捨不得辛苦做出來的，全世界僅有兩套的成品就這麼毀掉，私底下就大家分了，相約好不能說出去，毛大人去世後，這件事才慢慢傳開來。

　　我饒有興味的，當作是稗官野史在聽，心裡卻想到古人對「小說」者流「必有可觀者」的論點，真是一點沒錯。再幾天就離開杭州了，我終於下定決心問這陣子一直不敢啟齒的，有關他被審判的經過，我說：你年輕時就「心靈受創」，現在還覺得委屈嗎？

　　邵先生說：我年輕時寫了兩百多條奇談怪論的東西，也算不了什麼罪行，記得有一條是：「長久以來，以色列人沒有祖國，他們很重視對孩子的教育，財產不保險，知識裝在頭腦裏，強盜拿不走。我把知識看作自已的私有財產，我知道自己若無一技之長就難以生存，這種資產階級思想真是罪大惡極，我要狠狠地批判自已，⋯⋯。」後來毛派了一些下級軍官來領導研究院，把運動搞得再深入一些，說是「階級敵人」還沒有全部挖出來；這些軍人帶來別處的「先進經驗」，開大會時，一個軍人站在舞臺前沿，用手遮蓋前額，裝作在「觀察」的樣子，左右轉幾下，喊道：「把階級敵人抓上來！」台下早準備好的「階級敵人」，立刻被兩個身材魁梧的革命群眾押解上台，坐在台下觀看的廣大職工，立刻高喊：「打倒反革命份子某某某！」「毛主席萬歲！」類似這樣的大會開過好幾次，每次押解四、五個，那四、五個「壞東西」一字排開，低著頭裝作一副難看相，我是第三批，那天早上我就感到苗頭不對，對我看管嚴格，果然不出所料，喇叭響亮，又要開大會，穿著整潔的解放軍，又要把手放在腦門上，東張西望地「勘察敵情」表演一番，我發覺我的心跳似乎快了許多，我對自已說：「別怕！老丁不是在裏面嗎？還

有小廖，別擔心！反正已經如此了！」希望押運我的兩位仁兄手下留情，別把我弄得太痛；在台下坐等時有些緊張，身體都有些發抖，坐在我左右怕我逃走的二位「崇公道」大人（按：押解蘇三自洪洞縣去太原複審的解差），也很緊張，我偷偷看他們的臉，好像日本鬼子的炸彈就要落下，說時遲那時快，只聽到「把反革命右派份子押上來！」我很聽話，讓他二人把我的手臂朝後反舉，押解上臺，這種姿勢當時叫「坐噴氣式飛機」，押運的過程，我的心跳已和平時一樣，站在那兒也很平靜，大會結束，我被送入研究院私設的牢房，看到久違了的朋友，心裏很是高興，我說：「我是黃埔三期，還是你厲害，二期。」

聽到「黃埔三期」，我笑不出來，覺得自己好殘忍，忍不住直盯著眼角有些淚光的他。

邵先生繼續說：專政隊牢房在西樓會議廳，沿牆放些單人鋼絲床，中間一張大桌子，四周有凳子，地、富、反、壞、右、叛徒、特務、走資派八類壞份子，圍坐著交代罪行和學習，生活很有規律，按時起床排隊去吃飯，進食堂前得一字排開，在毛大人的畫像面前「低頭請罪」，晚飯後也一樣，要感謝偉大的毛主席給我們這些壞人飯吃；革命群眾也有他們自己的儀式，名稱不同，叫「早請示晚彙報」，我們「低頭請罪」感謝毛大人給飯吃，只要站一分鐘就行，他們的儀式比我們的複雜，要背「老三篇」，就是毛寫的三篇文章——〈紀念白求恩〉（按：白求恩為加拿大共產黨人，職業是醫生，抗日戰爭中為土八路醫病，後被感染而死）、〈為人民服務〉、〈愚公移山〉。我回原來的宿舍拿洗換衣物，還拿了幾本書，除了掩人耳目的毛選四卷以外，我還拿了共產主義的第二聖人，恩格思的《家庭私有制和國家的起源》跟《自然辯證法》，恩格斯相當於儒家的

孟子，他的著作有許多精闢的見解，許多觀念來自於黑格爾；看守我們的人都是些工人，看我們在認真閱讀革命的書，以為真的在反省自己，在改惡從善，我跟幾個年輕的「壞東西」，預測將來運動可能的結果，中國未來的命運等等；丁會做詩，古文基礎比我好，他寫上聯，老是要我對下聯，他常說我真差勁，水平太低！他畢業於清華，原來念工程物理，搞原子彈的，由於思想「落後」，上頭把他轉去讀混凝土水泥專業，這傢伙不思悔改，去農場勞動期間，和另外兩個人「大放厥詞」，攻擊黨和國家領導人，運動開始，其中一人在「坦白從寬，抗拒從嚴。」的攻心政策下，主動交代，把他老兄「賣了」！他一邊講我一邊笑：「到底說了些什麼？」他搖晃著腦袋：「唉！不說了吧！」他是對的，萬一我又把他「賣了」呢？此其一；其二，我不講，他擔心我已交代，自己去坦白，我不老實，也要加罪，在一個連思想、言論都可以定罪的環境裏，不會思考的豬才是最安全最快活的，像我這樣的人裝傻也得動腦筋，沒進來時，那些人為了在領導面前表演，不時作賤我，一會兒弄塊牌子掛在我脖子上，寫上「反革命右派份子」，讓我戴高帽遊街，進了這臨時牢房，這些麻煩事沒有了！沒多久，我就習慣了牢房的集體生活，開始觀察身邊一個個「壞分子」，小廖是個很單純的大學生，不知怎麼想的，竟然把毛的塑像放入玻璃魚缸，這是「大不敬」，結果當然被扭送進來；小張是研究院所屬工廠的工人，年輕人在一起胡說八道，說老婆是老公的墊被，他有些邏輯推理能力，接著說江青是毛的老婆，所以也是毛的墊被，又是「大不敬」，也進來了；老王是職工學校的校長，1925 年加入共產黨，一度脫黨，後又參加，有些地方說不清，故不被重用，他又被懷疑又被審查，自然也要進來，他是我們的隊長，一個說話十分謹慎的人，有一天，他對我說：

少和丁在一起，說丁的思想太「複雜」，複雜可理解為反動，他似乎在開導我，說從前朱元璋打下江山後，把那些功臣都請來喝酒，而後一把火把他們統統燒死，他很為劉少奇難過，有個胖胖的傢伙，我們背後叫他「漢奸」，早年是國民黨，後來為汪偽政府效力，解放後又混入共產黨，我為大家理髮時，他堅持最後一個讓我理，問其故，他說：「我知道你剛學，你在他們頭上練習練習，輪到我時就會好些。」這人處處都如此為自已，第二次請我理時，老丁叫我在其後腦部分給他深剃一刀，使他難看！有天午後，大家圍坐著看毛的書，我沒心情閱讀，小聲地問丁：「他們這樣把我們抓進來，限制我們的自由，合不合法？憲法裏有這麼一條嗎？」「你以為這是民主國家啊？民主國家選民作主，我們是毛主國家，什麼事都由毛主席主宰的國家，懂嗎？你這傻子，看書吧！」我還是沒心情看書，望著對面牆上的偉人像──「馬、恩、列、斯、毛」發呆，以前沒有毛，文革後加上毛，因為毛在社會主義陣營裏，可算頂級的共產主義思想家，我看著看著有了「邪念」，輕輕地對丁說：「你看這五個『共產聖人』，其排列秩序是有講究的。」丁說：「那當然，按他們的歷史地位，就該那樣。」「不，他們是按鬍鬚多少排列的，你看，老馬最多，從這邊鬢角連到那一邊，全是鬍鬚，老馬早上不喝粥吧？恩格斯就少許多，不那麼茂盛，列寧上下嘴唇都還有，史達林只在上嘴唇有，到了老毛這一代，一根也沒有了！這是否具有某種含意？預言般的含意？」「你這小子，你是不是覺得罪行不夠，想再加上這一條？」我微微一笑，他不會去舉報，我對自己這一發現頗為得意！我跟丁說：「我有句話想對你說，我對中國人動不動下跪這件事反感，清朝時的男人還常下跪，西方人不那樣，1912 年後中國男人無需如此了，但是這只是在肉體上不下跪，精神

上有沒有還在跪？敢不敢站起來？你怕不怕你們室的黨總支書記？
我可有些怕。」「那說明你在精神上跪了。」我和丁私下常說這些
「罪該萬死」的話。中國老百姓有句俗話：「嘴上無毛，辦事不牢。」
意指年輕人做事不慎重，作為嚴謹學者的馬克思、恩格斯，他們的
言論著作，是十分認真嚴肅的，他們把社會現象作為一門科學來研
究，不會搞什麼「陽謀」，有錯誤就承認，馬克思就說過：「我歡
迎一切以科學的態度，對我的著作進行批判。」我喜歡讀恩格斯的
著作，非常講道理，從他的著作裏，可學到黑格爾的一些哲學觀念；
史達林與其說是學者，不如說是政治家，他的「陰謀詭計」十分厲
害，列寧在時，蘇共中央幾個常委按地位高低，是這樣排列的：列
寧、托洛斯基、布哈林、基若維也夫、加米涅夫、史達林，紅軍總
指揮是托洛斯基，手握軍權，史達林不過是主導民族事務的委員，
列寧一死，史達林想辦法把他們一個個都弄死，自已坐上第一把交
椅，關於馬克思主義，我和丁有過討論，從經濟學的角度看《資本
論》，是一部嚴謹的學術著作，恩格斯對社會主義的描述是：「上
午工作，下午騎馬打獵。」做自已喜歡的事，每個人都很自由開心；
列寧的社會主義定義是：「蘇維埃政權加電氣化」；到了毛澤東，
社會主義變為：「人民公社吃飯不要錢」，結果餓死了許許多多人！
有人說因毛的政策失誤而死去的人，有幾千萬，只有公開檔案，才
可能獲得精確數字。有一次去戶外勞動，我和丁談論宗教，我說：
「古今中外幾乎所有的宗教，都把天堂設置在肉體生命死亡以後，
讓靈魂進去，享受永恆的幸福，這是很聰明的欺騙，所以成千上萬
的人都相信，唯獨共產主義天堂不是，共產黨人告訴老百姓，共產
主義社會是天堂，各盡所能，各取所需，是活人可去的地方，這是
很笨拙的欺騙！」丁說：「所以作為信仰的共產主義，在蘇聯沒有

成功，中國也不會成功！共產黨人應向阿拉伯人學，如何讓人對可
蘭經深入內心，至死不變！資本主義好還是社會主義好？看老百姓
的偷渡走向，不難作出判斷。」我們認為：「從毛的一些口號可以
推測他的哲學思想歸屬，什麼精神原子彈，過分強調精神的力量；
什麼從來的哲學家都是解釋世界，我們要改造世界、創造世界等豪
言壯語，毛欣賞「人有多大膽，地有多大產。」這類沒有科學依據
的提法，毛不是馬克思主義者，他是一個主觀的唯意志論者，是馬
赫主義者。馬克思認為經濟是基礎，毛不懂經濟，但喜歡指導經濟，
大躍進時提出農業「八字憲法」，其中一條是深挖，翻地三尺，把
沒有肥料的土翻上來，毛主席的話不聽不行，聽了也不行！我們不
懷疑毛想把經濟搞上去，可惜他沒能耐。電影演員趙丹臨死前，勸
共產黨少管事，他說得有些刻薄，意思是不管反而比較好；我從赫
魯雪夫強迫農民種玉米失敗，冒出一個觀點：「錯誤的計劃經濟還
不如沒有計劃。」這些都是我們在專政隊裏的一些「反動言論」，
現在看很幼稚，很多都是錯誤的，但是我想表明一點：作為一個知
識份子，要我們停止思想，停止對社會的觀察，不加以思考是不可
能的，禁止我們議論也是不可能的，思想永遠是自由的，沒有什麼
比試圖去改造知識份子思想這件事更愚蠢的了！

邵先生的目光有些異樣，太沈重了！我不知說什麼好，我希望
說些輕鬆的話題。

邵先生說：冬天來了，我們這些壞份子去掃雪，這樣的屋外勞
動很好，幼稚園操場有很多雪，老師帶著小朋友看我們掃雪，告訴
小朋友這些人都是「大壞蛋」，有一個胖胖的小女孩問我：「他是
大壞蛋嗎？」她指老丁，我說：「他是老地主。」小姑娘立刻走過
去踢了丁一腳，那個女老師笑了，丁回頭看我，我們都笑了！從幼

稚園開始就進行「階級鬥爭」教育，從「幼稚園娃娃開始抓起！」毛大人以為如此這般，他的「紅色江山」就可以千秋萬代，事與願違，毛老爺一死，「永不翻案」的鄧小平高舉「中國特色的社會主義」大旗，率領中國人大搞經濟建設，這三十年的變化讓全世界目瞪口呆，若讓毛大人知道，他一定氣得跳腳，想必要重上井崗山，再來一次「打土豪分田地」，問題是還會有人願意跟他再去「折騰人」嗎？毛總用「階級鬥爭」來管理社會，不重視民生問題，關心老百姓的頭在想些什麼，不關心老百姓的菜籃子有些什麼，公然提出「向農民灌輸社會主義思想」，把農民當傻瓜，結果是社會發展停滯，萬民怨聲載道！用意識形態治理國家，總沒有好結果！浩瀚宇宙最可貴的是水，茫茫人世最可珍惜的是什麼？不是恨，而是愛。

我頓時覺得自己好沒人性，把一個這陣子老對我「掏心掏肺」的人就這麼「生吞活剝」，好想說對不起，卻又不敢開口。

邵先生說：在那種非常年代，罵我幾句就能自保平安者，我會微微一笑，有個平日和我玩的朋友，不是譚那樣可深談的，他一看我出了事，其他人對他施以壓力：「你和那個右派常在一起，你快揭發！」這位仁兄還算聰明，他立刻寫大字報，貼到我所在的科室，說我資產階級思想「極端嚴重」，生活作風「腐化墮落」，壞話說了一大堆，就沒有一點政治方面的內容，扣了我許多帽子，具體內容總要說一點吧，他說我去飯館吃飯，除了用醋洗筷子，還會讓婦女先走，說我對女人彬彬有禮，經常獻殷勤，滿腦子資產階級思想，還說我愛吃魚蝦之類算不了罪過的話，最後表態：「要和邵某某血戰到底，不把他打倒在地，誓不甘休！」我看了後，真有一種莫名的「快感」，這種文稿應是對這場運動，專拿我這樣無故的弱者來糟蹋的一種諷刺吧！當然也有居心巨測的小人，跟我同寢室的兩

人，都是剛分來的大學生，知道我來自北大，老要我講「反右鬥爭」
的情況，我很小心，怕露了身份，日子久了，不知日後還有文化大
革命，就跟他們說了些，結果這兩個人說我散播右派言論，當年右
派說了些什麼，和我說了些什麼是有區別的，鬥爭我，拿我作敵人，
那是運動的需要，從這些人身上，我感覺到中世紀有些歐洲貴族的
品格，多麼可貴，他們的話有法律效力，而這些受過高等教育的人，
卻如此下賤！但也有一些「可愛的傻瓜」，我當「黃埔三期」，第
三批被押運上臺時，阿惠還有其他處室的幾個婦女，忍不住落淚了！
後來被人舉報，軍代表認定她們「立場有問題」，要她們寫檢查，
文革過去多年，我路經蘇州，去拜訪他們，有人說：「儂坐噴氣式
飛機時，阿惠落眼淚水，曉得閡？」阿惠和她先生都是我同事，心
地非常善良。做人總要有點惻隱之心，為了安全，想想該怎樣說話
做事，都屬正常，為了某種欲望，總想把他人整為反革命，那就不
好了！研究室的「革命戰士」看我在專政隊日子過得「平靜」，心
裏不舒服，有一天把我叫去，對我拍桌子發狠話，樣子很凶，我明
白他們沒有可以讓我進監獄的材料，搞運動有沒有成績，要看你是
不是真的挖出貨真價實的「階級敵人」，領導運動的那位高某，雖
然姓高，但智商不高，書也沒好好讀，出身苦，上級是想培養他，
他也迫不及待想幹出點名堂好往上爬，抄我的家，很希望從我的日
記裏找出反動言論，含沙射影的也好，可惜我壓根兒不寫日記，內
查外調總算拿到一封我寫給朋友的信，那天叫我去，就想打開「缺
口」，「在精神上先把敵人壓倒，敵人就會交代罪行。」高某如此
想也如此做，他說：「邵某某，今天老實些，我們已經掌握你的罪
行，快點交代，爭取主動。」我不為所動，他接著帶領大家喊口號，
指著我的鼻子，罵我死不改悔，死路一條等等，沒有新鮮語句，叫

人聽得心裏煩，最後問我：「你認不認識一個姓丁的？你的狐朋狗友？」「有啊！我中學同學。」在他問我和丁之間有什麼反動勾當時，我明白怎麼回事，心中有底就不怕了。運動開始不久，我去信要丁發個電報，謊報我父親身體不適，我借此離開北京，不料這位丁兄，因和太太分居兩地，要求調回杭州，為此事和領導不和，也被審查，我去的那封要他弄虛作假的信被退了回來，落在高某手中，這算不了什麼罪行，我承認有那麼回事，表示痛改前非，決不再犯；我被這些「革命戰士」罵，心裏覺得滑稽，回到專政隊，告訴老丁：「他們罵得起勁，你猜我聯想到什麼？我想到《一個人的遭遇》裏那個被德國俘虜的俄國士兵，每天早上集隊時，他聽那德國狗雜種用俄羅斯髒話罵他們，很過癮！我也是！」丁說：「你的覺悟是不是又提高了一點？」「那當然！」

　　邵先生接著說：上頭總想把我弄成反革命，我真成了反革命，對他們而言有什麼好處？對一般的群眾是沒什麼利益，領導運動的頭目或許有，對我而言，性命攸關，所以要認真對待；過了數日又來叫我「接受革命群眾的批判審查」，這次沒有那種一進會場，就一陣聲嘶力竭的叫罵聲，黨的政策還是要講，比如「抗拒從嚴，坦白從寬。」之類的老調；頭目問我：「邵某某你這幾天心裏在想什麼？說真話！」我沈默了一會兒，「沒想什麼，想脫胎換骨，重新做人，痛改前非，老老實實，不亂說亂動，……。」我把平時上頭批判我的話，顛三倒四地背一遍，說的時候注意聲調，讓他們感到我已經被他們打倒了，裝作很可憐的樣子！「交代你的罪行，不要避重就輕，不老實就死路一條！」有幾位「革命人士」耐不住性子叫喊，也有幾位平和地說：「你說說這些天，有些什麼思想活動？」我不說話，他們又大吼大叫，我心裏想他們也就那麼幾招；「說說

這幾天在想什麼？」口氣好了些，我當然不會說我和丁私下的談話，猜測運動的走向啦！毛到底想幹什麼啦！如何收場啦！等等，我明白我們都還年輕，老傢伙們總會按正常情況，先我們而去，我裝出一付無可奈何的模樣，希望他們對我得到這樣的結論：邵某某不是那種兇惡的敵人。

　　我回想著我看到邵先生說到修理小公雞時，臉上浮現出的，十歲男孩純真的笑臉，我說：我看你從頭到腳，沒半點做人家「敵人」的本錢。

　　邵先生說：事實上，我也不是共產黨的敵人，只是因為運動需要，讓我扮演敵人的角色，用老祖宗阿Q的話來說：「真媽媽的倒楣！」我跟他們說：「我想離開研究院，做個數學教師，用最淺易的語言闡述「微分學」、「積分學」，從戴德金分劃開始，……，」有人試圖打斷我，有人要我講下去，我不全是謊話，是真的有這種念頭，自從反右鬥爭後，我明白唯一的出路就是念好書，做些與政治無關的技術工作以求生存，如此而已！他們知道我說的是實話，我六二年分到研究院，六三年我注意到他們研究的某種新材料，是個軸對稱問題，我用極座標，簡化方程，得到解析解，發現兩種材料分界處是拉伸而非擠壓，這結論與他們多人的研究不合，他們來自清華和同濟，看我的數學推導可能有些困難，後來他們從西德混凝土期刊上的一篇論文裏，發現我的結論與該論文的結論相同，該專題負責人勵女士，問我可否用我的結果，我說當然可以，這件事使我對自已有了信心，後來我利用蘇聯依留申的「彈塑性理論」，把在彈性階段得到的結果，推進到塑性階段，我和他們不一樣，他們用實驗進行研究，我用數學方法進行分析，論文寫好後寄給《力學學報》，一個念理工科的學生，沒有比此更看重的了，我不知道

自己的工作會不會被認可，一年多後，六四還是六五年記不清楚，一天上午叫我去左書記辦公室，他是主管思想的，我心想：「我又犯錯誤了？」我敲門進去，見左書記低頭在挖自己的右腳，「來啦！坐！」看了我一眼，繼續弄他的腳，我心想：他不是剪指甲就是腳趾癢，大概沒什麼大事。左書記拐彎抹角地和我說話，最後告誡我作好本職工作，不要去寫什麼論文！這對我的打擊太大了，一個知識份子最大的希望是什麼？不就是這點點嗎？直到八十年代，我才知道那時像我一樣的「摘帽右派」，雖說「回到人民內部」，還是和別人不一樣，不可以發表署名論文，當年《力學學報》調查我的政治面貌，我說想做個教師，寫些講稿，這不是吹牛，我有這樣的能力；那次批判會開得還行，要我好好交代問題，不要胡思亂想等等，回到牢房，丁問我：「今日如何？」我笑著告訴他整個過程，「你說你想寫書，還不狠狠批判你？」我對丁說：「我要說些真話，這是我的想法，我又不想反對共產黨，與其說我恨共產黨，不如說我怕共產黨，我說的是真話呀！」我當時這樣想，與其讓他們誤認為我是一個兇惡的「階級敵人」，不如讓他們看清我的「真實面貌」，讓他們真的瞭解我的想法！扮演「反派」角色的確痛苦，的確不幸，但我沒有選擇的自由！

　　一直以來，我都認為閱讀能讓人享受到「魂不附體」的快樂，精神能穿越無限時空，是再美妙不過的事，對於深解苦難的人，靈魂更可以因為閱讀、思考而增上，看著眼前這個善良的，努力要說出「真話」，維護靈魂自由的人，我說不出話了。

　　邵先生說：我這一代的大陸知識份子大都看過一本書——《卓婭和舒拉的故事》，是講蘇聯衛國戰爭時，一位女英雄「丹娘」的童年和少年時代，丹娘死的時候才十六、七歲，一位前線記者作了

十分感人的報導，大意是她放火燒了德國人的營房，德國人抓住了
她，要她交代遊擊隊的情報，丹娘寧死不屈，德國人將她處以絞刑，
臨死前她高喊「史達林萬歲！」這篇報導文學激發了全蘇聯軍民的
愛國主義，無疑對打敗德國起了相當大的正面影響，當時有許多中
年婦女跳出來說自己是丹娘的母親，如果自己的孩子是英雄，母親
的政治、經濟待遇都會大不同於一般人，一下子冒出這麼多丹娘的
媽，這到底是怎麼回事呢？事情過去了六、七十年，當年兩個小孩
目睹了事情的經過，這位自稱是丹娘的女孩，原來是共青團青年情
報組織的一個成員，她放火燒的房子是農民的，當時德國軍隊還未
到達，燒了幾次後被當地的農民抓獲，接著德國人來了，老百姓把
她交給德國人，德國人想從她那兒得到情報，得不到情報於是就地
正法，那兩個孩子說：「丹娘對德國人說：『你們一定失敗。』沒
有高喊史達林萬歲。」其實這女孩的心理可能有點不正常，他父親
在 1936 年「大清洗」時被殺，在當時的蘇聯，她屬於類似大陸「地
富反壞右」的子女，也許她很希望用行動來證明自己，一個閱歷不
深的少女，能做什麼呢？至少她沒有出賣她的組織，我在閱讀那本
書時感到奇怪，卓婭有媽媽、弟弟，書中沒有一句提到她爸爸，為
什麼？現在明白了，卓婭的爸爸是「人民的敵人」，「塑造英雄」
是社會主義國家宣傳工作中常見的一種方法，學習毛澤東思想的積
極分子，他們說的話做的事到底有多少是真的，很可懷疑，所謂的
「故事」，不是經過編造，就是被添油加醋，開始有效果，很多人
被感動，流下眼淚，後來知道是怎麼回事，就不大有作用了！現在
的俄羅斯有言論自由，那兩個小孩如今已是年近古稀的老人，才敢
說出真相，蘇德戰爭當然要站在俄羅斯這邊，報導該事的記者為了
鼓吹愛國主義精神，也沒什麼錯。二戰時那張風行全美國，幾個大

兵把美國國旗插在硫磺島主峰上照片，後來知道也是有意導演的，無論動機為何，民眾有權知道真相！

我說：蔣先生到了台灣，力挺王陽明，大倡「知行合一」，把草山改叫「陽明山」，其下的中華文化復興委員會，也頂多編了類似《王陽明全書》的套書；把文字拿來當作鼓吹主義的工具，最得心應手的該算是毛大人，沒人比他更會「舞文弄墨」，我們現在的執政黨，「去蔣化」倒是做得挺「知行合一」，不知道將來會不會把跟蔣先生一生有關的全省地名，也都要「正名」。

邵先生說：蔣介石在大陸電影中的形像，按政治需要被醜化了，常見的手法是：在開軍事會議時，蔣先生罵幾句寧波土語「娘系匹」，意思等於國罵「肏你媽」，我認識一位前國民黨監察委員，當過《掃蕩報》的記者，他告訴我蔣不罵人，尤其不會罵這類粗俗的話，他對十分親近的人才會發脾氣；說蔣有一次到武漢視察，因工作問題，對武漢警備司令發火，用寧波話罵了該司令，這位司令後來洋洋得意地告訴其他同僚，說委員長罵了他，而且用的是家鄉話。蔣先生第二次下野回老家，一進門，經國先生的母親毛夫人見了蔣，一把拉住他的衣服：「你這死鬼還我兒子！把兒子還我！」又哭又鬧，當時經國先生在俄國當人質，被史達林扣留，站在蔣先生背後的二、三十個隨從，全都目瞪口呆一聲不響，蔣先生拉著太太的手進房，過了十幾分鐘，蔣太太笑容可掬走了出來，請大家坐下，叫下人上茶；毛夫人吃素念佛，後來被日本人炸死，說蔣先生父子賣國，不是一個君子說得出口的話。

我說：我們那兒有陣子對反蔣的「左派人士」很感興趣，你們這邊是怎麼看待那些「公案」？

　　邵先生說：二十世紀四十年代，國共兩黨爭鬥激烈時，許多知識份子不滿蔣的獨裁，站在共產黨一邊，反對國民黨，統稱「左派人士」，其中兩位風雲人物，章伯鈞和羅隆基，是歐美留學生，蔣傳話給他們，除外交部、國防部外，其他各部部長人選，任他們挑選；章立刻拒絕，羅對來人說：「你去告訴蔣先生，說我的外語很好，可以當外交部長。」如此調笑蔣；四九年後，毛主政大陸，五七年把這兩位卓越的左派戰士打成資產階級右派分子，兩人鬱鬱而死，比他倆「略勝一籌」的還有兩位，一個是胡適的學生吳晗，不但大罵其恩師，在後來的政治運動中十分賣力，上司叫他揭發誰就揭發誰，沒半點惻隱之心，六五年毛要他寫〈海瑞罷官〉，寫完後毛又指示下人，說吳晗用此文為彭德懷翻案，吳晗有苦不敢說，拼命寫檢討痛罵自己，毛此時決定發動文化大革命，經過「反右鬥爭」，大陸的知識份子，已經沒有人敢公開和共產黨叫板，我所在的研究院，前院長告訴我，他的右派帽子，不是共產黨給戴的，是吳晗主動提名報上去的；為何要如此傷害一個無辜的人呢？或許與吳晗的個性有關，寫〈背影〉的朱自清，吳晗四八年去動員朱先生保持「愛國情操」，不要去買美國的救濟麵粉，要朱自清簽名發表聲明，朱先生是位愛國人士，就簽了名，這位朱教授有胃病，家裡孩子多，經濟情況不佳，不拿美國的救濟麵粉，哪裡買中國麵粉？如何妥善解決朱自清的生計問題，吳晗沒有進一步的措施，朱的家人因而對他有些怨言。解放前，吳晗寫過一本《朱元璋傳》，反響很好，對這位朱皇帝的描繪非常傳神，尤其對朱的品行個性的剖析，可謂入木三分，這與他對明史的研究相當深入有關係；解放後，有人帶話給他，要他改寫，他「心領神會」，把朱元璋的個人品德作了「修改」，吳晗對共產黨，對偉人毛澤東，堪稱耿耿忠心，叫他做什麼

就做什麼，這樣一個「可信的人」竟被毛用來作文化革命大旗的「祭品」，誰都想不到！大陸知識份子對於他的死，知其以往為人作派者，少有同情，一個有才華的知識份子，不能安安靜靜地做學問，不得不迎合政治需求，順從以後還不得安寧，我相信吳晗臨死前一定有所覺悟！

　　另一位是寫《駱駝祥子》的老舍，他是「歌德式」（按：意為歌功頌德）作家，對共產黨主持的政府，一做了好事就唱讚歌，這樣做很對，解放後，前門外一條臭氣沖天的「龍鬚溝」，經北京市政府修理，給兩岸的老百姓帶來清澈的河水，老舍寫了話劇〈龍鬚溝〉，很受歡迎！如果共產黨做了傻事，尤其是毛大人幹的那些於國於民十分不好的事，他不是假裝看不見，就是背著良心說好；在毛迫害知識份子的反右鬥爭，他也是一位積極分子；在偌大的中國，真正不畏懼強暴，堅持真理，像胡適、陳寅恪一樣有獨立人格的知識份子，寥若晨星，吳晗、老舍之輩是可憐又可鄙，他們的悲哀在於，雖然來自四九年以前，但對新政權，對毛大人可謂「俯首貼耳」，黨叫幹啥就幹啥，背著良心要他們說胡適是美帝國主義，是蔣介石的走狗，他們不會有一分鐘的搖擺，這樣地向黨盡忠，也還是不能安安穩穩地度過一生，我想在毛的心目中，未必看得起他們的「阿諛奉承」；老舍在四九年以前，對社會的觀察非常深刻，對下層社會生活的描述十分感人，反映人民的疾苦，可到了晚年只會歌頌，不敢批判，最後跳入太平湖自殺，不論是北洋軍閥政府還是蔣氏一黨專政，知識份子都還可以自由地說出他們想說的話，發表文章，出版小說，老舍在自殺前會反思到這一點嗎？自殺是需要勇氣的，在那決定時刻，老舍先生也許會想到蘇俄的杜思妥也夫斯基、帕思捷爾納克，「皮之不存，毛將焉附？」毛把那些蔣先生舊政權留下

來的文人，看成沒有依附的毛，要他們放下身段，貼在無產階級這張皮上，沒有生計的知識份子，經濟上不能獨立，生存第一，如此就不難理解吳晗、老舍們的種種「表演」了，他們這樣的結局，與他們所處的時代，自己的個性有關係。

我說：台灣不少知識份子知道這兩位名人，尤其是老舍，至於吳晗，史學界知道的不在少數。

邵先生說：如果有出版自由，文人可由讀者養活，有買燒餅的錢，就有獨立的人格，就可以說他們想說的話，有了言論自由，政府想不被趕下臺，就要聽群眾的意見，為老百姓做好事，共產黨怕別人說他做錯事，怕別人批評，尤其是意識形態方面的批評，說得重了，會把你看作不友好、有敵意，會想：「這傢伙或許是階級敵人！」愛聽別人說好話，愛別人拍馬屁，拍馬屁者往往被認為忠心，受到重用，愛拍馬屁者都是些什麼人？機會主義者啊！中下層幹部貪汙受賄比率高的原因，或許就在此！

我笑說台灣也一樣，當官的沒有不喜歡聽話的。

邵先生說：「秀才造反，三年不成。」這是毛說過的話，知識份子發發牢騷，其實沒什麼大不了，共產黨總書記胡耀邦曾說過：「人家心裏有怨氣，就讓別人說說嘛！」四九年後，一次又一次的政治運動，造成的冤假錯案有多少？政策上的失誤至今沒有作全面深刻的評估，只是偷偷地改，這實在是一種缺乏自信的表現。

我聽得無言以對，特別是對朱自清的遭遇，我說：還是國民黨有人性，至少給人說話的自由。

邵先生說：這表明國民黨有時候還能說到做到，蔣介石也搞暗殺，也是一位獨裁者！在中國不獨裁，辦不了大事，我只是希望獨裁者能聽聽合理的意見，說件事給妳聽，沙孟海不久前過世，他在

國民政府裏任職，是高層人士的文書，寫得一手好字，晚年賣字謀生，他的哥哥沙文漢是共產黨，後來官居浙江省省長，五十年代，毛主席提出農業合作化，沙文漢說先機械化，有了先進的生產工具，而後再來農業合作化；毛和沙文漢有不同的主張，這十分正常，周恩來勸沙文漢放棄自已的主張，沙不同意，毛於是將其打成資產階級右派分子，這真叫人想不通！共產黨是一個絕對一致的政黨，不容許有不同的想法，林彪在家裏發牢騷，說：「什麼路線？就是毛線。」毛一當發現有不同於他的主張時，就大談特談歷來的黨內路線鬥爭，以此嚇唬不聽他話的人，林彪一語破天機，聽老毛的就是正確路線；不聽老毛的就是錯誤觀點，天下是他打下來的，如何治理就要聽他的，毛比唐太宗差遠了！魏徵沒戴過右派帽子！

我哈哈大笑！我說：宋神宗時，王安石提出政治改革，改革派和保守派之間的鬥爭，何其激烈！流放、罷官、抄家，中國人不管是爺爺還是孫子，都一個德性。

邵先生說：四五年抗戰勝利，北平發生一件大案，一位名叫沈崇的女大學生，應邀坐上美國大兵的吉普車兜風，這在當時不算什麼，吉普車開到西山，美國大兵動手動腳，這些美國兵沒什麼教養，幾年戰爭渴望異性，報導卻說是美國士兵強姦中國女大學生，激起民憤，風潮捲及各大學，一時之間，反美情緒高漲，事後女學生控告美國兵強姦，法院受理此案，經審理女方敗訴，為什麼呢？因為摟摟抱抱以至強行親吻，都不算強姦，標準是有無插入，於是又興起一陣反美浪潮，抗議國民政府庇護美國兵，這件事原來是有意安排的，後來沈女士改名，嫁給了一位漫畫家丁某。

我說：多少被「有意安排的」事件，提供給後人說不完的「故事」，重要的是，從中得到什麼教訓！

　　邵先生說：大陸強人政治已過去了，現在的決策都是集體討論決定，不是一人說了算，大陸距離民主共和時代還有很長一段路，需要一個過渡時期。我相信真正的共和國時代會到來，不要用暴力手段，慢慢地和平地改變吧！從歷史上看，任何一種暴力革命，都是圖一時之「解氣」，結果還是專制獨裁的更替！

　　我說：我常認為中國人的腦袋很聰明，有人說 25 年後，大陸人的消費能力會是世界第一，你們那些領導應該有從蘇聯和東歐的解體中得到啟發。

　　邵先生說：二十世紀九十年代，蘇聯和東歐的解體，原因很多，其中之一是，作為一門學科的「政治經濟學」，因為被壟斷而停滯不前，不能解答社會發展所帶來的各種問題，列寧沒死時，蘇共中央內部還有些民主的風氣，當時的「新經濟政策」，幫助蘇共度過難關，那時候有以布哈林為首的一批優秀的經濟學家，之前跟妳說的，張春橋罵鄧小平是匈牙利的「納吉」，匈牙利的納吉就是布哈林的學生，他們研究社會，對出現的問題提出解決方法，可悲的是史達林主政後，凡與他的政見相左者，一律砍頭，布哈林就因此掉了腦袋；嗣後蘇聯再沒有優秀的，有獨立思考的哲學家和經濟學家出現，這是非常可悲也是非常危險的，不僅僅使他們落後，而且導致他們走向衰亡！在自然科學領域，史達林放手讓科學家們自由研究，出現一大批可以和歐美競爭的學者，所以在科技軍事領域裏不比資本主義國家差，但在經濟、工、農業方面，蘇聯窮得很，雷根的一幫謀士出主意，用軍備競賽把蘇聯的經濟拖垮，這一狠招果然成功！在蘇聯，誰坐在蘇共中央頭把交椅上，誰的話就是理論依據。

　　我說：小時候，在我的印象裏，美國和蘇聯差不多一樣厲害，後來蘇聯一下子不如美國了，為什麼呢？

　　邵先生說：治理國家是需要一大批專家，聽取不同的聲音，藉以得出可行的結論，毛寫過兩篇哲學論文，〈矛盾論〉和〈實踐論〉，從哲學的角度看，還在黑格爾的認知範圍內，如果毛攻讀黑格爾哲學，做他的研究生，上述兩篇論文可算很好的畢業論文；中共主政後，大陸的哲學領域沒有出色的論文，就是馬列哲學也沒有，但有一位楊獻珍，曾任中共黨校副校長，他提出一個「合二為一」的哲學觀念，他認為在事物發展過程中，矛盾雙方會統一共處，這種見解的出現，於學術界很自然、很正常，但這觀點和毛的「一分為二」對立，如果毛也是一位普通的哲學教師，這場哲學爭論也許會推動中國哲學的大進步，可悲的是，毛是「一國之君」，而楊僅僅是個「書呆子」，結果楊的部長帽子沒了，跟隨他做學問的一些弟子，妻離子散，家破人亡，毛也許並不知道與他爭論的人會有如此下場，那些混入學術界的馬屁精們，堅持「反對毛主席就是反革命」，是不能容忍任何膽敢與偉大領導爭論的言論出現的，毛十分敏感，他是否認為這類學術問題背後，隱藏著反對他的陰謀？毛的一生，經歷了太多的陰謀詭計，他不止一次被人算計趕下臺，他不可能具有林肯那樣的品格，若是那樣，他可能也和林肯一樣被人暗殺了！哲學一當被壟斷，哲學也就停滯不前，中國有許多有才華的哲學家，如武漢大學校長李達，他是中共一大的代表，人很聰明，四九年後再不寫論文，只給毛的〈矛盾論〉寫注釋，講解毛的哲學，這樣子低調處世，使他平安度過了一段時期，直到六六年，文革紅衛兵上門找他算帳，他才感到末日將臨，無可奈何之際寫信給毛大人，希望能救他一命，毛勸他不要害怕，接受紅衛兵小將們的「革命洗禮」，李達畢竟年歲已高，經不起小將們的折騰，幾次「洗禮」後就命歸黃泉；不僅僅是哲學，其他社會學科、政治、經濟學也是如此，社

會主義計劃經濟與資本主義國家的市場經濟，究竟誰優誰劣？這種問題在當時提都不敢提，誰提誰就是反革命，如果牛頓當上了英國皇帝，並壟斷了物理學，也會給物理帶來災難，愛因斯坦的相對論就不知何時才能問世！

邵先生的話有一定道理，在台灣不存在學術被壟斷的問題，書店裏也都可以買到馬克思的著作。

邵先生說：世世代代的中國人都不會忘記改變中國命運的歷史人物──鄧小平，他主張「實踐是檢驗真理的唯一標準」，改變了當時的中國人，養成用毛的言論作為檢驗真理的習慣；亞里斯多德的理性思維影響了歐洲一千年，中世紀的歐洲人幾乎不會獨立思考了，中國文化的命被革的時期，問題不在毛的言論對錯與否，可怕的是只能有一種聲音，鄧小平是一個非常有智慧的人，他一定早就看清楚，一切改變需要等毛過世後才可以進行，他成功了！後世評論鄧小平功過的人，不會只說他的過失。

我問：從舊社會走過來的知識份子，不管聽話的還是不聽話的，處境都很艱難，就沒一個善終的？

邵先生說：倒也不是，有一位德高望重的作家，寫《子夜》的茅盾，好像平安無事，沒吃什麼大苦，他能平安過日子的原因之一，是解放後，絕不再寫文章小說之類的東西；寫《雷雨》的曹禺還寫過「奉命小說」──《王昭君出塞》，茅盾先生連這類東西也不寫，解放前，和魯迅一起時，也沒和周揚他們對罵，解放後，知道周揚背後是誰，從不說過份的話，處世為人極為低調，他比郭沫若還「走運」，後者緊跟毛的一舉一動，「大躍進」時，郭響應毛的號召，每天寫一首〈百花詩〉，什麼油菜花、黃瓜花、南瓜花他都寫，而且盡力寫貼近勞動人民的「農業花朵」詩，我看過幾首，真難相信

是他的作品，不知是在嘲弄自已還是在嘲弄「大躍進」；「文化革命」時，郭拼命罵自已，批判過去的著作，對江青一夥說：他寫的那些書沒有價值，都應當「付之一炬」！他緊跟形勢，活得十分勞累，結果還是沒保住兩個兒子的命，其中一個兒子，文革前是北大哲學系學生，和其他三個同學組成一個學習小組，閱讀馬克思主義經典著作，並思考當今社會問題，共產黨最擔心這種事，結果被發現，郭的兒子在周恩來的干涉下，處理較輕，去內蒙勞動，後來自殺！唉！這種事不勝枚舉，郭先生的確是個很有才華的人，反對蔣介石堪稱勇士，見了毛澤東怎麼就變得那麼溫順了呢？真叫人匪夷所思！我的朋友中幾乎沒有人敬佩他的品格，總覺得他的骨頭太軟，叫他人骨頭硬容易，自已去硬硬看！如果郭先生硬，其命運不會比胡風好！郭先生早年的學術研究頗有價值，後期為求好一點的生存條件，他如此這般地處世為人，有他的難處，專罵自已不出賣他人，在那非常年代，可算很有德性的啦！剛講的「奉命文學」──《王昭君出塞》，把這位王姑娘寫的很開心，離別漢宮時，一點沒有戀戀不捨的模樣，和歷來的有關的文學作品大不同，像煞當年的紅衛兵，響應毛主席號召，上山下鄉，開心得不的了！晚年曹禺承認自已寫了一些自已不願寫的作品，《王昭君出塞》就是其中之一，其實曹先生不必難過，誰都不知當年昭君姑娘心裏究竟如何想？假如王姑娘開始有些不捨和害怕，當真來到了蒙古，看到了一望無際的大草原，藍天白雲，清澈的流水，成群的牛羊，覺得與其呆在不知何日才會輪到皇帝寵幸的後宮，最後以一個「白髮宮女」了此一生，還不如嫁到國外，生幾個健康的兒女，頤享天倫之樂，豈不美哉！曹先生如此寫來，並無不可，無獨有偶，有位作家姚雪垠，寫了一部小說──《李自成》，第一卷出版反應良好，我看了，

給人很強的歷史感和真實感；毛澤東看了，也說這本書寫的好，這對姚而言是十分巨大的鼓舞，姚在五七年曾被打成右派，一個右派能得到毛的首肯，多麼不易！組織知道後給他配了助手，不幸的是，後來出版的幾卷和第一卷大不一樣，味道變了，再沒有那種沉重的歷史感和真實感，書中李自成的老婆，其行為作風，說的話像共產黨高級領導成員的夫人，李自成統領的那幫農民，像是共產黨領導的一支部隊，就差沒學馬克思、列寧、毛澤東思想了！這部書最後出齊，大約有五六卷，看的人越來越少，放在架上無人問津，如果當初毛不說好，讓姚不受外界干擾，默默地寫，或許會寫出一部相當好的驚世之作！姚是有才華的，可惜一「受寵若驚」，有了些許的，迎合時代需求的想法，原本發光發亮的精靈消失了！

「少校」的愛情故事

　　今天得坐五個鐘頭的車到龍泉市，下午參觀龍泉青瓷博物館。在大陸第一次坐這麼長的長途車，最怕的是尿急找廁所；我跟李姐說昨天回杭州時，在紹興休息站上的，門鎖根本不管用的「一條通」廁所，已經成為我最「難忘」的回憶；她說有一次到中國北方，鄉下根本沒有休息站，人家只好到玉米田裡「野放」，有位膀胱不怎麼好的女同伴，後來只要一看到玉米田就忍不住興奮，我想我真的太不知民間疾苦了！

　　大陸休息站賣的東西，跟台灣一樣，價格比超市貴許多，團員們不管是到餐館用餐或上店家買小吃，都培養出不得口出「嫌言」的默契，怕引來不必要的麻煩，東西不好吃時，會老遠的比出兩根交叉的食指通知隊友。

　　往龍泉市的高速公路，漸行車漸稀少，最後的三小時，幾乎只剩下我們一台大遊覽車跟前導的小巴士，快到「龍游」時，映入眼簾的是國畫裡經常看到的山，「龍游」在群山中，地名果真取得貼切；龍泉市迎接我們的是聳立在山凹間，四個排成一列的超大廣告牌，上頭寫著龍泉市有四個「中國第一」：龍泉劍、香菇、青瓷、生態，看得人不自覺正襟危坐起來；龍泉劍是不用懷疑，高中就讀過曹植〈與楊德祖書〉：「有龍泉之利，乃可以議其斷割。」可見三國時，龍泉劍已是中國第一；我們進住的龍泉大酒店，在一樓大廳，掛著龍泉劍的壁框上有「龍淵」二字，「龍泉劍」又叫「龍淵劍」，是為了避唐高祖李淵的名諱；龍泉窯青瓷興起於北宋中期，

學界早有定論；至於生態保護，從距離龍泉市最近的鄉鎮至少有二、三個小時的車程，我想龍泉市民的不便利，正是生態未遭許多破壞的先決條件；至於香菇，今晚請飯店師傅煮素麵時，馬上就可以知道了。

　　龍泉青瓷博物館又名龍泉博物館，位於龍泉市龍淵公園的九姑山，俯瞰全城，展示與介紹龍泉窯發生、發展、鼎盛、衰落過程，龍泉窯青瓷製作工藝、藝術特色、文化內涵，現代龍泉青瓷如何重振雄風、再創輝煌，是世界上唯一系統介紹龍泉窯的專題博物館，館舍面積佔地 2000 多平方米，共六個展廳，另設有龍泉寶劍展館，龍泉生態展館，以及其他臨時性專題展覽服務。

　　晚上蓉突然打電話要我去她們房裡，一進門就聞到莫名的香味，本團七、八個小妹妹全擠坐在一張床上，全都看著汪大哥高舉雙手，開始指揮：「〈望春風〉，預備，唱：『獨夜無伴守燈下，清風對面吹；十七、八歲未出嫁，遇著少年家。』」我被「設計」得心花怒放，看著汪大哥唱做俱佳的搞笑版指揮，我也不想細問她們為何串通好要如此「處心積慮」逗我開心，只是回到房裡繼續寫稿時，聽到從七點唱到快十點的，窗外其難聽無比的卡拉不 OK 男聲，再也不那麼讓人抓狂了！這一團可愛的妹妹們，或許是用歌聲給我不宜明示的「鼓勵」吧！

　　回到房間，我忍不住開始「望春風」。邵先生研究的領域是常微分方程解的穩定性，他說自然界尤其是物理學，許多現象大都可用數學模型來描述，微分方程就是一種數學模型，模型建的是否合理，跟解存在性、唯一性、穩定性有關係，我是有聽沒有懂，仍努力裝作有點懂；他說俄羅斯數學家 Liapunov 提出 Liapunov's direct method 用來判斷解是否穩定，如果得不到解析解，他的方法就不行，

大多數的非線性方程的解析解是無法用已知的函數來表示，邵先生提出一種不同的方法，可以判斷解的穩定性，無需知道解的解析形態，也就是說，不要求先得到解再來判斷解的穩定性，解決了 Liapunov 不能解決的問題，在 Riccati、Hill、Duffing、Van der pol、Mathieu、Liouville……等等方程上得到論證，他的研究成果先後有中科院的《數學文摘》，美國的《數學評論》，俄羅斯的《數學進展》予以介紹。他說他寫這些東西是為了謀生，不是因為興趣，所以他知道不會有大出息。

昨天臨別時，我想到邵先生大半個世紀都戴著右派大帽，我問他：是否感覺人間尚有溫暖？

他說：有！就是在非常歲月裏，也有溫暖，也有柔情！不論當年地位有多高，一個人一旦坐在土石上曬太陽，其待人接物，音容笑貌就會十分平易近人！有個部長常拿錢叫我去集市買雞，我說：「大家注意，明天老劉又請客啦！」於是一陣歡呼聲！老劉經歷過四十年代延安的整風，知道共產黨的整人手段，有一次私下告誡我：「當年整風時，我們左邊胸部別一布條，寫上自己出身成份，工農幹部對被審查的幹部很凶的，有一次我在野地「方便」，我有痔瘡，時間常久了些，負責看管我的，對著我的臀部就是一腳！這是一位級別很高的幹部。『你不要什麼都承認，不要亂說!』」他對我說這些話，希望我有保護自己的能力，在他看來，政治運動不可能沒有，這一次躲過了，下一次呢？他在教我如何保護自己！共產黨裏有許多頗具人性的，善良正直的人，一般而言，人事幹部經常都拉長了臉，不近人情，叫人討厭，也叫人害怕，老喬是部裏的人事處處長，開始我怕他，後來成了好朋友，我要求調回杭州時，他一個電話和研究院的人事部門說了幾句，就搞定了！看我冷了，就給我一件軍

大衣，他是八路軍，請我吃野兔肉時，問我：「小邵你吃過人肉嗎？」
我笑著牙齒打顫，他說：「打仗很苦，很少有肉吃，有一次殺了豬，
中午吃了還有剩，晚上還是紅燒肉，大家很開心，飯後炊事員問大
家好不好吃，大家都說好，他笑眯眯地說其中有人肉！戰士們一聽
都哇地大吐不止。」原來炊事員從槍斃漢奸的身上割下一塊肉，混
在中午吃剩的豬肉裡，由此可見，在敵後抗戰是十分艱苦的。還有
老李，他是志願軍，在朝鮮和美國打過仗，他說：「躺在山坡上看
天上飛機打仗最來勁，尤其是夜裏，那一道道電光真他媽的過癮！」
「你不怕嗎？」「不怕，美國佬飛行技術還真他媽的厲害，穿橋過
洞，在山谷裏飛，飛的低，高射炮也沒用。」我和老李管一片果園，
常看到「野情人」在果園裏出沒，晚上要去巡邏，以防有人偷水果，
「那是誰和誰？小邵快來看！」第二天老李會故意問，我只是笑，
不說什麼，別說在綠色的田野和果園裏，就是在沙漠，人們也會通
過眼神表達愛慕之情。

　　我又想到邵先生告訴過我的，在那個走樣的年代，他的「愛情
故事」。

　　邵先生說：板橋水庫四周，分設四個連隊，我在二連，條件比
較差，吃水困難，一年後，那些假革命真投機的王八蛋先生們都回
北京了，幹校規模縮小，集中到總部，我離開二連前，有過一段「愛
情故事」，平日較談得來的譚、丁二位仁兄，將其命名為「在那遙
遠的地方」，事情是這樣的：在水庫邊有一大片冬小麥，南飛的大
雁路過時，會停下來休息，吃些麥苗充飢，再繼續南下，我的任務
是阻止大雁吃「社會主義的麥苗」，如何阻止呢？放鞭炮！我每天
清晨從食堂領取一天的糧食，白饅頭、鹹菜、開水，還有許多嚇唬
大雁的，過年放的紙炮，當然，夾帶一本愛看的書，那是決不能忘

的；大家都認為那是一件看似輕鬆，其實很苦的差事，因為中午不能回來，沒有熱菜熱湯，又跑老遠的路去放炮，我不如此想，我把白饅頭和農民交換很甜很好吃的番薯，他們把白饅頭看作最佳食品，我把放炮的工作交給孩子們去幹，他們歡蹦亂跳地接受了，有太陽的日子，我就躲在草垛裏看書，陰冷的天氣，我就在老鄉的屋裏烤火。我每天去麥地，要經過一個小村莊，記得第一天，路過村口一戶人家，一隻大狗竄了出來，連叫帶跳，我手中的木棍使牠不敢衝上來，正在人狗相持不下時，屋裡出來一位女郎，一面訓斥那狗，一面對我微笑，我也微微點頭以示感激，我止步不前，那姑娘攔著狗，示意我可以走了，我也明白，但我裝作很怕的樣子，其實我想多看女郎幾眼，晚上回來本可以繞道而行，但為了再看那美麗的姑娘，我冒著被狗咬的危險，還是走那條路，果然不出所料，那狗又竄出來叫，氣人的是，出來罵狗的不是女郎，而是一老頭，我只能把美好的希望寄託在第二天早晨。從那日起，那位美麗的「卡秋莎」總站在門口納鞋底，我途經時也總對我笑，這笑於她是出於禮貌，陌生的友好，在我看來是那樣的甜美，那狗時而叫一兩聲，好像看出我對牠的女主人「不懷好心」，那女郎笑著罵狗，「你的狗很凶，以為我是討飯的。」我笑著對女孩說，她用方言回答，我只顧看她的笑臉，不知道她說什麼，其實說什麼不重要，開口說話，彼此認識，能止步不前，和女孩說上幾句話才重要啊！經歷過那些提心吊膽，備受侮辱的日子以後，看到這樣一張純潔美好的臉龐，我似乎感覺到自己還有一顆善良的心，在跳！在動！在這落後的貧窮的鄉村，天很藍，地很綠，我又看到了一張友善的笑臉，那些革文化命的先生們走後，我的心情好了許多。大衛·科伯非爾，女郎的微笑，孩子們放炮，南飛的大雁，還有狗叫，都讓我暫時忘卻了

煩惱。在後來的日子裏，早晨路過女孩家門口，我總停留幾分鐘和她說說話，那是我一天中最可珍惜的時刻，也是我最開心的時候，大黃狗也不叫了！「咳！你這壞東西怎麼不叫了！」女孩一聽笑了起來，狗好像明白我在笑話牠，躲到女孩的身後邊，女孩能聽懂我說的普通話，她也許念過幾年書，學校裏的老師都講普通話，看她用番薯餵狗，我問她可否給我一塊？她奇怪我喜歡吃這種食物，村人很少有肉吃，所以這兒的狗為了生存，也只能吃素！此地的番薯很甜很細膩，很像我後來在洛杉磯吃到的日本番薯，秋天的番薯藏在地窖裏，到了冬天，澱粉轉變為糖，吃厭了饅頭的城裏人，自然喜歡番薯了！而當地的農民一年只有三個月可以吃小麥粉，其餘時間只能吃雜糧，番薯就占了大部分，我用饅頭交換番薯，他們是很願意的，「好吃吧？」我拿了一個煮熟的番薯給老王，第二天早晨我去食堂領饅頭，「多帶些去，多換些回來！」老王還給我出主意：「現在熱的饅頭先給他們，晚上回來再拿他們的番薯。」有一天晚上回來，路過井邊，看見一個人從井口出來，井邊有幾個從井底撈上來的水桶，這人是那女孩的哥哥，他有些尷尬，對我說：「這幾個給你吧！」他以為我會責備他的行為，用分給我桶子的方法以求妥協，我趕快說：「太危險了！這些桶壞了！我們不要了，你拿走吧！我們不會去撈，讓它在水裡，也是爛掉！」他冒著危險撈上來，可以理解為「再生產」，理應歸其所有，這和他是不是女孩的哥哥沒有關係；後來女孩的哥哥告訴我，他們是富農，不能和貧下中農通婚，只能在地主富農這一階層內結親，最近他正忙於「換婚」，即在地主富農圈子裏找一家有兄妹或姐弟的，交換成親，看來毛大人以「階級鬥爭」為中心的政策，已經無處不在，而且要「世代相傳」，這女孩和他哥哥都出生在四九年後，皇權世襲，連地主、富

農的成份也要世襲，他們的孩子也是地主和富農成份，上學、找工作和貧下中農的孩子不一樣，雖然心裏有想法，但嘴巴依舊得高喊「毛主席萬歲！」過了年，幹校結束，我和譚去總部，我們是坐船離開的，望著遠去的房屋、山崗，想著那站在門口納鞋底的姑娘，再也沒有機會看到她了！老譚看我出了神，輕輕哼起王洛賓的歌：「在那遙遠的地方，有位好姑娘，人們走過了她的身旁，都要回頭留戀地張望，……。」這是我永難忘懷的「愛情故事」。那位站在門口納鞋底的好姑娘，沒有和我「拜天地」是對的，至少於她而言是幸運的，或者說是安全的，在那種非常時期，受盡侮辱的我，在藍天下，在陽光裏，能看到一張美麗純樸的笑臉，怎能不感動？我稱她為「卡秋莎」，是因為我擔心自己會是「聶黑留道夫」，一個大學生去姑媽的農莊渡假，愛上了姑媽的養女，女孩懷孕了，被姑媽趕走，流落街頭，這是托爾斯泰《復活》中的情節，「始亂終棄」的結局，使我不能不止步在僅僅看著姑娘的笑臉，向她要一塊蕃薯的境界！當時局變了，我能安心守候在她身旁嗎？也許她肯跟我走，但她無法適應我生活的圈子，在我的想像中，她做了祖母，在新的政策下，兒孫經商發了財，這於她不是更好嗎？「路邊的小花啊，在人生的旅途中，你我只是暫且的相遇，帶走的唯有記憶！」這好像是冰心的詩。

　　我想：「卡秋莎」還是嫁給門當戶對的富農好！

　　邵先生還說：有一天食堂出了點事，沒按時開飯，我們排隊等候，我下意識地哼著小曲，自己也不知道是什麼曲名，還輕輕地用勺子和著節拍敲碗，站在我前面的一位中年婦女，轉過頭笑著對我說：「星條旗永不落」，哦！我恍然大悟自己哼的是美國國歌，嚇我一跳！從她那友善的笑容判斷，她不會抓住我這個把柄去舉報，

我每天偷聽「美國之音」，開始前都有這個前奏曲，不知不覺「中
毒」了！一會兒我完全不擔心，因為她接著往下哼，後來見了面就
點點頭，說說話，一天烏雲乍起，「菜園組」過來幫忙「大地組」，
搶收曬在地上的糧食，雨大了人都躲到屋簷下，許多人都用麻袋做
雨衣，把同一邊的兩角疊在一起，形成一個殼體，戴在頭上就成了
件臨時雨衣，她也如法炮製，「我是不是很難看？」這位「星條旗」
問我，「美麗和智慧一樣，是掩蓋不住的。」她對我這個回答顯然
很高興，我用拐彎抹角的方法，讚賞她的美麗；當時我在總部，幹
校規模在縮小，原本大家都不在一起，而今幾乎天天見面，一天吃
晚飯時，她走過來對我說：「吃完飯到我宿舍來一下，有東西給你。」
她們女子的住房比我們的要好一些，她從窗戶裏看見我，走出來時
手裏拿著一罐油炸花生米，花生米現在不稀罕，在當時是很可珍愛
的食品，「明後天我就走了，這個送給你，少校同志！」她希望把
氣氛變得幽默輕鬆些，我感到有些突然，其實我和她不熟，連姓名
都沒有問過，就因那首歌，那句話，給她留下了一點點印象，她或
許覺得我和別人不一樣，她不知道我是一個右派，這不能叫欺騙，
我沒有義務自我介紹，我們在小樹林裏站著說了一會兒話，想不起
來說了些什麼，似乎有些惆悵；我回到牛棚，忍不住吃起花生來，
「什麼東西，好香啊！」丁回來了，他每晚在食堂玩橋牌，不過十
點不回來，花生倒在手裏就吃也不洗手，「哪兒來的？」我作了說
明，「她看上你了？他媽的，你小子真有兩下！」男人之間說話常
如此「不正經」，這位「星條旗」女士，和我姐姐年齡差不多，她
們那一代人，「解放」時已經二十多歲，用現代的語言說，已經受
過資產階級的不良影響，聽過太多的「靡靡之音」，看過露大腿的
芭蕾舞，跳過「華爾滋」，閱讀過西方宣揚資產階級人道主義的文

學作品，出身有錢人家……，儘管她們的衣著、髮型改變了，也學會跟著說些「熱愛毛主席，熱愛共產黨，為建設共產主義奮鬥到底！」等等進步的話，但她們的心裏依然忘不了過去，那短暫卻難以忘懷的過去，當她們聽到曾經熟悉的歌聲，聽到幾句不俗的語句，很容易就被感動了！她想回北京，上面不同意，去了甘肅，那地方比較苦，她如果願意嫁給一個地位高的黨政幹部或軍官，留在北京就不會有問題，如果她的資產階級自由化思想老作怪，看不起那些共產黨人，自命清高，那就去艱難困苦的地方接受貧下中農教導，用汗水洗滌醜陋的資產階級的靈魂。

　　依照「階級」規定，美麗的「卡秋莎」必須跟富農結婚，對方或許沒有邵先生的體貼跟善解人意；「星條旗」或許在甘肅熬不過，會改變心意，找個高幹結婚去，唉！我竟然無端揣想跟我全然無關的，她倆的幸福……。

龍泉窯遺址

今天五點多就睡不著，來浙江再三天就滿一個月，三天後就得回到不論山、水都小了好幾號的台灣，不知是不是這一週來「看江山如此多嬌」，潛意識裡的捨不得，讓我一天比一天更早起床；昨天一路行入龍泉，看到兩岸有如「國畫山水」的峰巒，想到晚唐羅隱給裴郎中的詩：「一派水清疑見膽，數重山翠欲留人。」這是詩人高竿之處，不明說自己被綠水青山留住，偏說山要留人；龍泉市標舉「中國生態第一」，隨著「南海一號」、「南海二號」的發現，馳名中外的龍泉窯，讓我也不禁開始幻想：深山更有留人處。

六點左右，我到酒店門口拍荷花，清晨涼風徐徐，人車稀少，馬路兩邊的荷花開得又多又密，龍泉大酒店給人的「第一眼」，真的就全看這兩區長方形的荷花池！西湖的荷花，佔名湖之勝，自然是不能比，但光就龍泉飯店前這兩區荷花，讓我想起了台北南海路的植物園，也真的是「不能比」；來浙江前，我是不知「天高地厚」，被小小的島「保護」得好好的同時，煙雨江南，仍只是圖畫裡的江南煙雨，二十多天來的「長眼」，長的已不只是心跟眼。

王老師昨天就安排好小巴士要進入龍泉窯，說是正在修路，若坐大巴士，下車還得有一段路好走；王老師說起他上回住龍泉大飯店，在41度高溫下停電，這話對於昨日才剛加入本團的，三位來自上海的台商大姐，是有點「下馬威」，車子還未離開杭州，王老師就說起龍泉這段「銘心刻骨」的經驗，弄得三位大姐紛紛拿起手機告知親朋好友，未來將有不可預測的三天；我看著身材稍胖的吳大

姐，已經手裡繞串佛珠，盤著腿在念佛，我想王老師要她們三位別「擾亂軍心」的話，可能是多餘的。

　　八點出發到龍泉窯，對面的來車幾乎清一色都是公交車，這是生態保育的指標，路邊豎有「浙江省交通三亂，檢舉電話×××。」的警示牌，我猜「三亂」應該是：亂按喇叭、超速、超車，在這種路小到兩方來車連會車都有點困難，過馬路的雞也都不想仔細看路的小地方，「三亂」的警示牌應該說是「應景」吧！車行一個多小時抵達小梅鎮大窯村，公交站牌邊是水聲潺潺的一流清淺，映入眼簾的山巒疊翠，山縫間找不出一絲開口向天。

　　今天幫我們介紹龍泉窯的是沈岳明老師，浙江有名的窯址，十多年來他都參與挖掘，包括前天參觀的上林湖荷花芯窯址以及今天看的龍泉窯，龍泉窯的遺址之多，與上林湖不相上下，至今發掘出五代至明共 126 處窯址；大窯村居民的房子是泥土牆，沈老師不說我們還看不出在牆面上嵌著許多碎瓷片，蕭小姐說去年她跟本校的移地教學團到上海，在上海買一塊碎瓷片，最少都要價人民幣一百元，大窯村居民住的房子，真可說是價值千萬的古屋。

　　陶淵明〈桃花源記〉裡的漁人是緣溪而行，漁人眼裡所見的，桃花源的兩岸是「芳草鮮美，落英繽紛。」我們這些外來客，也是緣溪而行，但兩岸不是芳草落英，而是家畜、糞坑，還有看起來讓我們不敢主動示好的狗，以及大半個頭探到路邊，身體還卡在磚門裡的豬；我們一路聞到的，都是「肥水不落外人田」的氣味，而最讓我們不敢眼光逗留，盡情瀏覽山城美景的，是間隔沒幾步就會出現的，出口正對馬路的茅廁，努力只用眼角餘光走路，不想一目了然，都不可能視而不見。

　　逛到大窯村的盡頭，沈老師問我們要走大路還是古道，答案當然是後者；走在山陰道上的感覺，沒爬過什麼大山的人都知道，那是最能與陌生人交心的，天然的好處所；嘆李白是「天上謫仙人」，曾為太子賓客的賀知章，要回湖州去（唐代的湖州是現在的浙西），李白〈送賀賓客歸越〉：「鏡湖流水漾清波，狂客歸舟逸興多。山陰道士如相見，應寫黃庭換白鵝。」我們無法像李白一樣，揣想賀知章遇到前來相迎的，是會抄《黃庭經》的山陰道士；我們在古道上行、下行，跨過溪中有點滑溜的鵝卵石，過溪不遠處看到四隻正在吃草的牛，我想到小時候在南部鄉下田裡常見的，灰白色泡在水田裡的水牛，跟眼前土黃色的牛不一樣，不禁驚呼：「哇！黃牛！」問旁邊一位老人家：「牛是你的嗎？」老人家說：「是，是水牛。」從後面趕上來的禮光憋不住嘴角的笑意，教我如何辨識水牛與黃牛的不同：角扁扁彎向後的是水牛，我向來只會以顏色辨物，「能見度」一到夜晚就幾乎全部消失，心想：以後在可能鬧出類似「五穀不分」的笑話之前，要先記得三思。

　　走完了古道轉入大路沒多久，龍泉窯址完整呈現在眼前，蔡大哥說從匣鉢的規模來看，龍泉窯燒的應該多是大型瓷器；除了本團以外，還有兩個拿著相機的小女生，坐著發財車直達終點，她倆四處亂拍；我受不了漸升的高溫，先往回頭路走，古道山陰比起遺址的高溫，簡直是「不可同日而語」，上了大路沒多久，戴先生從後頭朝我揮手，原來他攔下了載兩位小女生到窯址的，大窯村村長開的發財車，我和戴先生以及四位大姐，全讓熱心的村長載到公交站牌前。

　　兩位小女生是浙大經濟系的學生，暑假後升大二，他們社團的暑假功課是：社員要到不同的村鎮拍資料回來，她倆分到小梅鎮，

今天的行程是到大窯村拍龍泉窯，由村長負責出面招待；他倆問起我來龍泉窯的「目的」，我說跟其他人比起來，我這個讀中文的是來「插花」的，小女生比了一個「插花」的手勢，不解的看著我，戴先生邊笑邊忙著解釋台灣俗語「插花」的含意。聽邵先生說，國民黨還沒從大陸撤退前，某位主管宣傳的部長為了讓老百姓瞭解共產黨的「真面目」，大肆宣揚說：「共產主義就是共產共妻。」有錢人開始擔心：如花朵一般的美嬌娘被「共」，如何能平？窮人想：自己的老婆又兇又難看，不如去「共」富人的妻跟妾；沒有能力娶老婆的窮鬼更不必說了，結果是窮人打敗了富人，富人怕妻妾被「共」，大多跟著蔣介石逃到台灣了，可見名詞的解讀有多重要。台灣教育部該趕緊著手的是編一本「台灣近代俗語辭典」才是要務，要注意的是，負責編國語辭典的「碩儒們」，別再把「打炮」解釋為「放炮」，「買春」解釋為「買酒」，中文教授就不會跳出來「示範」造句：「春節到了，人人忙著買春、打炮。」

下車後，我請村長跟我聊一下大窯村，他要我到他家聊天喝茶吃中飯，我很想跟兩位小女生去叨擾，更想去價值「千萬」的古屋瞧瞧，又怕一路走下山來的團員等我，只好婉拒。大窯村有 280 戶，人口數 1087，村長姓羅，今年 34 歲，兩個小孩分別是 2 歲跟 9 歲，做木材運輸的工作，一個月有七、八千塊；我問當村長一個月薪水多少，他說沒錢，是居民選出來的，我很訝異在這麼偏遠的，「原始風味」十足的山區，竟然會有民選的村長；我問羅村長他對大窯村的未來有何願景，他說想搞「農家樂」，需要二、三十萬的資金，兩位小女生見我一臉茫然，忙跟我解釋何謂「農家樂」：「就是來這兒跟村民一起過幾天生活」，我想「農家樂」的構想應該接近台灣的「民宿」，好山好水，如果衛浴問題弄好，應該會很有「錢途」。

　　上了巴士車，吳姐聽我談到廁所，也說想上廁所，全部人都建議她利用小巴靠近路邊草叢，兩頭又正好沒來車，趕快到車旁解決，我說記得帶傘下去遮，俐姐說不能帶傘，目標太過明顯了！俐姐說起她去西藏時，大地就是「米穀回歸」的唯一處所，不管白天黑夜，當司機在路邊任意停車時，全車人都會很有默契的，下車後自動男左女右往相反方向「野放」，有一位堅持「野放難為情」的小姐，當全車人都回來後，才說她忍不住了，司機只好停車放她單獨下去解決，全車人不只在對面來車的大燈下看光她的屁股，車過之後，又在萬籟俱寂的暗夜裡，聽到她無比響亮的「流水聲」，俐姐的結論是：出門在外，對於必須因地置宜的「方便」問題，是不能有片刻遲疑。

意識型態與質變

　　隔壁的卡拉不 OK 男聲，前天從晚上七點唱到十點多，昨天晚上更過份，唱到十二點多還不停，淳說：「簡直比哭還難聽，該叫汪大哥去唱台灣國歌〈望春風〉，跟他一決高下。」〈望春風〉這首台灣民謠，歌詞是描寫一個十七、八歲的姑娘，很單純的，期待著愛情降臨的心情，之所以會成為台灣國歌，李姐說是在「白色恐怖」的時代，無端受冤的苦主們的共識，我心想：受迫害的人能把借指愛情的「春風」暗喻為「自由」，是何等的悲愴啊！在悲情的年代裡，我的親人沒有深受其害，但在此刻，卻被卡拉不 OK 男聲逼到想罵人，這種半夜噪音，在台灣可以打電話到警察局抗議，在大陸面對這種夜半哀嚎，我們只能束手無策，因為知道跟櫃臺說也沒用，在感覺耳朵被「強暴」的無奈下，也只能在卡拉不 OK 男聲把劉德華的「忘情水」唱到破音時掩被狂笑，不知過了多久才睡著，今早六點不到起床，準備去逛早市。

　　我按照禮光昨天跟我比劃的方位，在轉角處仍不見市場，我向一位裸露上身，穿著西裝褲迎面慢跑過來的先生打聽到市場的方向；有人買東西以殺價為樂，我逛市場是看東西為主，買東西其次；到了市場，先前跟我報路的先生手揚著一把白菜，遠遠跟我說：「就這兒啦！」來浙江快一個月了，我還是無法將男人不穿上衣，四處亂跑視為平常。

　　清晨六點不到的龍泉早市，魚肉蔬果乾糧通通有，魚販有兩種：一種是把魚放在地上賣，賣的自然是死魚；另一種是把三輪車的內

側圍上厚厚的塑膠帆布，裡頭裝滿了不見魚蹤的渾水，只有一個小馬達不停的轉動著，賣的應該還是活魚；賣東西的女人比男人多，買東西的也一樣，香蕉一斤一塊，四條香蕉合台幣六塊錢，我從大學開始打網球，知道吃香蕉補充體力最快，從此愛上又大又甜又便宜的台灣香蕉，在大陸吃到比台灣便宜，但甜度不如台灣的香蕉，內心不由得為台灣蕉農擔心，台灣農民會種出名叫「黑珍珠」的蓮霧，「大陸妹」的青菜，「桃太郎」的小蕃茄，具有「超國際」水準的技術，既勤奮又聰明的台灣農民，過不了幾年，將會面臨敵不過把改良技術轉進大陸的趨勢，當台灣的農民生計窘迫時，眼前的山地農田，看在眼裡不可能還會是「福爾摩沙」，台灣領導人再不拼經濟，再不以蒼生的生計為念，誰都知道只有死路一條。曾經帶領台灣成為亞洲四小龍之首的蔣經國總統，他住的「七海官邸」，最豪華的房間是招待外賓的「貴賓室」，蔣經國的俄國太太蔣方良女士，使用的那台超齡老冰箱，讓很多人印象深刻，台灣有很多死忠的國民黨員，都是被蔣經國勤儉的作風感動；蔣經國在為台灣拼經濟，努力成為「台灣人」時，探訪民情經常十分低調，低調到老百姓用家常招牌菜招待完總統後，仍覺得有如作了一場夢；去年我到「蔣經國民間的二十位友人」之一開的餐館用餐，牆上掛著蔣總統用餐的照片，雖是為招來客人用的，卻也見證了這位至今對台灣最有貢獻的蔣總統，讓人感到何謂真正的「愛台灣」，有意思的是，蔣經國跟鄧小平兩人，在俄國時早就認識，親沐「馬克斯主義」的他倆，均努力帶動兩岸經濟發展，要說中國「共產主義」真正的繼承人，毛澤東是該讓位給鄧小平。幾天前跟邵先生討論到執政者搞「意識型態」的問題，我說：民進黨的領導者喊的口號是：選國民黨就是愛中國，選民進黨就是愛台灣，這樣的「二分法」實在令人

不敢苟同，民進黨「去蔣化」的一連串作為，稱之為「台灣版的文化大革命」實不為過。

邵先生說：有人說蔣介石失敗的原因是：「民主少雅量，獨裁無膽識。」我的觀點是：當時蔣所代表的，「幼小」的工業文明，力量太小了，遠不如毛代表的，以廣大農民為基礎的農業文明，成敗非關個人的能力問題，二十世紀的中國，有幾千年歷史的封建貴族，比剛誕生的資產階級力量大多了，現在大陸經濟快速發展，共產黨的路線方針政策一系列的變化，是必然的；工業文明必然取代農業文明，這不以人的意志而轉變，領導成員的產生也會越來越民主，從清皇朝到共和國，這是一種質變，中間要有一個過渡，台灣和大陸都在過渡時期；毛常說自己代表廣大農民和工人，其實不然，他是中國真正的「末代皇帝」，他外表穿的不是龍袍，而是馬克思列寧主義，但他的思想少有馬克思主義的成份，他對司馬光《資治通鑑》的理解遠比對馬克思《資本論》深刻得多！毛和歷代的封建帝王有可比性，他比他們中的大多數更聰明能幹，更具才華；中國和列強各國的戰爭，客觀上使中國走上了工業文明的道路，康熙看到了西方文明會危及清皇室的安穩，不願接受工業文明，是一個聰明而自私的皇帝，如果從康熙那時起，就學自然科學，不強調必讀四書五經，與各國開放通商，走君主立憲的道路，中國說不定會是第二個唐朝，性格決定命運，對一個人如此，對一個國家何嘗不然！有人問康熙，為何不取消科舉，引進西方的自然科學？康熙回答：科舉可以收羅天下有才能的人，有才能的人不鬧事，天下也就太平了！

我說：康熙是效法李世民，李世民在禮部考場外，面對著剛考完試，魚貫而出舉子說道：「天下英雄盡入吾彀中」，康熙忽略了

時移世變的不可逆，忘了中國之外還有其他國家的存在；清太宗皇太極勸降鄭芝龍後（1642年），要是能馬上發展海上貿易；德國傳教士湯若望曾受崇禎之命督造戰炮，口述大炮的冶鑄、製造、保管、運輸、演放，以及火藥配製、炮彈製造等原理跟技術，順治皇帝要是對曾經向清廷上了高達三百餘封奏章，針砭時政的湯若望，多借助他在西洋武器方面的長才，康熙可能就不會再認為科舉可以收羅天下有才能的人，不會全憑意識型態治國。

邵先生說：鄧小平最聰明的一點是，不去辯論意識型態的問題，而是一心一意搞經濟建設，提高老百姓的生活水平，老百姓對主義所知不多，哪一種主義能提高他們的生活品質，就信奉它，我思考過這樣的問題：我們這一代的知識份子為什麼命運如此坎坷？四九年後，針對知識份子的政治運動一個接一個，到底為什麼？一個皇朝的建立總是歷經千辛萬苦，開國君主無不希望自己的豐功偉績能千秋萬代傳下去，如何鞏固自己的政權？毛認為要改造人的思想，思想改變了，老百姓打從內心擁護共產黨，政權就穩固了，知識份子思想最複雜，最難欺騙，因為會獨立思考，所以對付知識份子要好好地整治整治。每一次的「運動」都有一些人被醜化，被醜化的人如果能「低頭認罪」，就可以生存下來，如果「頑固不化」，下場通常是下放農村，到農場勞改的結果經常是妻離子散，這正是現在大陸多數的知識份子，對毛澤東的評價多為負面的原因；毛大人的同志，林彪、劉少奇、周恩來、鄧小平，全都想發展生產，提高百姓的生活水平，但是毛不贊成，1956年以前畢業的大學生，工資是七十幾塊；56年後，降到五十幾塊，認為生活變好了，思想會「變修」，所謂「變修」，就是變得「資產階級自由化」，有個民主人士說：「窮則思，思則變，變則富，富則修。」毛對這順口溜很欣

賞，多次引用，可見毛的確擔心只重經濟，不重思想改造，不搞意識形態的階級鬥爭，他們聯手打下的紅色江山將變顏色！毛的個人威望太高了，在打敗蔣的過程中，毛的策略比他們都高明，可悲的是毛不懂經濟，專搞陰謀詭計，要說政治謀略，毛絕對是冠軍！五八年全國大煉鋼鐵，就是毛的權威與無知的具體表現，「人民公社」表明毛對馬克思主義以及現代資本主義國家沒有很好的瞭解，一個政權是否能「長治久安」，取決於能否提高百姓的生活品質，現在大陸的領導成員很懂這一點，用意識型態來領導國家一定會失敗，毛主席就是最佳「樣本」。

　　今天的行程是去參觀光緒年開始燒造，至今仍在生產瓷器的「曾芹記古窯坊」，窯坊位於「木岱口」，距離龍泉市約一個多小時的車程；主人姓曾，傳至今的是第七代，由瓷土成堆到成品產生，過程全都層次井然，我這個門外漢，只管負責四處提醒團裡會燒窯的大哥們趕快去拜「窯神」。回到客廳，看到六、七位大人正跟年僅四歲的「第八代傳人」玩得合不攏嘴，「木岱口」地近閩北，「第八代傳人」聽不懂我們說的普通話，卻聽懂一些些閩南話，他的「龍泉話」我是一句也聽不懂，小小年紀跟大人語言不通，與人相處的能力卻讓所有在場的大人們讚不絕口；小孩子沒有不愛吃糖的，龍泉青瓷博物館的鍾館長從車上抓了一大把餅乾、糖果給他，他除了媽媽以外，一個個分給在場所有的大人，我因為不吃含蛋食品，還給他時還遭他拒絕，真不愧為「第八代傳人」。

皇帝的新衣

　　今天回杭州，明天就要回台灣了。白居易罷杭州刺史時，寫下〈憶江南〉：「江南憶，最憶是杭州。山寺月中尋桂子，郡亭枕上看潮頭。」靈隱寺的桂子，錢塘江的潮水，深留在白舍人腦海，他離開杭州時，還攜有兩項「恩物」——華亭鶴與天竺石，團員們都想趁著在杭州的最後一晚，到清河坊採購準備帶回台灣的杭州特產，明早八點的飛機，最慢清晨五點就得從華北飯店出發；我沒想要「採購」，想的是一個月來，杭州「西湖」的點滴。

　　姚合〈別杭州〉：「醉與江濤別，江濤惜我遊。他年婚嫁了，終老此江頭。」想終老杭州的，不只姚合，西湖的荷香柳色，千古以來就留不住湖邊的離情正濃，但卻會讓很多人許願他年再來；白居易對杭州的梅花最是難忘，給蕭協律的詩裡提到杭州的梅花：

> 三年閒悶在餘杭，曾為梅花醉幾場。伍相廟邊繁似雪，孤山園裏麗如妝。
> 蹋隨遊騎心長惜，折贈佳人手亦香。嘗自初開直至落，歡因小飲便成狂。

白居易把玩孤山裡的梅花，小飲便能成狂；我對著西湖楊柳，光看就已心醉神蕩，看梅花得等寒假再來，而對於隱居在天台的「寒山」，對於一心想把我留在西湖的「許仙」，在我心裡，冬末春初，西湖斷橋是否會有殘雪，是值得期待的。

　　早聽說西湖的斷橋，已好幾年沒有殘雪了，傍晚與邵先生話別，我仍不放棄問杭州的冬天，一聽到台灣的最低溫還比杭州的最高溫高十度，我倒抽一口冷氣，我說：台灣前陣子忙著拆蔣介石銅像，讓「蔣總統」流落街頭，我想你們大陸不搞「個人崇拜」，可前些天我們團經過六合塔附近，還看到鄧小平的廣告像，很稀奇！

　　邵先生說：毛主席時代結束後，去畫像大概是無言的共識，搞個人崇拜本就不對，在大都市，到處可見的標語，是唯一上情能下達的工具，我去勞動的那個農村，可就得靠偉人「畫像」，老百姓才知道是怎麼回事；那是個典型的窮鄉僻壤，村民很純樸，文化素養比較低，雖然如此，一樣被「革舊文化命」的風吹到，有一幅「毛主席和他的親密戰友林彪同志」，在天安門城樓上，檢閱高呼萬歲的革命隊伍，豎立在馬路邊，該畫的作者大概沒有受過繪畫的專業訓練，兩個大人物被畫得模樣怪怪的，眼睛一大一小，不對稱之外，鼻子也有點歪，嘴巴還有點斜，色彩也不勻稱，像不會化妝的村婦，在臉蛋上抹紅，路過的人總忍不住笑，這笑是很複雜的，有人說：「比畢卡索畫得好，畢卡索東一個鼻子西一個眼睛，畫的是什麼啊？」「至少認得出是偉大領袖毛主席！」也有人說：「比如寫文章，水平有高有低，這幅畫『反映了勞動人民對偉人的純樸的愛！』」這種話到底是真是假？從字面上找不出錯誤，寫成書面材料，完全是正面的，但仔細聽說話人的語調，看他的臉部表情，就知道他不懷好意！在大陸，我們稱之為正話反說，在言論不自由的非常年代，只能用這樣的方法，發洩內心的情緒。走街穿巷賣麻油的小販，扁擔上掛一鏡框，框裏是毛大人的像，停下來做買賣時，就隨便將那鏡框往地上一放，弄得很髒，小販和村民對鏡框裏面的偉人，都沒有表現出應有的敬重；北方風沙大，小鎮的吃食店通常都不乾淨，

正對大門設有供桌，上面也放有偉人像，像的兩邊貼一副對聯，上聯是：「聽毛主席話」，下聯為：「跟共產黨走」，但誰也不好好定期清潔，弄得和灶神爺爺差不多，蒙在上面的塵埃可以去掉，但如何消去人們眼裏的冷漠呢？原本打算讓廣大人民頂禮膜拜的毛主席像，老百姓似乎都沒有把像視為可以寄以希望的神靈，因為他老人家總是讓大家不能安安靜靜地生活，從早折騰到晚。大陸農村辦婚姻大事，會請人在床上畫一些胖娃娃抱大鯉魚的吉祥如意畫，那幅偉人像的作者，或許就是畫胖娃娃抱鯉魚之類的工匠，宣傳教育人民，是上面交代下來的任務，文化落後的地區也得「勉為其難」，家家要掛偉大領導人的像，居民區的幹部挨門逐戶進行檢查，沒有一家敢不掛的，就如同今天的北韓要掛金氏父子的像一樣，不掛表明你不熱愛偉大領袖，不熱愛就是心存「反感」，有「反感」就表明思想反動，……。那樣的年代沒有人願意跟自己過不去。鏡框上的灰長年不擦，沒關係！居民區幹部會視而不見；在人口眾多的大城市，尤其是一些大的機關，科研部門和大學，用另一種方式表達對偉人的崇敬，塑比真人大幾十幾百倍的像，同時製造大量的徽章，刻有偉人頭，掛在胸前，為了表達自己對領袖的愛，有些人把徽章背後的針插入胸部肌肉，單位領導不贊成如此做，這種個例說明人們的狂熱無知到達了何種境界！

　　我聽得一肚子「匪夷所思」，忍不住說回台灣之後，一定要把毛大人那五本「寶書」找來看，我一直認為，當一個人把「個人崇拜」搞到最高點，接下來就會認為自己是「天授神權」，接著就想證明自己是「人神一體」，證明的方法就是給人一個至死不渝的「信仰」。

　　邵先生說：信仰的建立，從來都是一門大學問，在自然科學和社會政治學不斷進步的當代，毛主席是否也想把他的思想作為類似的宗教，讓中國人信奉，而後傳給全世界？看來他和他身邊的人有此意圖，但是他們失敗了！許多人是不會信奉的，嘴巴會說信奉，不能不說，否則不給飯吃啊！在中國真正念過馬克思《資本論》的，大概沒多少人，就是哲學系的學生，大都只念其中老師指定的段落，毛大人看《資治通鑑》的時間，一定比念《資本論》的時間多，如果他真按馬克思那套方法，絕對打不過蔣介石；1935 年以前，共產黨的領導權，全被一些熟讀馬克思、列寧主義，聽從蘇共中央的知識份子掌握，如李立三、周恩來、李德、張聞天、陳紹禹、秦邦憲等，開會討論作決策時，引經據典，一肚皮馬克思主義，記得列寧說過什麼話，在哪本書上，第幾章第幾頁，開會時把書放在案邊，隨時翻給你看，毛笑話這些只會背書的秀才：「言必則希臘（按：指秀才們每次說話都引馬克斯、恩格斯），自己的祖宗，對不起忘了！」要是這幫「馬列秀才」能打敗蔣介石也行，可惜都敗在蔣先生手下，把毛在井崗山辛辛苦苦建立起來的隊伍，損失了大半，毛不止一次被趕下臺，國民黨第五次圍剿，中共領導的工農紅軍，在江西呆不下去了，出逃貴州，在生死存亡時刻召開了「遵義會議」，在那次會議上，毛奪回了對紅軍的領導權，毛一改這幫「馬列秀才」的革命方法，不聽從十萬八千里外，不諳中國社會蘇共中央的指示，採用歷代農民起義的「水泊梁山」法，硬是把蔣先生趕到了台灣島！在一個貧富相差懸殊的社會裏，發動一場「劫富濟貧」的革命，成功的機率很高，毛領導的革命，從某種角度看，可謂成功了的李自成，在毛打敗蔣取得政權的早期，十分重視郭沫若寫的那本《甲子三百年祭》，要共產黨高級幹部好好學習，以防重犯當年李自成犯

的錯誤；毛的憂慮是對的，對早期天津地區貪汙犯張子善、劉青山的處決，現在看是相當嚴厲的，客觀地說，毛主政時代貪汙犯不多，可惜毛不懂如何領導，如何發展，如何管理一個剛起步的現代化工業國，陳雲對他的評價是：「開國有功，建國無方，文革有罪。」蔣介石代表的新興工業文明，在當代的中國還不能和毛代表的農業文明對抗，前者還太弱，後者太強大。

　　我說：我們那兒對陳雲不是頂熟知，這三句對毛的「蓋棺論定」，頗一針見血！

　　邵先生說：陳雲是毛時代一度主管經濟的政治局常委，毛死後，地位和鄧小平相當的大人物，提出「不唯上，不唯書。」主張「鳥籠經濟」，陳雲認為經濟猶如一隻小鳥，抓在手中會死，放開會飛走，養在籠裡最好，效仿蘇聯的計劃經濟，就是把鳥抓在手裏；歐美的自由市場，相當於把小鳥放走，晚年他和鄧小平的主張不同，他不同意深圳的開放模式，至死都沒去過深圳，也許妳會說：「好不好可以去看看啊！」這妳就不懂了！如果去，就要表態；說不好，豈不影響政局？說好是違背自己的觀念，中國官場和西方不同，政見分歧就掛冠而去，常見於西方政壇，西方人做官不全是為了錢，甘迺迪把工資全部捐贈，一分不要！中國人步入政界都為共產主義事業？不全是，假如是，為何還有那麼些貪官？中國的官員都是上級委派的，所以中國各級官員都十分重視領導的意見，故「揣摩上意」是一門重要的學問，如果據理力爭，和上司辯論，結果往往被調離外放；我讓你在我手下當官，你不聽我的話，同我作對，把你調走算是客氣啦！文革時期許許多多荒唐故事，並非中央一級的主張，大都是地方官員為表忠心，為一己私利，自已想出來的，大多數的地方官素質不高，科研大專院校進來了「工宣隊」，由下級軍

官和不太有文化知識的工人組成,毛大人要他們來管理知識份子,洗洗知識份子腦袋裏那些腐朽思想,代之以放之四海而皆準的毛澤東思想;這些剛穿上軍裝的農民以及來自工廠的年輕工人,多數是沒上過大學的年輕人,對我們這些知識份子的情緒、看法是複雜的,對毛大人賦予的重任不知如何著手,先從簡單的軍事訓練開始,早上六點起床,向右向左轉,跑步走一二三四,上了年紀的教授、專家,可吃足了苦頭,老頭老太太跳「忠字舞」,模樣很可笑,有位軍代表對「忠字舞」如此說:「跳得好不好看是水平問題,而跳不跳是忠不忠於毛主席的問題。」這樣一說還有誰敢不跳的?

我問:什麼是:「不唯上,不唯書。」

邵先生說:意思是:不能認為上級的指示都是對的,書上說的都是正確的。這話是針對當時的一種「普遍」情況而言;凡是毛的指示一定要照辦,毛的著作裏的話都是真理,毛死後由華國鋒接班,華就主張凡是毛的指示,毛講的話都不能懷疑,幸好共產黨裏還有許多頭腦清醒的人,鄧小平就是他們的代表。「群眾運動」是很可怕的,那是一種不受法律制裁的強制措施,蘇聯早期消滅富農,德國對猶太人的迫害,大陸的反右鬥爭、文化大革命等都是,一些機會主義者,以及生活在社會低層的民眾乘機而起,一些沒有「道德底線」的歹徒,對善良正派人士的誣陷掠奪,古今中外皆然,你不起來先發制人,先寫大字報誣告陷害對方,對方可能就比你搶先一步,只要把「火」點起來,「群眾運動」就會跟著越鬧越兇,這就叫「挑動群眾鬥群眾」,一些家庭背景不好,社會關係複雜,有海外關係,用功讀書不問政治的人,這時全都憂心忡忡,私底下曾經和好朋友發過牢騷,對領導有些看法,對社會有些不滿的可就慘啦!到處都能聽到:「張三,你老實交代,和李四說過什麼話?李四已

經交代了，黨歷來的政策是坦白從寬，抗拒從嚴，現在主動權在你手裏，老實交代你和李四說過那些反動言論，他都說了，你不說一樣可以定你的罪，說出來爭取寬大處理。」其實李四聽到的，也是同樣的話，我有個同學，他的好朋友對他說想偷渡離開大陸，那個人在壓力下交代了自己這種反動思想，「你還對誰說過這種想法？」這傻瓜就說對誰說過，於是專案組的人就去問我那個同學，那同學想替他保守秘密，出賣好朋友非君子所為，結果我的同學畢業分配時，去了一個很不好的地方。

　　我說：你們北大人相信「不唯上，不唯書。」實際上能做到嗎？

　　邵先生說：一般來說，考進北大數學系的學生，智商不會太低，但僅對邏輯思維而言，對有些事如同白癡，我的一個同學幫女朋友拍照，底片沖出來一看，背景牆上的毛偉人只拍了一半，頭部沒有照出來，這是大不敬哪！那就把底片毀壞就行啦！這大傻瓜把底片藏在女朋友家，這個女孩也是個傻瓜，風聲緊就趕快消滅罪證啊！她不，抄家時落入專案組，「為什麼把偉大領袖毛主席頭去掉？」未等這兩個傻瓜解釋，台下口號聲已震耳欲聾：「打倒反革命份子！……。」這種小案件後來落實政策時算不了什麼，現在當作笑話談，可在那個非常年代，是很讓人恐懼的。在政治鬥爭中打倒對手，把對方搞臭，甚至從肉體上消滅他，這都可以理解；但對一些幼稚的，不具危害性命的年輕學子，何苦如此？現在大陸老百姓說到貪官都咬牙切齒，其實我認為他們比以前那些整人，總想把人打成反革命的官僚好，那些把人往死裏整，弄得人妻離子散的共產黨人，才真是垃圾！現在的貪官一邊貪一邊也幹些好事，我希望他們少貪些，多幹些好事，一點不貪光幹好事，那豈不成了聖人？我們單位有個同事，出身不好，父親是地主，土改時被鎮壓，按人之常

情，會對共產黨有牴觸情緒，他不，每隔一段時間寫一份要求入黨的申請報告，我不理解，後又覺得此人有投機心理，看不起他，其實我錯了！像他這樣的人很容易被當局理解為具有仇視心理，入學、找職業都會遇到麻煩，他明知申請加入共產黨不會成功，但是他改變了組織領導對他的看法，寫入黨申請，表明他「靠近組織」，他是在保護自已，為了生存，為了好好地生活，他每隔一月寫一份入黨申請，有什麼不對嗎？他很聰明，不是什麼機會主義者；我有個物理系的校友，他也是老寫入黨申請書，可憐的是，到死才被追認，共產黨常常為了政治需要，有意塑造英雄人物，以此鼓勵活著的芸芸眾生，向死去的英烈學習，這一招還頂管用，在往後的一段時日裏，許多人學著照貓畫虎，像我這樣的刁民只是看看，其實我是真正的傻瓜，都是馬克吐溫、大仲馬、狄更斯這些資產階級作家害的，我一個中學同學，和那位「英烈」大學時同班，所以很明白是怎麼回事，那位「英烈」在北大時就「夾緊尾巴做人」，因為他的父親是歷史反革命，在單位裏不被重用，如果被重用，不會常被借調給其他單位，死後說他如何如何出色，死前一天晚上，還拿工具去挖溝，他的死給他的家庭帶來了一些好處，其父免除歷史反革命的罪名，說是調查結果認為不是反革命，這種事為何要登報？人們會想：如果不是英烈的父親，會不會也改一改呢？有些主管宣傳報導的共產黨官員，真的不太聰明，不明白老百姓會「反思」。

　　我說：六四天安門事件，你們的領導群中，除了趙紫陽，就沒有人敢做「英烈」嗎？

　　邵先生說：想不想做「烈士」跟敢不敢做「烈士」，不是一回事，那種天人交戰沒幾個人經得起，共產黨裏有許許多多菁英，知道什麼事做錯了，他們不能讓老百姓意識到共產黨也會犯錯誤，那

會動搖老百姓對共產黨的信賴，所以不會公開認錯，但會偷偷地改；
「六四事件」後，鄧小平沒有停止改革開放政策，對江澤民的早期
「左傾」做法，用南巡講話予以批評，「學生娃娃」動機沒錯，如
此鬧是不是過份了些？社會不安定，經濟發展難以進行，這是大家
認同的道理；我有這樣的想法：如果學生勝利了！有了政治反對派，
開起會來，和你們台灣一樣，動手動腳、吐口水、扔鞋子、丟茶杯，
這種畫面的確熱鬧，很有可看性，中國的經濟會有現在的規模嗎？
老百姓的生活品質會提高到現在的水平嗎？還是會遠比現在更好？
我沒有能力回答。以前馬路上常可看到一條標語：「偉大光榮正確
的中國共產黨萬歲！」現在看不到了；一個漂亮姑娘站在路口，指
著自己的鼻子大喊：「我最美麗！」你說噁心不噁心？真正的智者
決不會說自己聰明，所以那種標語現在不再出現，這是聰明的做法，
姑娘美不美，不需要自己說啦！毛發動文化大革命，除了要從他的
同志手中奪回權力外，也試圖要建立一種類似宗教的信仰，亦即對
毛澤東思想的信仰；早請示、晚彙報，背頌他的文選，跳忠字舞，
除了一些機會主義者，借此可以升官，得到高等的物質待遇外，一
般的人對此不屑一顧，毛主席的「造神運動」失敗了！老太太燒香，
嘴巴念念有詞，都是有所求的，中國人對宗教向來是功利主義掛帥，
沒有好處不會拜菩薩，那時我們吃飯前，要唱毛的語錄改編的歌，
不唱就不賣飯菜；打電話要由接線員中轉，必須先背一段毛的語錄，
否則不理；商店開門前，所有的工作人員要排好隊唱毛的語錄歌，
有一次我騎車經過，觀察那些人的表情，那種無精打采的模樣，看
得出來都是被逼著做，每個人心裡都有一件「皇帝的新衣」，誰要
說出皇帝光屁股，那就是「反革命」，從人們還「互動」的眼神裏，
偶爾也會捕捉到一絲會意的，嘲弄的微笑。那個年代還有一道「風

景」，人人胸前別一個徽章——毛主席的頭像，如果不戴這個飾物，會被懷疑是「不愛毛主席」，結婚照片上，新郎新娘胸前也少不了這個頭像，去照像手裏還得拿一本小紅書——毛語錄，以表丹心，當時的新華書店裏，看不到古今中外的文學名著，全堆滿了毛主席的著作；有一戶人家不幸起火，主人首先想到的是那四本寶書（按：即毛澤東選集，毛去世後又出了第五集），冒著生命危險抱著「寶書」奪門而出，我剛看這個報導還心生納悶：書店裏有的是毛主席的書，再買一套就是，何苦如此！原來是，主人之所以這樣做，正可表明自己多麼熱愛毛主席，這種愛是真是假大家心裏明白，一個聰明的皇帝會知道，在震耳欲聾的「萬歲」歡呼聲中，究竟有多少真實的聲音。有兩夫妻吵架，一不小心把毛主席的塑像打碎了，此事非同小可，輕則被視為「對毛主席的最大不忠」，重則「對毛大人的刻骨仇恨，現行反革命份子！」老公跟老婆互推是對方打破的，領導知道是怎麼回事，批鬥會不能不開，認罪態度還得要好，態度好才不以反革命論處；開批鬥會前，領導先找這對夫妻談話，告訴他們會不能不開，話要說得重一些，才不會被當作「反革命份子」處理；在共產黨裏有許多幹部還沒有失去人性，知道如何保護人，當然也有「原教旨主義者」，把人整垮後往上爬，遇到這樣的領導只能說倒了八輩子楣。

　　我說：我回去後會努力看毛大人的「寶書」，看能不能從中找到共產的「真諦」。

　　邵先生說：開國之初，毛身邊有眾多四、五十歲，追隨他打天下的，頗有才能的文臣武將，歷經反右、大躍進、反右傾、四清（按：對農村幹部進行社會主義教育）、文化大革命，不同意他錯誤做法的幹部，都被他打倒、貶官、下放，而能猜摸他心理，順著他心意

的馬屁精，官高權重，以劉少奇為代表的，頗具行政能力的官員都被打倒了，到文革後期，只剩周恩來支撐局面；周年老體衰，江青只會鬧事、革他人的命，張春橋、姚文元會寫殺氣騰騰的革命文章，沒半點行政能力，陳永貴、吳桂賢，一個是來自山西的農民，一個是來自西安紡織廠的工人，還有復員軍人王洪文，都是老毛拿來點綴領導班子的裝飾品，表示這個政權是為工農兵服務的。「槍桿子裏出政權」是毛的名言，文革初期，毛依靠林彪派系的軍力支援，廢了劉、鄧主持的黨政系統，想不到林彪對他的支援也是假的，毛雖然嘴上說：「天要下雨，娘要嫁人，讓林彪一夥飛走吧！」毛是個絕頂聰明的人，還有誰真的支持他，這個誰是指真正有才能，能辦大事，能委以重任者；周恩來是個可以合作，但不能信任的人，周背後有不少軍人和黨政幹部，毛知道把周打倒，國將不國，不能動他，這時毛身邊除了老婆、侄兒、搖筆桿的文人，和一大群沒有才能的馬屁精，毛心中十分明白也十分擔憂，他不得不請出鄧小平，幫他把他開創的文化革命事業繼承下去。在毛的心裏有兩個人，他認為是他的自己人，一個是林彪，另一個是鄧小平，從井崗山時代開始，鄧在各次路線鬥爭中，都跟毛站同一邊，好幾次受到批判而下臺；據說文革初期，劉想用召開中央全會的方法，制約毛發動的文革造反，當時作為總書記的鄧不答應，所以毛對鄧和劉不一樣，其實鄧小平已經看清楚毛和整個局勢，至於該如何收拾這個局面，恐怕還不知道。在大陸文化藝術界，大概沒有人不知道吳祖光先生，他是劇作家，是《風雪夜歸人》的作者，他太太是平劇著名的演員新鳳霞，五七年被打成右派，流放到北大荒，單位組織領導動員新鳳霞和丈夫離婚，她說：「從前王寶釧寒窯十八年，等薛平貴回來，今天我也等他！」改革開放後，吳被選為人大代表，和當年的右派

分子趙紫陽主政時的文化部長王蒙同一小組，吳對王說他要設一提案，把「壞事做絕的那個壞分子毛拿出來批判！」王以為吳在發牢騷，沒當一回事，吳看王環顧左右而言他，就再次正言告訴組長王蒙，他要設立這個提案，王蒙看吃飯時間快到，就說：「今天就議論到此，吃飯去吧！」隨後兩人就小聲談話去了。鄧小平主政後，黨內有不少高層領導主張批判毛澤東，據稱陳雲、陸定一就持這種意見，鄧小平雖然也深受其害，但為共產黨和社會的穩定起見，反對公開批判毛澤東，作為一個詩人、歷史學家，毛應享有盛名，在與蔣的智鬥中，他的謀略確實高明，四九年後，他是錯事連連，文化革命可謂犯罪，都怪罪他一人？冰凍三尺，非一日之寒，首先喊「毛主席萬歲」的，是文革一開始就被打倒的彭真；第一個提出「毛澤東思想」的是劉少奇，主張把毛澤東思想寫入黨綱，奉為黨的指導思想者，也是這位劉先生；否定全會得票最多者為黨主席，是周恩來；說「毛主席的話一句頂一萬句」、「主席的話，理解的要執行，不理解的也要執行」的人是林彪；抬轎子、大肆吹捧、搞個人迷信，塑造一個活著的神靈，是毛身邊和他一起打天下的人，是他們讓他坐上「龍椅」，做了「皇帝」，讓他有了至高無上的權力！宗教創造的上帝是看不見的，是虛幻的，我們可以想像上帝如何愛撫我們，主權在我們心裏，可是這位住在中南海的「毛皇帝」，他不是虛幻的，他說你是「叛徒、內奸、工賊」，你就是！可憐的劉少奇就如此被害死了！十年的文化革命，給中國人帶來了災難，許許多多不該死的人死去了！許許多多珍貴文物被破壞了！海峽那邊的中國人埋頭建設，經濟開始起飛，別的國家也在發展進步，而我們恰在自相殘殺，為什麼會發生這種事？早期的官方解釋是「林彪一夥」和「江青四人幫」所為，他們都是毛的手下，這運動是毛親

手發動的，林彪、江青不過是代罪羔羊，這筆帳都算到老毛頭上？十幾億人為何就按他的節拍跳舞發瘋？什麼樣的氣候土壤，會生長什麼樣的植物；什麼樣的民族，會培養造就出什麼樣的領袖，假如林肯來到中國，遲早也會被打成「右派」；毛澤東那樣的天才，若生在美國，很可能會成為「教父」一類的大人物！從我們民族自身的特點去尋找原因吧！不要僅僅責怪老毛一個人！我又想起了黑格爾說的：人啊！不要再去塑造神了！特別是活著的「神」。

我說：林彪外逃到蘇俄，飛機之所以出問題，是毛動的手腳嗎？

邵先生說：有傳說是毛下令打下來的，我个太相信，事後調查駕駛員的遺體，推測駕駛員並不想跟著叛國，可能墜機前機上已有過衝突；「林彪事件」發生後，全國人民都在思考：「到底是怎麼一回事？」有相當數量的老百姓都在問：「文化大革命為了什麼？」人們只能私下偷偷地問，最常聽到的是：「如果僅僅為了把劉少奇趕下臺，為什麼要把全國弄得一團糟？」王小波那一代的知識青年開始反思，當初興高彩烈地不讀書，跟著「四個偉大」革命，破四舊，橫掃一切牛鬼蛇神，如今呆在遠離父母的農村，「前途何在？」我從「美國之音」的廣播裏知道，一些回北京省親的「上山下鄉」的中學生，手中提著帶回農村用的日用品，一邊走一邊唱著張寒輝的〈松花江上〉，這首歌的旋律很悲壯淒涼，當這些少男少女走在北京最熱鬧的王府井大街上，唱出那句「哪年哪月才能夠回到我那可愛的故鄉」時，孩子們的聲音哽咽，他們想回北京，想如果能坐在教室裏，聽課做作業該是多麼幸福的事啊！路上的行人，看著這些孩子無不感慨萬千，每個家庭幾乎都有孩子去到邊遠的地方，南京有個知青，用〈南屏晚鐘〉的曲，填寫自己的詞，表達他們這一代的失落和無奈，流傳很廣，引起注意，此事上報到南京地區最高

長官許世友將軍，下面的處理意見是槍斃，許將軍問這小孩的家庭
成份，不是地富反壞右，留他一命！由此可見，出身好壞很重要，
黑五類的子女，說話做事不可隨意！文革初期，北京有個幹部子弟
譚立夫，是個中學生，寫了一副對聯，上聯是「父母英雄兒好漢」，
下聯為「老子反動兒混蛋」，這對那些出身不好的學生壓力很大，
不能參加「紅衛兵」；有個中學生叫遇羅克，寫了一篇〈出身論〉
的文章，洋洋數萬言，大有反駁毛的「講成份，不唯成份，重在政
治表演。」的政策，此文一定流傳到美國，我讀過那篇文章，令人
傷痛的是，這位很有天份的孩子被殺害了，因為政見不同而被殺，
在如今這樣的「文明世界」裏不能再有了！中世紀時，寫《太陽城》
的作者，就被當年的英國皇帝砍掉腦袋，據說這位中學生的死刑，
是毛同意的，最不可思議的是：當時槍殺一個人，還向此人的家庭
要五分錢的子彈費，這種行為無異給共產黨抹黑，敗壞共產黨的聲
譽，制定這一政策的人，不是個超級大笨蛋，就是對共產黨有深仇
大恨的人，這招太損了！古今中外還沒聽說有過這樣的政策，向被
殺者的家人收取「屠殺費」！遇羅克的妹妹叫遇羅錦，寫過〈一個
冬天裏的童話〉，人現在在德國，文革後她要求出國，公安部門不
同意，後來胡耀邦知道了，說：「人家吃了那麼多苦，放她走吧！」
像胡這樣的共產黨人是很有人性的，直到今天，大陸的知識份子無
不懷念這位共產黨總書記。在毛的心裏，林彪和鄧小平是跟隨他的
兩個小兄弟，林走了，鄧復出，可靠嗎？要考察一下；江青一夥總
盯著周恩來的一舉一動，機會終於來了，周恩來在與美國的外交談
判中出了差錯，沒有及時向毛彙報，被認為有取代毛的意圖，政治
局開會批判周恩來，每個人都發言表態，毛不參加，但聽取每個人
的發言，他最關心的是鄧小平的發言，鄧最後開口，版本很多，大

意是：你周恩來的地位很高，眾所指望，離主席的位子只有一步之遙，你要警惕自己的言行；鄧沒有說周恩來謀反，但也沒有為他辯護，這些話與其說是講給周聽，不如說是講給毛聽，據傳毛聽了彙報後很滿意，說：「我知道他會發言。」鄧小平幫周恩來維持住被文化革命破壞，因而面臨崩潰的國民經濟，從四九年到六六年，十七年積存的七千億國庫資金，花得差不多了，當時的七千億比現在的七萬億還多，當時青菜兩三分一斤，鄧復出後，各部門都出現復蘇景象，他做了幾件好事，其中之一是讓所有上山下鄉的知青都回城，當時父母為了讓子女回來，絞盡腦汁託人開後門，送錢送禮，鄧小平說：「我為你們開前門。」

　　我心想：在台灣，很多人都說老鄧被小鄧打敗，回想六合塔邊的招牌，「狀如婦人女子」的老鄧，在大陸知識份子眼中，看來是跟張良一樣，有安邦定國之功的。

旧 「西湖」難留 旧

　　天沒亮就到飯店大廳集合，昨晚大部分的人都去清河坊大採購，回到飯店就開始擇房辦「惜別宴」，好多房是過了午夜才癱人，往蕭山機場的車上，團員們仍強打精神迎接杭州的第一道曙光。團員來自台灣各地，這一個月的行程，可謂「老少咸宜」，上了年紀有收藏癖的，在浙博老師們的「循循善誘」下，鑑定功力少說也增加好幾成；愛遊山玩水增長見識的，上虞、紹興、慈溪、龍泉，也應該可以讓他們「午夜夢迴」，更不用說待最久的浙博跟西湖；即將面對考古課程、論文題目、論文內容的，「行囊」滿滿，不用發愁，我呢？劉老師說我是全團收穫最多的，我坦然接受。晨曦在蕭山機場大廳很是刺眼，我不耐煩兩個小時的待機，想到該打電話感謝六星級的「地陪」。

　　在西湖邊聊天，邵先生幾乎每次都會對我吟誦柳永的〈雨霖鈴〉：「念去去，千里煙波，暮靄沉沉楚天闊。多情自古傷離別，更哪堪，冷落清秋節。」我說八點要離開杭州了，今天不會再唸「多情自古傷離別」了吧？他說：「妳回去以後，我們可以打電話啊，我彈琴給妳聽，妳要是覺得好聽，就可以說愛聽啊！對了，請教國文老師：為什麼古人在『彈琴』的時候要『說愛』呢？」我一聽差點打跌，原來這位正迷上看金庸連續劇的數學老師，一直以來都把「談情說愛」誤以為是「談琴說愛」，不知是不是跟他小時候沒學注音符號有關。

　　邵先生為了幫我打發無聊的待機，問我知不知道打油詩的由來，他說：以前有個書生，名叫張打油，一天早晨下大雪，老師要大家以雪為題作詩，張打油寫下一絕：「江上一籠統，井上黑窟窿。黃狗身上白，白狗身上腫。」老師看了哭笑不得，隨筆批道：「一句不如一句，一年不如一年，一代不如一代。」他認為張打油的詩寫的很好，看得懂，說：「很適合我這種語文水平低下的人。」

　　我不好說老師的評語是後人加的，張打油據說也是唐代人。半個月來，我心目中的，北大人的「驕傲」已漸漸變了樣，變得讓我以認識這麼個北大人而感到驕傲。邵先生繼續說：前些日子見了一位從香港回大陸敘舊的朋友，友人拿出那位朋友以前認識的一批女生，現在是白髮婆婆的大合照，給他指認前女友；年輕時因為政治原因，他怕累及於她，所以偷偷離開大陸去了香港，當看到他的初戀情人已變得認不出來時，傷感得流下眼淚，而讓三個老男人最後哭成一團的，是這位朋友從皮夾裡拿出幾十年來一直帶在身邊的，那位女孩年輕時的相片，邵先生說他喜歡這種性情中人，我想，流淚的自由，是毛大人唯一管不著的吧！

　　共產黨將地主、富農、反革命、壞份子、右派、叛徒、特務、走資本主義道路的當權派，共計八位，加上第九位知識份子，與工農兵比較，知識份子很「臭」，簡稱「臭老九」；元朝時有八娼九儒十丐之說，那時知識份子的「排名」不如妓女，僅比叫化子好一個級別，所以「臭老九」自古有之，創名權不屬於共產黨。我跟邵先生說：我們這兩個「臭老九」，你老愛在西湖邊唸「楊柳岸，曉風殘月。」我陪著你「憶苦思甜」，我要恭喜你曾經「升格」為「老五」，有苦難的人生才精彩，歡迎來福爾摩沙玩，「小小的島」有理性又可愛的居民，有讓你耳目一新，很難理解的「異化現象」。

　　邵先生說：這段時間，我很欣賞妳老說在杭州過得比白居易、蘇東坡還快樂，也誠心希望妳願意被「西湖」留住。

國家圖書館出版品預行編目

流光千里芰荷香：吳越江南三十天紀行 / 葉珠
紅作. -- 一版. -- 臺北市：秀威資訊科技，
2008.03
面； 公分. --（語言文學類；PG0179）

ISBN 978-986-221-001-7（平裝）

855   97005673

語言文學類　PG0179

流光千里芰荷香──吳越江南三十天紀行

作　　者 / 葉珠紅
發 行 人 / 宋政坤
執行編輯 / 賴敬暉
圖文排版 / 鄭維心
封面設計 / 蔣緒慧
數位轉譯 / 徐真玉　沈裕閔
圖書銷售 / 林怡君
法律顧問 / 毛國樑　律師
出版印製 / 秀威資訊科技股份有限公司
　　　　　台北市內湖區瑞光路 583 巷 25 號 1 樓
　　　　　電話：02-2657-9211　傳真：02-2657-9106
　　　　　E-mail：service@showwe.com.tw
經 銷 商 / 紅螞蟻圖書有限公司
　　　　　台北市內湖區舊宗路二段 121 巷 28、32 號 4 樓
　　　　　電話：02-2795-3656　傳真：02-2795-4100
　　　　　http://www.e-redant.com

2008 年 3 月 BOD 一版
2008 年 6 月 BOD 二版
定價：350 元

讀 者 回 函 卡

感謝您購買本書，為提升服務品質，煩請填寫以下問卷，收到您的寶貴意見後，我們會仔細收藏記錄並回贈紀念品，謝謝！

1. 您購買的書名：＿＿＿＿＿＿＿＿＿＿＿＿＿＿＿＿＿

2. 您從何得知本書的消息？

　　□網路書店　□部落格　□資料庫搜尋　□書訊　□電子報　□書店

　　□平面媒體　□ 朋友推薦　□網站推薦　□其他＿＿＿＿＿＿

3. 您對本書的評價：(請填代號　1.非常滿意 2.滿意 3.尚可 4.再改進)

　　封面設計＿＿＿　版面編排＿＿＿　內容＿＿＿　文/譯筆＿＿＿　價格＿＿＿

4. 讀完書後您覺得：

　　□很有收獲　□有收獲　□收獲不多　□沒收獲

5. 您會推薦本書給朋友嗎？

　　□會　□不會，為什麼？＿＿＿＿＿＿＿＿＿＿＿＿＿＿＿

6. 其他寶貴的意見：＿＿＿＿＿＿＿＿＿＿＿＿＿＿＿＿＿

＿＿＿＿＿＿＿＿＿＿＿＿＿＿＿＿＿＿＿＿＿＿＿＿＿＿＿

＿＿＿＿＿＿＿＿＿＿＿＿＿＿＿＿＿＿＿＿＿＿＿＿＿＿＿

＿＿＿＿＿＿＿＿＿＿＿＿＿＿＿＿＿＿＿＿＿＿＿＿＿＿＿

讀者基本資料

姓名：＿＿＿＿＿＿＿＿＿　年齡：＿＿＿＿　性別：□女 □男

聯絡電話：＿＿＿＿＿＿＿＿　E-mail：＿＿＿＿＿＿＿＿＿

地址：＿＿＿＿＿＿＿＿＿＿＿＿＿＿＿＿＿＿＿＿＿＿＿

學歷：□高中(含)以下　　□高中　　□專科學校　　□大學

　　　□研究所(含)以上 □其他＿＿＿＿＿＿＿＿

職業：□製造業 □金融業 □資訊業 □軍警 □傳播業 □自由業

　　　□服務業 □公務員 □教職　□學生 □其他＿＿＿＿＿

To：114

台北市內湖區瑞光路 583 巷 25 號 1 樓

秀威資訊科技股份有限公司　　　收

寄件人姓名：

寄件人地址：□□□

(請沿線對摺寄回,謝謝!)

秀威與 BOD

BOD（Books On Demand）是數位出版的大趨勢，秀威資訊率先運用 POD 數位印刷設備來生產書籍，並提供作者全程數位出版服務，致使書籍產銷零庫存，知識傳承不絕版，目前已開闢以下書系：

一、BOD 學術著作—專業論述的閱讀延伸
二、BOD 個人著作—分享生命的心路歷程
三、BOD 旅遊著作—個人深度旅遊文學創作
四、BOD 大陸學者—大陸專業學者學術出版
五、POD 獨家經銷—數位產製的代發行書籍

BOD 秀威網路書店：www.showwe.com.tw
政府出版品網路書店：www.govbooks.com.tw

　　永不絕版的故事・自己寫・永不休止的音符・自己唱